"在新疆"丛书
·第一辑·
——散文集——
张映姝 主编

春风十里

阿依努尔·毛吾力提 著

新疆人民出版社
（新疆少数民族出版基地）
新疆人民卫生出版社

图书在版编目(CIP)数据

春风十里 / 阿依努尔·毛吾力提著. -- 乌鲁木齐：新疆人民出版社(新疆少数民族出版基地)：新疆人民卫生出版社, 2024.12. -- ("在新疆"丛书 / 张映姝主编). -- ISBN 978-7-228-21416-7

Ⅰ. I267

中国国家版本馆CIP数据核字第2024S2X972号

春风十里
CHUNFENG SHILI

出 版 人	李翠玲		
策　　划	宋江莉	出版统筹	宋江莉
责任编辑	卢　艳	装帧设计	舒　娜
责任校对	赵　燕	责任技术编辑	邢晓梅
绘　　图	海拉提·多合吐尔拜		

出　　版	新疆人民出版社（新疆少数民族出版基地）
	新疆人民卫生出版社
地　　址	乌鲁木齐市解放南路348号
邮　　编	830001
电　　话	0991-2825887(总编室)　0991-2837939(营销发行部)
制　　作	乌鲁木齐捷迅彩艺有限责任公司
印　　刷	北京富诚彩色印刷有限公司

开　　本	880mm×1230mm　1/32
印　　张	8.75
字　　数	180千字
版　　次	2024年12月第1版
印　　次	2025年1月第1次印刷
定　　价	52.00元

版权专有，侵权必究。如有质量问题，请与营销发行部联系调换。

序

新疆是我们博大的故乡。它的博大不仅体现在山川、河流、沙漠、戈壁、绿洲，还体现在生活在这里的五十六个民族以及多元一体的文化形态。

新疆，是多民族共居的美好家园。生活在这里的各族儿女密切交往、相互依存、休戚与共。在中华文明怀抱中孕育的新疆各民族文化包容互鉴，共同成为多元一体中华文化的一部分。

在新疆，普普通通的一场雪，会落在不同的语言里。每个阳光明媚的早晨，"太阳"这个词会在这些语言里发光。人们用许多种语言在述说我们共同生活的地方。这正是新疆的丰富与博大。

每个人都有自己的家乡。家乡可以是一个很大的地方，也可以是我们心里默念的一个小小的地名。有时候家乡可能就是我们小时候生活的一个地方，当我们越来越远地离开家乡的时候，这个地方就变成了一个地名。但是，往往是那些细小的家乡之物，承载了我们对家乡所有的思念，比如家乡的一种非常简易的餐食。我每次到外地超过三天就会怀念拌面。

当人们热爱自己家乡的时候，想念自己家乡的时候，文学是我们表达以及读懂家乡的途径。我认为文学是不分民族的，作家面对的是在这块土地上共同生活的不同民族，当我们用文学来呈现这块土地上各民族人民共同的生活的时候，我们面对的是人的心灵。

那些远处的生活是看不见的，只有文学能呈现这块大地深处的脉搏，只有文学在叙述这块土地上人们共有的情感。每个人生活中的悲欢离合、快乐忧伤，一起汇聚出这块土地上人们共同的命运和共同的情感。

各民族共同生活，大家的情感交融在一起，这可能就是新疆文学最大的魅力。新疆文学给我们提供了一个多民族和睦生活的样板。用不同的语言表述一件事，用同一种语言描述不同的生活，这就是新疆文学作品的精华所在。

新疆的自然风光、传说故事、地域风情等先天具有文学气质的素材，容易孕育出各民族的众多写作者，也引起了无数读者的阅读关注，使当代新疆文学成为具有独特地域内涵和文化内涵的审美对象。

各族作家们用全部身心去发现和感受新疆日常生活的温度与深度，坚守家园热爱和文学梦想，以其独具特色的文化风貌与美学意蕴，记录和呈现各族人民的生活、梦想与奋斗。

此次推出"在新疆"丛书，是铸牢中华民族共同体意识的一次文学出版实践，通过各民族作家的文字，把新疆这块土地上各族人民共同的生活呈现给新疆的读者，呈现给全国的读者，用文学观照人心，用文学观照生活。希望读者多看新疆作家的书，因为从他们的文学作品中，可以读到熟悉的土地，熟悉的山川、河流，读到发生在身边的故事，或者发生在不远处的历史中的故事。除此之外，借此机会，我们还向读者推介已经在新疆文学界乃至全国文学界成绩斐然、广有影响的各族中青年作家，他们如天上点点繁星，照亮文学的星空。

我们想把新疆最好的文学献给读者，把优秀的作家介绍给读者，希望读者喜欢。

2024年11月

目 录

阿　帕　001

来自蒙古国的巴特尔汗　012

吃人的羊(外二篇)　019

别样的爱意表达——"姑娘追"(外一篇)　029

山　洪　038

在吉木乃的天空下(外二篇)　044

别了　三工河　056

红柳泉轶事　060

草原二题　072

轻如鸿毛　078

有多少爱可以重来　085

惜　别　091

寻找达斯坦演唱大师　095

冬不拉的琴声　104

除　夕　111

吃肉喝粥——哈萨克族人的另类春节　116

师　颂　122

当手抓肉遇到纳仁面　132

我们的夏天　137

杯酒人生　148

初　见　158

开学记　166

枣扎和布尔的故事　172

黑牛的春天　181

岳公主传奇　194

君乘白马去　211

哦，古丽　221

奔　赴　225

另一只耳朵　239

春风十里　253

在阳光灿烂的日子里　259

后　记　268

阿　帕

　　多少年过去了，想起你我依然哭得像个孩子，所以想你的时候我必须离开众人，需要一个无人的地方，避开所有好奇的目光，一个人去承受这样一场隆重的思念。多少年了，我一直寻找一个像你一样爱我的人，或者寻找一份像你给予我的那样的爱来填满我的心。可是，很多年过去了，那些爱情、那些友情依然无法填满的内心始终焦虑着，奔走于世间。那些谎称爱我的人或者曾经企图爱我的人都一个个离开了我，我像一个曾经享尽荣华富贵的人那样，再也不能忍受贫瘠的爱。

　　从我记事起，你就担任着母亲的角色，虽然种种迹象表明，你只是我的祖母，但大家都坚守着这个秘密，于是我也假装不知情。是的，这个源于"还子"这样一个哈萨克族古老的习俗而诞生的秘密，众所周知又只能三缄其口的秘密，被大家不约而同地守护着。而你给予我的爱早已超过了任何一个母亲能给予孩子的一切，于是时至今日我依然无法对着自己的生身母亲叫一声"妈妈"。她无奈地远离了我的童年，而我也无奈地远离了这个称呼。而你，用你的爱霸道地占领了我的童年、我的少年，甚至是我的整个人生。

我把你唤作"阿帕",这个称呼在哈萨克语中可以是年老的母亲,可以是祖母、外祖母,甚至可以是婆婆或邻居家的大娘。而我只把这个称呼当作是年老的母亲。是的,我记事时你已经五十多岁,所以你是我年老的母亲。我从小就是个极其敏感的孩子,那些往事点点滴滴沁透在我的人生里,细细密密的,挥之不去。

在我的记忆中你是我的保护神,你无所不能,无所畏惧。可有一天我终于明白了你最怕什么。六岁那年我们去山上亲戚家避暑,晚上大人们聚在一起聊天,我和亲戚家的孩子在门口玩了一会儿觉得无聊,就在他们的带领下去了远处的邻居家看小人儿书。大概看得入神,也不知过了多久,忽然听到外面像是出了什么事情,感觉整个山村都沸腾了。我们跑出去,听到女人尖厉的哭声,接着是冲向河边的纷乱脚步。在寂静的夜里,哭声格外凄厉,撕破夜空,我被一种预感驱使着,不由自主地冲向那里。

果然是你,你披散着头发,嘴里哭喊着:"我不该带她来的,我不该……"绝望地一次次冲向河边,却又被人们拉回。我听到人群中有人在劝:"还没找到孩子,你别急着寻短见了……"你哭得更绝望了:"都这会儿了,就算捞出来也已经没气了,我可怜的孩子,不被水淹死也已经吓死了,我活着还有什么意思……"有人在呵斥你:"不许说这样晦气的话!"

我被你绝望和无助的神情吓住了,迟疑着不敢靠前,倒是亲戚家的孩子明白了事态的严重性,拉住我的手挤进人群。人们惊喜交加,冲上去安慰着你。我呆在原地,并不知道原来你是这样爱我，我被巨大的幸福包围着，手足无措。你安静下来，足足盯了我一分钟，似乎不敢相信自己的眼睛。一分钟后你冲向我，结结实实地掴了我两巴掌。我被打得站不稳一屁股坐在地上，你嘴里那句"让你再乱跑！"分明已经带着哭腔。我的眼泪流下来，却没哭出声来。亲戚们一拥而上，抱起了我。他们知道我从一出生就在你的呵护下，没被人说过一句重话，而今天在众人面前挨了打一定是吓坏了，我越克制，他们就越在一旁劝我。我隔着众人看着你，默默地流着眼泪，因为被你如此珍视而感到眩晕。亲戚们告诉我，晚上你们聚在一起聊了很久，你忽然发现我有几个钟头都没有出现了。于是大家都出来找我，可是任凭大家喊破了喉咙，找遍了附近的沟沟坎坎，也没有听到我的任何声音。这时你想起来不远处的那条河，那是乌鲁木齐河的源头，每年夏天那条河都会吞没几条失足落水的生命。你不顾一切地冲向了那条河，亲戚们一边劝你一边打着手电开始打捞，于是就有了刚才惊心动魄的那一幕。

  一直以来，我因为对自己身世的怀疑，过早地从别人的只言片语中知道了我并不是你亲生的孩子，至少我可以断定我不是从你温暖的子宫里爬出来的，不是喝着你的乳汁长大的，所以我幼小的心灵常会无端地担忧你会不爱我，你有一天会轻易地离开我，那是我从记事起就害怕的事情。那个时候，在我所有的梦境里都是和你失散，哭喊着找你，哭喊着从梦里醒来，摸到你在身边才能重新睡去。可是自从那个夜晚之后我再也没有做过那样的噩梦，我甚至仰仗着你对我的爱，成为整个家族最不可一世的公主。在这个家教甚严的大家族里，我是唯一一个我行我素的姑娘。我可以顶撞长辈而不受责罚，我可以买任何我想要的东西，也可以口无遮拦。我和亲戚里任何孩子有了争执，胜利永远是属于我的。我相信如果我想要天上的星星，你也会想办法为我采摘。没有一个人敢对我指手画脚，因为所有的人都知道：不管我做了什么，我有一个随时愿意为我豁出命去的母亲。据说，家族里的长辈们为此专门找你谈过，让你不要这样溺爱我，可你说的那番话却让所有的人落了泪。你说："我一生都想生一个女儿没能如愿，她是上苍给我的唯一的女儿，我没法不疼她！如果我做错了，我情愿折去我剩下的寿数接受上苍的惩罚！"

　　这些话我是后来偶然从家族里几个老人的闲聊中听到的，我回到自己的小屋，在黑暗中哭了很久，为了让你不要折寿，我下定决心要做个完美的哈萨克族姑娘，我不能让这样爱我的一个人早早地离开我，不管用怎样的方式，我要你好好地活着。为此，我可以压抑自己的天性，我可以忍受必要的委屈，我可以放弃自己所有喜欢的一切，只要你不离开我，只要你陪伴着我，失去这些又算得了什么呢？那些岁月，我神经质一般地害怕你生病，有时夜里忽然醒来，如果听不到你的呼吸声我就会用手轻轻地去探你的鼻息，我甚至无法容忍你太久地远离我的视线。记得我上三年级时你因为胆结石住院手术，那十天我日夜担心，担心你得了什么大病，担心所有的人向我刻意地隐瞒着什么。而你出院回到家，看到心事重重、神情恍惚的我时，一把搂住我哭得肝肠寸断！我被你紧紧地拥抱着，呜咽着说不出一句话来。

　　你小心地呵护着我长大，也许是早产的缘故，我远比同龄的孩子娇弱，将我这样的孩子养大是一件多么不易的事情！一个普通的感冒可以让我高烧到昏迷不醒，而醒来第一个看到的是你哭红的眼睛。一个普通的扁桃体手术，别人一个小时下手术台，而我的手术却做了五个小时，在手术室外等候的你昏过去两次。高二时我因为神经衰弱休学一年，这一年你所有的头发都白了。那个时候长胖是我唯一的渴望，我不想让你为我日夜担心。可我不争气，在你的有生之年，我的体重从来没有超过八十五斤。也许对于你而言，我的健康远比我门门满分的成绩更为重要。为了成为你希望的人，我竭尽了全力。我成了所有人交口称赞的好姑娘，优秀的学习成绩，姣好的容貌和修养，得体的言行举止……除了你希望我达到的体重之外，我几乎全都做到了。我并不觉得辛苦，因为你的爱让我感到温暖又甜蜜。

这样的幸福结束在了我大一时的那个寒假，我结束了和你第一次那么久的别离从外地风尘仆仆地回来时，你已经卧床不起了。所有的人都告诉我你只是慢性胃炎，而我从你吃的药、打的针里能感觉到你将不久于人世。食管癌晚期，医生觉得连手术都没有任何价值了。我夜夜流泪到天亮，每天为你做饭，为你清洗被褥，为你洗澡更衣。我希望我的诚心能感动上苍，能让你好好地活下来，如果必须有一个人离开，我情愿那个人是我！可我后来才明白，也许世上的一切事物通过努力我们都可以得到或改变，唯有生命是我们无法掌控的。

食管癌晚期所要承受的饥饿和疼痛是常人难以想象的，可你咬紧牙关从不让我听到你的呻吟。你频繁地劝我回学校，而我固执地沉默，你常常为此发火，有一次你甚至用吊针瓶子砸在我的脸上，打烂了我的额头。看着血从我的额头上流下来，你努力地想抬起头，却因为用力过猛昏了过去，我迅速叫来了医生，你醒来后摸着我包着纱布的额头，连哭的力气都没有了。我心痛得无法呼吸，我没有办法想象没有你的人生！你是我从记事起就认定的唯一的依靠，你的爱在我的生活里无处不在，即使是考上大学后，在那个远离你的城市，你依然是我活着的理由。而你似乎已经没有了求生的愿望，你常常偷偷地拔掉针头，紧紧地闭着眼睛，不看我哀求的眼神。我不停地做着一个护工也不一定能做到的事情，我让自己没有时间去静下来想：如果没有你，我该怎么办？那个负责家庭病床的医生每次来都会劝我们："算了吧，病人太遭罪了，最好的止痛药都已经止不了痛了。"每一次我都会哭着求他："只要能让她舒服些，多贵的药我们都可以用。"最后，医生叹着气抚摸我的头："没见过你这样执着的孩子，再熬下去你自己都要变成纸人了！"是的，那个寒假，看着你吃不下一口饭，我也陪着你饿着。因为日夜流泪，我的视力也急剧下降。可是所有的一切都不能感动上苍，你一天天虚弱下去，甚至有的时候你都有些神志不清了。从那以后，我连神灵都不相信了。

有一个下午，你的精神格外好，要和我说说话。这让我想起回光返照一说，我瞬间惊慌失措，偷偷去自己的房间给医生打过电话后才来到你的身边。你帮我捋捋头发，感叹道："看看我的女儿，多漂亮呀！"我将脸贴在你的脸上："因为你漂亮，所以我才漂亮！"

你迟疑了一下，也许那个时候你是想告诉我真相的。据说，对于"还子"，祖父母有义务告诉他们生身父母是谁，即使在这个世界不相认，生身父母辞世时也要以子女身份相送，否则祖父母罪不可恕，在那个世界也要遭受惩罚。你犹豫很久后说："是呀，我年轻时真的很漂亮。"我松了一口气，你知道我细腻、敏感，所以你宁肯到那个世界遭受惩罚，也不愿在留下我一个人后让我再遭受真相的折磨。何况在心的最深处，我们都愿意相信，我们就是母女。为此，我的生身父母在心里怨了你一辈子。虽然他们从未提起，但在我此后的人生里，我深深地感知了这一切。

谈话还在继续，你说："阿依克，已经开学了，就早点回去吧，到学校了，就找个自己喜欢的人，毕业了就早早嫁了吧。"我又羞又急。关于恋爱，一直是我们之间讳莫如深的话题。你坚决认为自由恋爱是伤风败俗的事情，所以一再告诫我不要恋爱。我心里一直好奇，你会怎样安排我的婚姻，而我早已准备好听从你的安排，只要你愿意，我可以嫁给任何一个你喜欢的人。以至于后来我在你离去之后彻底没了主张，对于那些众多的追求者，我想的最多的总是：你会喜欢谁？如果你在世，你会让我嫁给谁？有的时候，我甚至想，如果你在世，你一定没法把我放心地交给他们中的任何一个人，在你眼里这世界上没有什么人可以配得上你的掌上明珠。

我点点头，算是答应了你。谈话越来越接近核心，我因为害怕而微微发抖。你说："阿依克，我就要死了。你不要害怕，你要答应我，要好好活着，我是为了见到你，才坚持到现在。因为你要我活着，所以我一再坚持，可我太累了，孩子，你就让我死吧。孩子，人总是要死的，你就放手吧！"

我把嘴唇咬出了血也没能忍住，哇的一声哭了出来："不！

不！我不能让你死，你如果死了就把我带走，我也不要活着……"

谈话没办法继续了，你闭上眼睛，累得瘫倒在床上："你不是我女儿，我没有这样不懂事的女儿！"

你知道我从小最怕听到的就是这句话。是的，听到这样的话我就会停止哭泣，即使默默流泪，也不会再发出一点声响。是的，从小你就教育我要做个诚实的人。可命运一开始就对我们开了个大玩笑，所以我们一生都备受谎言的折磨，不能面对真相！

随即赶来的医生目睹了我的绝望，我坐在你的身边簌簌发抖，像秋天里枯树上的最后一片树叶。据说，医生告诉我的家人，他从没见过一个孩子会有那样绝望的眼神，希望我的家人小心看护我。一年后我从父亲口中听到了当时医生的原话："这个孩子的承受力已经到了极限，如果让她继续这样，不死也要疯掉了。"也许是因为医生的这番话，家里乱作一团，亲戚中有威望的老人们轮番来家里看你，目的只有一个：劝我离开。我默默地迎来送往，举手投足间已经有了这个年龄的孩子不应该有的沉重和忧伤。来看你的人越来越多了，我夜夜无眠：如果我不放手，你有限的生命就要这样被不断地搅扰！我扪心自问，为了不孤单地活着，我真的可以这样自私吗？

那是冬日难得的一个艳阳天，我和祖父架不住你的一再哀求，将你推到院子里让你享受了冬日的阳光。之后，我们一道悉心地给你洗了澡，给你换上了你喜欢的有着淡淡香味的内衣，我细心地给你梳了头发。那天我们度过了一段少有的有说有笑的幸福时光。晚饭后我宣布了一个让所有人喜出望外的消息：我要回学校了。所有的人都松了一口气,你有些担心地望着我,只有你知道,我需要怎样的坚强才可以这样与你生生分离,在强颜欢笑的背后,我的心是怎样地流着血!

离别的时刻很快就到来了,走的前一天晚上,我像平时一样睡在你的身边。从记事起我就和你同睡,即使是后来长大了我们也睡在一起,只是各盖各的被子而已。很多人都劝过你,可你不以为然:"她会害怕的!"是的,我会害怕的!大学四年,同宿舍的人无法理解我的梦魇。多少次我从梦中哭喊着醒来,只因为我与你在茫茫人世失散,再也无法相见!

那个晚上,我郑重承诺会好好活着。其实我对未来没有一点把握,我的包里早已装好了一瓶安眠药,如果哪一天这个世界负了我,我会服下它,去那个世界找你,那个时候我并不相信我可以孤单地活着。可是我终究活下来了,人生多少的坎坷,不管是这个世界负了我,还是那些我认为可以信任的人负了我,我终究活下来了。不是因为我有多么坚强,而是你那么信任我,你相信我言出必行。那个晚上得到我的承诺后你睡得那么香甜!我是多么想信守承诺,特别是对你的承诺!

第二天,我与你吻别,我们都没办法再假装坚强,我们都哭了,在场的人无不落泪。我们都知道,这一别过就再也无法相见,生死两茫茫!邻居的奶奶们都上前劝我们,郑重承诺会每天来陪你。我与她们一一吻别,将我的嘱托留在一个个紧紧地拥抱里。闻讯赶来的亲戚朋友们无不动容,经历过那样隆重和让人心碎的离别,人生还有什么不能承受?!

我拖着自己几乎瘫软的身体走出院子,坐上车。我拒绝了家人让我坐飞机走的好心,选择了火车,我不想那么快远离你,哪怕是一种折磨,我也愿意一点点地离开你的气息。我一路沉默,躺在卧铺上无休止地流泪,回到学校我就病倒了。可我用沉默和泪水固执地拒绝了所有好奇和好心的眼神。我坚持每天上课、自习,只有在寝室无人的时候我才会放声哭泣。大概是父亲给学校打了电话,班主任默许我在宿舍休息,但时不时会安排同寝室的人默默关注我的行踪。他们害怕我会忍不住跑回家甚至自杀。可我讨厌那些异样的眼神,我变得愈发敏感、孤独和固执。回校大约十天后,我的胸口开始莫名地疼痛,这样的疼痛持续了三天,我不吃不喝地在宿舍躺了三天,默默地落泪。我知道你一定离开了我,你给了我那么多的爱,以至于除了你和你的爱,我对人世的其他一切都不屑一顾,现在你却留下我一个人走了!我该如何面对接下来的人生?!

我坚持着,等待一个并不可能发生的奇迹。我在每一封家信的最后都会问:"阿帕还好吗?"谎言随之出现在回信中:"可以吃点东西了……""可以推出去晒晒太阳了……"我任性地难为着我不会撒谎的家人,他们用谎言编织着你越来越好的场景,而我情愿相信这都是真的。

第二年夏天的暑假我又回到故乡,那么多的人前来接我,车也没有直接驶向家中,我便明白了一切。哈萨克族人的礼节,不会让亲人直接面对死亡,而是选择合适的人,合适的时间、地点通知噩耗,再让亲人去面对死者或坟墓。尽管心中早有准备,但依然心如刀绞。我配合了所有的人,用出乎他们意料的冷静与克制听闻了噩耗,然后是适度的惊讶,克制的哭泣。我只问了一句:"什么时候的事?"

"你走后十天,其实你走后她就拒绝了所有的治疗……"

我已经听不见任何的话了,果然是那三天,我的心绞痛,从你合眼一直持续到你下葬。没有一个人敢通知我,可你用这样的方式告诉了我你的离去。

我起身漫无目的地走向外面,故乡的天很高很蓝,鸽子在空中优美地飞翔,鸽哨声悠远、沉静。我永远记得那天的阳光,一如我们吻别时那样灿烂……

来自蒙古国的巴特尔汗

每当说起巴特尔汗这个人，我总是忍不住要笑。他是来自蒙古国的哈萨克族，我爱人的朋友，认识他的时候他还不满三十岁，看他的长相你绝对难以相信。我刚认识他的时候以为是爱人家的某个长辈，着实对他恭敬有加。

认识他时我正在休婚假。一天中午他突然出现在我家，爱人简单介绍了他之后就匆匆去忙公司的事了。我只听清了他的名字，凭他略显苍老的面孔就已断定他是爱人家来自牧区的长辈。我略显慌乱地将他的行李安置在客房就忙着去烧奶茶了。

我将各种食物摆满餐桌，将茶壶茶碗归置停当就去客房请巴特尔汗入席。让我大吃一惊的是，他放着客房的床不睡，却躺在客房的地毯上闭目养神，门也大敞着。我站在门口进退两难，只好大声咳嗽。他慌忙从地上一跃而起，跟在我的身后进了餐厅。

他看上去很久没有尽兴地喝过奶茶了。他不慌不忙地一碗接一碗地喝着奶茶，喝得满脸都是汗也不去擦，我不好撇下他去忙活午饭的事情，只好帮他一碗接一碗地续茶，气氛沉默而尴尬。终于在大茶壶的茶即将见底我起身准备再烧一壶时，他摆手制止了我:"嫂子,不用再烧了!"

我目瞪口呆地望着他,疑心自己的耳朵出了问题。"嫂子?"他刚才是这样称呼我的吗?看到我的惊讶,他显然误会了我的意思,他慌忙说:"如果您想烧,我……我可以再喝一点。"听到这话我哭笑不得,只好又烧了一壶奶茶。于是,我们这两个在不同文化背景下成长的哈萨克族人正襟危坐在客厅里,喝了整整一下午的奶茶。临近傍晚,我才终于有机会走进厨房,做了一顿丰盛的晚餐。

哈萨克族人的礼节是晚辈在长辈面前不能毫无顾忌地说话,即使是平辈之间,陌生男女间的相处都是非常拘谨的。所以我和巴特尔汗虽然喝了一下午的茶,但几乎没怎么交流,我对这个人几乎还是一无所知,只觉得他淳朴而木讷。晚上爱人回家后我才从他口中得知,巴特尔汗才二十七岁,在蒙古国做了疝气手术后引发了严重感染,所以来乌鲁木齐又重新做了手术,他来我家居然是为了养病!虽然哈萨克族热情好客,家中客人不断是一件司空见惯的事情,但在我们的蜜月里,要和一个陌生的大小伙子共处一室对我来说实在是一个挑战。何况爱人白天总是很忙,连午饭都不回家吃。一想到未来的日子里我每天都得穿着正式、行为得体地待在家里和巴特尔汗不停地喝茶,我的头都大了!

虽然极不方便极不情愿,但此后的日子里我对巴特尔汗还是以礼相待,把他当作爱人的亲戚一样无微不至地照顾他,甚至有的时候也陪他逛逛街,帮着他不厌其烦地和小摊小贩讨价还价。他一句汉语都不会说,茫然地看着我,不知所措,而我又不太擅长还价,所以往往费了好大劲儿也讲不到他能接受的价格。所有的东西在他看来都贵得离谱，我不知道蒙古国人民的生活是怎么样的，难道日用品的价格低到白送的程度？在我家住的那些日子里，巴特尔汗没买上太多的东西，倒是我练就了一身砍价的本领。从这一点来说，我心里倒有些感激他，他的节俭让我不由自主地审视自己的生活，我从一个对钱没有太多概念的姑娘转变为像个真正的家庭主妇一样进入柴米油盐的生活。他先于我的家人，先于我的爱人，教会了我如何节俭地生活。

有的时候我也会在邻居们异样的眼神下带着他去我的娘家做客。唉！有什么办法呢？家里那么热，又不能穿着睡衣和他待在家里，带他出去走走也比待在家里不停地喝奶茶或者大眼瞪小眼地坐着强！邻居们爱怎么想就怎么想去吧，事到如今也管不了那么多了。巴特尔汗在我的家中始终憨笑着，没有半点不自在，时间久了我也渐渐习惯了。从有限的交谈中我得知：巴特尔汗排行老五，哥哥姐姐都做生意，他也在学着做生意，经过在乌鲁木齐的多方考察，他准备回家开个蛋糕店。

他的想法让我有些吃惊，因为他看起来似乎和厨房很绝缘的样子。让这样一个木讷且于制作食品一无所知的人开个蛋糕店，实在是件不可思议的事情，但他似乎已经下定决心了。他的理由是，他们那里的人热衷于参加各种性质的聚会、婚礼等集体活动，且爱面子讲排场，喜欢模仿欧洲那边搞个几层蛋糕什么的，所以蛋糕什么时候都供不应求。虽然我对他是否能制作出那种几层高的蛋糕始终怀疑，但还是竭尽全力来帮他。我为他联系了一家招收学徒的蛋糕店，并买来一些他日后可以制作并销售的食品让他吃。虽然他从不致谢，但我可以感受到他的感激之情。

有一次我炸了些虾片给他吃，他大为感叹，看着一个个薄薄的片片在油锅中变成另外一副样子，他啧啧赞叹，向我投来敬佩的眼神，似乎我成了魔术师。晚饭时，他依然难以抑制他的敬佩之情，他红着脸，由衷地对我说："您……您真的太厉害了！可以告诉我，您是怎么做到的吗？"

我窘得不知如何是好，只好期待爱人能给他讲明白。爱人回家时我把这件事当作笑话告诉了他，爱人听完哈哈大笑，答应向他说明。但之后的日子里，巴特尔汗看我的眼神似乎多了些毕恭毕敬的成分，我忍不住问爱人："你到底怎么给他讲的？他怎么看我的眼神像看神一样。"

爱人说得轻描淡写："我告诉他你是萨满的后代，你家祖上有过女萨满。"

我气得无语："你怎么可以告诉他这个呢？！"

爱人满不在乎："我是跟他开玩笑的。"

我真是哭笑不得，敢情他真的拿我当神了。在蒙古国的哈萨克族人虽然也信奉伊斯兰教，但萨满教遗风尚存，他们至今相信萨满无所不能，后来在伊斯兰教传入之后，萨满改称巴克斯。在我们这里，随着医学的发展，人们似乎已经不太相信巴克斯了。但在蒙古国，萨满似乎依然发挥着一定的作用。所以，对我这样"萨满的后代"，巴特尔汗怎么能不恭敬呢？

那些日子，每每聊天时巴特尔汗就打听我祖上那位萨满的故事，看到他充满期待的眼神，我只好搜肠刮肚找出些她的故事讲给他听。在我很小的时候她还在世，当时她已经一百多岁了，但耳聪目明。她的眼神很奇特，盯着人看时让人感觉很舒服，并不由自主地要去信任她。她的眼睛是一种海一样的蓝，论辈分，我是她的玄外孙，记忆中我小时候几次莫名其妙得的病也确实是被她莫名其妙地治好的。讲到她治病的经历时，巴特尔汗显得非常兴奋，他仔细地打听了每一个细节，我甚至有些怀疑他是不是也想从事这个行当。他多次感叹："她要是活着该多好！"似乎他比我更希望我的玄外祖母活着。也许他觉得如果女萨满活着，他就不用在医院受手术之苦了吧。后来的很多事情才让我明白巴特尔汗为什么不相信医生而情愿相信萨满。不管如何，巴特尔汗对我是越来越恭敬了，简直到了言听计从的地步。我觉得好笑，却又没法改变他的行为，索性由他去吧。

那年的秋天，巴特尔汗才动身回到蒙古国。之后的几年中，巴特尔汗很少出现了，但我们一直通过电话保持着联系。听说他成家了，听说他的蛋糕店也开起来了，生意虽然没有他预期的兴旺，却也没有我担心的那般惨淡。巴特尔汗凭着他坚韧不拔的毅力，一直坚持亲自制作蛋糕，亲自出售，维持着还算不错的生计。而我们在这些年间有了自己的孩子，爱人的事业也经历了一些动荡，并最终有了一些起色。我也从一个娇生惯养的女子成长为一个训练有素的主妇。让我感动的是，我的孩子出生没多久，巴特尔汗千里迢迢地赶来，为孩子送上蒙古国民间手艺人手工缝制的一件皮毛马甲，看了一眼襁褓中的孩子，送上他的祝福就风尘仆仆地离开了。我永远忘不了这个木讷的男人看着孩子时的那种温柔眼神。

在初为人母的喜悦和慌乱中，时光飞逝。其间，巴特尔汗为了生意上的事又来过几次，每一次他都会为我家的宝贝儿子带来礼物。他那么喜欢孩子却又迟迟不要小孩让我觉得有些奇怪,有一次忍不住问他:"你们为什么不要孩子呢?"

他很惊讶地反问我:"要孩子?怎么要呢?"

我的脸唰地红了:"这个……你得问问我老公……"

当晚,巴特尔汗和我爱人在客厅聊了很久,鉴于他下午的唐突话语,我不好意思在客厅听他们聊天的内容,但我实在有些好奇,就躲在隔壁偷听。

起初也只是闲聊,后来巴特尔汗终于切入正题:"你们这里真的可以要孩子吗?怎么要呢?"

我可以感觉到爱人的惊讶和尴尬:"你结婚这么些年了,这个还要我教吗?"

巴特尔汗沉默了很久,又问:"那么,要孩子需要很多钱吗?"他又接着说:"不过多贵我都可以要的,只要有人肯给。"

我和爱人几乎同时明白了,我们生活在两个文化背景下的哈萨克族人对"要"这个词的使用原来是有区别的。我们说的"要孩子"是"生孩子"的意思,而他们说的"要孩子"是要来一个孩子。客厅内外都陷入一种难耐的沉默中。

巴特尔汗解释:"我们结婚这么些年了,一直没能生个孩子……"我不忍心听下去,去了孩子的房间,儿子已经熟睡,发出均匀的鼾声。我轻轻地吻他的小脸和小手,在心中不断庆幸此生能拥有一个这样的"精灵"。

后来听爱人说,巴特尔汗在蒙古国做的那次疝气手术也许就是他失去生育能力的元凶。爱人后来去我们这里巴特尔汗住过的医院查过他的病历,询问了他当时的主治大夫,得知巴特尔汗可能永远都不会有孩子了。爱人和我都没有告诉他这一事实，我们都期待会有一个奇迹发生。一个如此喜欢孩子的人怎么会有这样的遭遇？

  据说，萨满的灵性是天赋的，通常会遗传给家中的某一女子，有时也会隔代。从那时起，我忽然前所未有地渴望自己拥有那种灵性，如果能为巴特尔汗带来一个孩子，那么成为一个萨满又有什么不可以呢！

吃人的羊(外二篇)

对于哈萨克族人来讲，羊是生活的一部分。羊是哈萨克族人的伙伴，羊是哈萨克族人的财富，羊是哈萨克族人的文化。即使是我这样一个生长于城市，远离了草原的牧人的后裔，关于羊依然会有说不完的故事。在那些故事里，我对羊的一切充满好奇。我并不知道羊有没有思想，但它从容地满足了我们的口腹之欲，以它并不强悍的身体承载了人类永不满足的欲望。

平生第一次尝到恐惧的滋味居然是从一只羊开始的。不记得是几岁的时候了，只记得那是一个夏天的午后，祖父母去参加婚宴，将我反锁在家中。那时候的孩子都没有保姆来照看，大人有事外出将孩子反锁在家中是常有的事，百无聊赖的我只好睡着漫长的午觉。当口水濡湿枕头的时候，我忽然被一种奇怪的声音吵醒了，像是孩子急切地叫着"妈妈"的声音，那种颤音奶声奶气又清脆无比。

我穿了一条鲜艳的长裤，翻身下床，循着声音向院子里跑去，看见一只浑身雪白的小东西站在院子中央对着大门叫着。看上去它比家中的狗要小得多，额头上的毛像卷曲的刘海一样，还有那对黑葡萄般的眼睛和粉红色的小嘴,一看就是我的朋友,我兴奋地靠近它。在那之前所有我见过的动物就只有家里的一只狗和几只鸡,它们早已被我吓破了胆,一见到我就跑得无影无踪。

那时候的我体弱多病,祖父母对我虽然百般宠爱,却从不让我迈出院门一步,据说是害怕周围常年流着鼻涕的小朋友连累我感冒。那时候的我会因为小小的感冒而住院,一发烧就会昏迷不醒,可把祖父母吓怕了。不知道是不是因为这个原因,祖父家的墙修得很高,墙头上还嵌着碎玻璃,就差没在墙上拉电网了。我这样的小身板也就不指望能翻过墙头去和小朋友玩了,所以我的大部分时间就是在后院荡秋千,看着头顶蓝蓝的天,看着那些高大得想要长到天上去的钻天杨发呆,要么就是追着前院的那只狗和几只鸡不停地跑,闹得家中鸡犬不宁,所以寂寞的我看到它是多么惊喜啊!

我快步跑到它的跟前,它并没有像那些胆小的鸡和狗一样扭头就跑,反而迎上前来,一下子咬住了我的裤腿,有滋有味地吮吸起来。我大惊失色,难道这就是祖母故事中那些幻化成可爱的动物来吃人的怪物吗?

我来不及细想,本能地推开它向院子深处狂奔。它一点都不含糊,"咩咩"地叫着紧追不舍。我在院中的果树、杨树、空地上的花丛中跑得气喘吁吁,大声地哭泣着呼救,院子里却寂静无声,除了那个怪物的"咩咩"声一声高过一声。

我的腿像灌了铅一般沉重,怀着一线"家里人也许回来了"的期待奔向前院,大门依然紧闭,我冲进屋里,顾不上脱下沾满泥巴的鞋直接上了炕。根据以往的经验,狗和鸡通常是不进屋子的。我想，也许我进了屋，它就会像那只狗一样灰溜溜地留在门外。然而，这怪物远比我想象中的强大得多，我刚在炕上站定，它就轻松地一跃而起，上了炕。我哭喊着跳下炕，冲向了院子角落的鸡窝。当我哭得上气不接下气，好不容易爬上鸡窝的时候，它早已等候在鸡窝顶上。它撒着欢儿冲我叫喊，声音凄厉而诡异。我已经哭得发不出一点声音，院子里的鸡和狗都幸灾乐祸地望着我。

我来不及多想，又跳下鸡窝，冲向院门，用尽全身的力气拍打着我家那个包着雕花铁皮的大门。那只怪物又诡异地叫着咬住我的裤脚，我听到自己的心跳得几乎要飞出胸膛。也许下一步它将把我拽倒在地，从我的脚踝开始吮吸我的鲜血，然后嚼碎我的骨头……恍惚中，似乎有熟悉的声音呼喊我的名字，我来不及辨认就倒在地上不省人事了。

据说，邻家哥哥听到院子里我的哭喊撕心裂肺，就不顾一切地翻墙进来，看到我倒在大门旁边，而那只饥饿的小山羊正有滋有味地吮着我的裤腿。邻家哥哥抱起我去了医务所。他的手被墙头的玻璃扎伤，我在挂过液体之后苏醒，好几天都神情恍惚。那只从后院排水沟里爬进我家闯了大祸的小羊被祖父抱着挨家挨户地询问，最后也成功找到了妈妈。

从那以后，祖父家墙头的玻璃被全部拔去，雕花的大门也不再日日紧闭，我也一天天地长大。渐渐相信了羊是吃草的动物，不可能吃人，它们最终会被我们吃掉。然而儿时的恐惧却深藏心底，作为一个牧人的后裔，我极力地掩饰着自己对它的恐惧。可是每每听到山羊诡异的叫声，我的心就会莫名地不安，那样的夜晚就会有无穷无尽的梦魇。时至今日，看到山羊还会有一种撒腿就跑的冲动，不知道我游牧的先祖对他这样的后裔会不会在心底叹息。

系着围裙的羊

在我八岁那年，祖父家也养了一些羊。当然，鉴于我对山羊的过敏反应，祖父家的羊是清一色的绵羊。祖父家的羊圈豪华敞亮，并且远离我们居住的院子。和草原上的羊完全不同，它们由买来的草料和饲料喂养，由祖父雇来的小伙子照料，生病了由祖父亲自配药，该有后代了，由祖父邀请场里的技术员完成为它们传宗接代的工作。所以，我对羊的生活完全是陌生的。我只知道，每年产羔的季节，家里会添几只我的宠物，我有近一年的时间可以和它们玩耍，但等到它们长成大羊，就只能安静地待在它们的羊圈里，等着或迟或早的一天被我们吃掉。而我，一边为它们流着眼泪，一边又满怀内疚和不安吃下它们的肉。我唯一能做的事情就是避开它们死亡的过程。所以每到家里宰羊的日子，我就会离开家，去邻居家或待在外面的任何一个地方，直到天黑，直到祖父处理掉家里宰羊时留下的血迹，处理掉羊皮，我才会回到家中。等到我考上大学，离开祖父家之后就完全与羊隔绝了，它们对于我就只是餐桌上的美味了。

再次与羊亲近是在嫁到三工那个哈萨克族村的时候了，但这样的亲近也无非是每天看着小叔子在清晨将它们赶出院子去对面山上吃草，傍晚又将它们赶回院子里的羊圈里。它们像上班族一样每天出入这个院落,过着安安静静与世无争的生活。而我,也总是像一个客人,不能深入到羊和羊的生活中,我与羊的亲近也就如此礼貌而客气。

一天傍晚,我和婆婆坐在院子里喝奶茶。院子门开了,小叔子赶着家中的十几只羊回来了。我站起身,问小叔子要不要帮忙。婆婆说:"就十几只羊,有啥忙要帮,你坐下喝茶吧。"

哈萨克族人的传统中,儿媳对公婆极为恭敬。在家儿媳要对公婆用敬语,对爱人的兄弟姐妹都有名讳,诸如此类的讲究和禁忌颇多。因为公公已经过世,家里的一切自然由婆婆说了算,既然婆婆发话了,我只好重新落座。我虽然生长于城市,但也努力按照传统去做事。我的努力婆婆也看在眼里,所以她对我格外疼爱,并不对我挑剔。

当我重新落座时,忽然注意到有一只羊的腰间系了条围裙,几乎拖到地上。我便问婆婆:"妈,那只羊为什么系着围裙?"

婆婆有些惊讶地望着我,说:"孩子,那不是围裙,那是'库约克'呀!"

我的哈萨克语说得很流利,流利到可以从事口头和书面的翻译工作,可对于"库约克"这个词,我真是闻所未闻,只好又问:"'库约克'是什么意思?"

婆婆忽然红了脸:"孩子,那是只公羊。"

看婆婆红了脸,我感觉似乎问了不该问的问题,但为什么要戴"库约克"?何况那块厚布本来就是围裙嘛!就系在那只羊腰部靠近后腿的地方,大概要比我们做饭用的围裙短小一些,像是为它量身打造的一般。看到我不吭气了,婆婆有些慌乱地岔开了话题，似乎是怕我打破砂锅问到底，我越发地好奇，却不好再问。

终于等到爱人晚上回家，我急慌慌地问："咱家的羊为啥扎着围裙呢？"

爱人白我一眼："你家没养过羊？那叫'库约克'。"

"我知道叫'库约克'，我就是不知道那是干啥用的，为啥只有一只羊有围裙，妈妈说那是公羊，为啥母羊不扎围裙而是公羊扎围裙呢？"

"这个你问我妈了？"爱人惊讶地张大了嘴。我便一五一十地复述了我和婆婆的对话。

爱人听完，笑得上气不接下气："'库约克'是避孕毡的意思，你居然问你婆婆避孕毡是干啥用的！你这儿媳妇问的问题可够离谱的！"

我又羞又急，脸都发烫了："你胡说什么！那一块布怎么避孕嘛！你胡说！"

爱人笑着拍我的头："亏你还是个哈萨克族人呢！连小羊咋来的都不知道吧！"于是爱人压低声音，连比带画地讲了这个过程。

想到我居然问了婆婆这样的问题，我羞得都要哭了，可还是有些不知就里，小声嘟囔："可那就是一块布呀，怎么挡得住啊？"

爱人笑得前仰后合："傻瓜！羊又不是人！它不会自己撩开布啊！"

真相终于大白，那只系着围裙的羊让我出了这么大丑！害得我好几天都不好意思面对婆婆。每每看到那只系着围裙的羊，我都会狠狠地瞪它一眼。可它根本不理我，每天依旧拖着它的围裙，急不可耐地尾随那些母羊而去。

一只处于非常时期的羊

那一年的艾丁湖已不是从前的模样。亿万年前，艾丁湖曾是个近五万平方公里的内陆海，据说是碧波粼粼，湖光山色。然而随着时间的推移，酷热干燥、蒸发量大于降水量几千倍的气候条件，保护措施无法跟进等一系列因素使湖区景观极度荒凉，地表盐壳发育独特，构成了一幅未开垦的壮观的原始画面，从而对旅游者具有了更为特殊的吸引力。旅游业的蓬勃发展，农业分流的干扰和威胁终于使今日的艾丁湖成了名副其实的"月光湖"，除西南部还残存很浅的湖水外，大部分是皱褶如波的干涸湖底，触目皆是银白晶莹的盐结晶体和盐壳，在阳光映照下闪闪发光。

我们从乌鲁木齐出发，驱车二百三十公里，抵达的时候正是黄昏。黄泥抹墙制作的景区几乎可以以假乱真，让我们误以为到达了艾丁湖畔的一个农家小院。院子里有晒干的玉米棒挂在墙上，高高的车轮有些做作地靠在廊前。即便如此，我也依然愿意相信我走在艾丁湖畔的一个古朴的农家小院。

走到院子深处时，看到那棵高大的桑树下拴着的那只羊。那是一只山羊，弯弯的角在额头上相连，向着头顶的天空高高地弯起，彰显出这只羊的雄性气概。它的脸上、身上有土，有泥，脏得辨不清颜色。同行的内心柔软的女作家们开始同情它："可怜

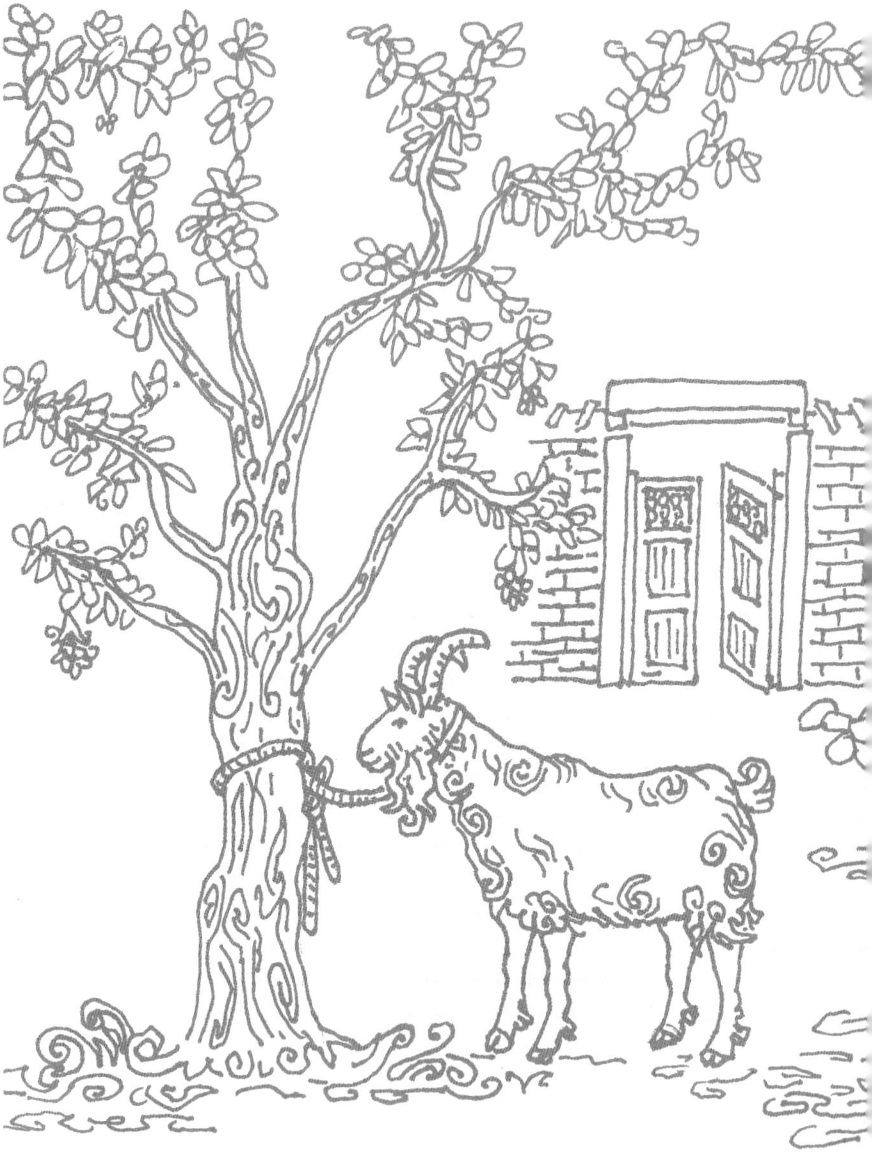

的小羊，被绑在这里，还脏成这样。"

我笑着说："它不小了，已经成年了。"

这话题引起同行男作家们的兴趣："你怎么就知道它成年了？"

我提醒他们："你闻闻空气中的味道。"

一进院子我就闻到那种奇怪的味道，一种复杂到让人舌尖发苦的味道，一种发散着欲望的味道。这让我想起很多年前去牧区亲戚家做客时见到的那只羊，那只被欲望苦苦折磨的羊，那只散发着奇怪味道的羊。

那时，我在毡房门口坐着看蓝天白云，那只山羊突兀地出现在我的眼前，眼神涣散，浑身是土和草根，似乎刚在某处草地上打过滚。看它朝我直冲过来，似乎要将我顶翻在地，我本能地尖叫了一声。亲戚家的老奶奶听到声音，冲出来狠狠地一棍子打在羊背上。山羊呜咽了一声，极不情愿地走开了，老奶奶骂了一句："脏羊！"

我有些惊讶，哈萨克族人一直把羊当作最洁净的动物和食物，而对于能够成为食物的一切是不可能如此咒骂和嫌弃的。我向亲戚家的孩子不断询问，他们不好意思地笑，但最终还是告诉了我为什么。原来，每年春季是山羊的发情期，在这个时期，被欲望折磨的羊会到处乱蹿，以至于脏得浑身看不清毛色，身上会发出一种难闻的味道。对于内敛、含蓄的哈萨克族人而言，如此无所顾忌地彰显自己的欲望，自然是会让人嫌弃的。好在草原文化的包容，让哈萨克族人学会了原谅。所以度过了这一段非常时期的羊，最终会在蓝天白云下恢复它洁净的毛色，那些欲望的味道也会在空气中渐渐飘散，它们依然会是哈萨克族人不离不弃的伙伴。

艾丁湖畔的这只山羊正是处于这样一个非常时期，它却没有草原上的羊那般幸运，这只景区里用来拉着小木车供游客合影的羊，它只能被牵绊在这里，被欲望苦苦折磨。我们围观它，耻笑它。那天大家不断提起这个话题，心照不宣的笑容挂在每一张脸上。那只处于非常时期的羊，忽然发出"咩咩"的叫声，声音中是满满的委屈和不甘。是啊，它怎么能不委屈呢?！这群两条腿的动物，看不到自己日益膨胀的各种欲望，却耻笑一只羊最卑微的欲望。

我们说笑着走在已经干涸的艾丁湖畔，越来越黏稠的欲望弥漫在空气中，分不清是羊的，还是人的。

别样的爱意表达——"姑娘追"(外一篇)

哈萨克族人的"姑娘追"究竟源于何时无从考证,就像牧村里那些黄毛丫头忽然有一天长成了窈窕淑女,含悲含怯地唱着哭嫁歌,远嫁到七河之外的他乡,从此开始另一种命运一样。哈萨克族人的爱情似乎总是在甜蜜里藏着忧伤。而"姑娘追"则是哈萨克族式爱情一种别样的表达。

哈萨克族女子温婉、善良、隐忍、坚强的性格无论在文学作品里,还是在现实生活中都随处可见,也常被作为哈萨克族女子的传统美德得到赞誉。然而,在"姑娘追"这个婚礼或庆典中常有的娱乐活动中,哈萨克族女子却一反常态,策马狂奔,用猛烈地鞭打向对方表达自己的爱情。

第一次看到"姑娘追"是在阿勒泰草原上,姑妈的女儿嫁了草原上的汉子。男方家为迎娶大表姐,在草原上举办了传统婚礼,婚礼盛况空前。我们一家不远千里从乌鲁木齐奔赴阿勒泰草原参加婚礼。

且不说阿肯阿依特斯的高潮迭起,赛马、刁羊的激烈角逐,单单"姑娘追"的场面就已经让我震惊不已。当人们高喊着"克孜库瓦尔"（姑娘追）冲向那块平整的一望无际的草地时，我也随着人群狂奔而至。场地的中央，几十个姑娘和小伙子骑在马背上，挽着缰绳，在众人的嬉闹声中，或深情注视对方，或小声谈笑。落落大方的姑娘和热烈奔放的小伙子们让我感叹："那些腼腆的少年和那些羞涩的姑娘哪里去了？"

随着"巴斯塔勒德"（开始）一声高呼，小伙子、姑娘们结对策马而行。游戏是双程，去程小伙子向姑娘开玩笑，而姑娘不能生气。这样的玩笑包括小伙子大胆向姑娘示爱，甚至求吻。回程则是姑娘唱主角。小伙子的坐骑撒开四蹄，没命地奔跑。姑娘策马追赶，紧随其后，一旦追上，马鞭便生生抽在小伙子头上、肩上、身上。当然，轻轻地打还是使劲地抽，全凭姑娘的心意。如果姑娘对小伙子有意，那皮鞭落处自然轻描淡写；如果小伙子和姑娘之间落花有意流水无情，那小伙子可就惨了，姑娘的皮鞭势必替姑娘报去程时小伙子的冒犯之仇。无论如何，哈萨克族姑娘端坐马上、裙袂飞扬、英姿飒爽的场景实在是一幅绝美的图画。

关于"姑娘追"有两种传说。很早很早以前，哈萨克族曾有两个部落头人结成儿女亲家。在姑娘过门的那天，来接亲的人当中有一个快嘴的，夸自己头人的儿子的坐骑是从许多马里挑选出来的一匹千里马。这件事传到了姑娘父亲的耳朵里，姑娘的父亲为了夸耀自己的马和女儿的骑术，便说："我的姑娘骑马向你们接亲去的相反方向跑，如果你们的小伙子追上了我的姑娘，那么今天就过门，否则改日再谈。"来接亲的小伙子迎亲心切，也不甘示弱，就答应了这一挑战式条件。两个青年人立即翻身上马，姑娘在前策马奔跑，小伙子在后紧紧追赶。当他追上姑娘并绕到前面时，姑娘提出让小伙子在前面往回跑，自己从后面追，这样由追姑娘变成了姑娘追。后来，此活动相沿成习，一直流传至今。

另一个传说是一对猎人和天鹅仙子结成的夫妻，在结婚那天，他们骑着两匹雪白的骏马，像白天鹅飞翔一样互相追逐。他们就是哈萨克族人的始祖。后来，哈萨克族男女就以驰马互相追逐的方式来促成爱情的结合。

在哈萨克族发达的口头传承中，这两则传说能流传至今，一定有它的道理。我无意探讨传说的真实性和生命力，想说的是这两则传说所透露的一些共同的信息。在这两则传说中，我们可以感受到哈萨克族女子在婚姻爱情中的地位，虽不说是占着主导地位，但至少也是与男性平起平坐。哈萨克族女子并不是只会围着锅台转，很多时候她们和男子一样驰骋在马上，而作为父母也会以此为荣。

在浩瀚的哈萨克族民间文学的海洋里，这样的实例比比皆是。在脍炙人口的哈萨克族爱情长诗《吉别克姑娘》中，占领了吉别克所属部落的入侵者、部落首领霍仁想凭借自己的淫威强娶美女吉别克为妾。另一方面，他为了讨取吉别克的欢心向其倾诉了对她的爱慕之心，苦苦请求吉别克嫁给他。但是却遭到了具有强烈自尊心，对自己的情郎托列根忠贞不贰的吉别克的拒绝，并被吉别克愚弄。吉别克骗走了他的骏马和武器逃出了魔掌。最终，她成了率领部族百姓战胜侵略者，杀死劲敌霍仁的领导人之一。哈萨克族民间爱情史诗中男女青年的恋爱过程热情奔放，无论男女都有自由择偶的权利。在哈萨克族英雄史诗《哈木巴尔巴特尔》中，娜孜姆的父亲是名震六大部落的头人，而他却给了娜孜姆自己选择爱人的自由。为此，他专门修建了一座凉亭让女儿坐在其中，招来六大部落未婚青年从亭前走过，让娜孜姆选择如意郎君。她从无数青年中选中了哈木巴尔巴特尔。在哈萨克族人看来，女儿是暂住家里的贵客，所以很尊重她们的自由。随着她们一天天长大，家里的父母、亲戚甚至全部落的人都很敬重她们。正是这种民族习俗和草原游牧生活给哈萨克族青年男女们创造了自由见面的机会，男女青年通过"姑娘追"、阿肯阿依特斯等活动有了了解对方人品和才能的种种可能。

在哈萨克斯坦南部奇图尔克斯坦市的博物馆里，陈列着当时与男子并肩作战的女子的铠甲与装饰精美的女性马鞍。据博物馆的史料记载：哈萨克汗国时期，哈萨克族女子常与男子并肩作战，女子若无此经历则被人轻视，很难出阁。而在我国境内的阿勒泰博物馆、巴里坤县哈萨克民俗博物馆、伊犁唐加勒克纪念馆等处展出的哈萨克族女式马鞍则说明这一记载绝非空穴来风。

再回到那场盛况空前的婚礼中去，我们便不难理解，"姑娘追"这一民俗产生的背景与它所承载的文化意义。哈萨克族作为游牧民族，作为世代逐水草而居的马背上的民族，"姑娘追"是哈萨克族人在男女自由平等的前提下，哈萨克族式爱情的别样表达，富有青年男女交往中纯真而又浪漫的生活情趣。

诚然，时代的发展也改变了哈萨克族人的生产生活方式。越来越多的哈萨克族人选择了在城镇定居下来，汽车、摩托车代替了骏马，平房、楼房代替了毡房。随着生活方式的改变，哈萨克族青年男女表达爱慕之情的方式也更为丰富和多样，现在的"姑娘追"大多以表演的形式存在。

我不知道，有多少人亲眼见过真正的"姑娘追"，我也不知道有多少人还会记得这种哈萨克族式的爱情。但我唯一可以确定的是，不管时代的车轮如何裹挟一切滚滚向前，真挚、淳朴、滚烫的爱情一定会永远驻足在那个轻轻策马扬鞭的时刻，永远驻足于我们内心那个碧绿的草原上。

力量与速度的争夺——刁羊

刁羊，是哈萨克族人传统的马上游戏，但它不仅仅是一项扣人心弦的马上游戏，更是一种力量和勇气的较量，马术和骑术的比拼。在哈萨克族传统中，刁羊是一件盛事，因此每当刁羊活动前夕，牧村里就要选派代表到各个毡房去张罗刁羊事宜，并进行选择地点、确定日期的工作。刁羊这天，不论男女老少，都穿着节日的盛装，喜气洋洋地来到指定地点，习惯而自觉地站成一个大圈，目不转睛地盯着刁羊的每一个环节，生怕错过任何一个精彩的时刻。

古语云"胡儿一鞭去如飞"，据说指的就是古时候的刁羊活动。这种说法不知道有没有依据，但有一点是确定的：如果指的的确是哈萨克族的刁羊，那也一定是后人对刁羊的文字记载。关于这种游戏，凭文字记载可以推断，此游戏的产生应在原始宗教信仰阶段。

"刁羊"哈萨克语称"阔克波热塔尔图"，字面直译为"刁狼"。因这一直译，也便有了一些误读。有资料称："据说刁羊活动起源于中世纪。当时牧业上的狼害相当严重，牧民对狼特别仇视，一旦猎获了狼，大家便一拥而上争相抢夺，以此开心取乐。后来就逐渐由刁狼演变为刁羊的群众性娱乐活动。"这一说法显然是没有依据的。事实上，狼在哈萨克族文化中的地位举足轻重，这源于哈萨克族的图腾崇拜。

作为哈萨克族人先民主体的乌孙人曾以狼为图腾。据《史记·大宛列传》称："而昆莫生，弃于野。乌嗛肉蜚其上，狼往乳之。单于怪以为神，而收长之。"《汉书·张骞传》也称："子昆莫新生，傅父布就翕侯抱亡置草中，为求食，还，见狼乳之。又乌衔肉翔其旁，以为神。遂持归匈奴，单于爱养之。"乌孙王昆莫新生落荒之际，把苍狼引出，使其"乳之"，这就说明了乌孙人把狼视作本民族的保护神而加以崇拜。至今，哈萨克族人不能骂狼，甚至不能直呼为"狼"，而要讳称为"狗"或"伊特库斯"（一种神鸟）。因此，"刁狼"一说显然是毫无根据的。

从图腾崇拜的角度解释，刁羊应该是哈萨克族人的先民模仿狼群以争夺羊为内容的游戏，后来逐渐演变为一种马上竞技活动。

从哈萨克族英雄史诗中我们得知，在古代各部落英雄统领的军队都有自己的部落旗帜、徽号和呼号。在史诗《阿布赉汗》中，阿布赉名唤阿布力曼苏尔，因作战时屡呼其祖父名"阿布赉"出征且大获全胜，后被人称作"阿布赉汗"。哈萨克汗国时期，有些部队出战时，高呼"阔克波热"，后也渐渐演变为部落或部队的徽号。而在哈萨克族作家艾孜木汗·普先《在世纪之岩出没的狼》一书中记载：古时，部队作战之余，喜欢"阔克波热塔尔图"游戏，即勇士们假装是一匹匹勇猛的狼，大家抢夺一只羊。参加刁羊的勇士们都结成团队，作出冲群争夺、掩护驮遁和追赶阻挡等分工，而且讲究战略战术。比如一旦夺得羊羔，其他同伴有的前拽缰绳，有的后抽马背，前拉后推、左右护卫才能冲出重围。这项活动既需个人娴熟的技巧，又要集体的密切配合。这种游戏不仅是速度与智慧的较量，更是一种协作精神的体现。这应该是刁羊游戏的雏形。

狼在哈萨克语中称为"卡斯科尔"，因为图腾崇拜观念，称其为"阔克波热"。在这里其实指的是灵魂以狼的形象为载体存在，所以"阔克波热"不单纯指苍狼，而是指以狼的形象出现的神灵。所以"阔克波热塔尔图"并不是"刁狼"，而是"刁羊"。

刁羊是哈萨克族传统社会中的盛事，因此通常在婚礼或庆典活动中进行。刁羊活动所用的羊，通常由婚礼的主人或庆典活动的召集人准备。一般用两岁左右的山羊，割去头、蹄，紧扎食道。或者干脆以在水中浸泡过的羊皮替代羊，这样比较坚韧，不易扯烂。

在哈萨克族历史上，刁羊以氏族、部落为单位或以居住情况分为两组，每组各出一人一骑相互对刁。先出场者把羊压于膝、足之间，两手抓住羊的后腿压在马鞍上，对方则抓住羊的前腿用力拽拉，这样经过几次对刁之后出场的骑手越来越多，最后大家合刁一只羊。几十匹骏马犹如离弦之箭，几十名骑手策马驰骋，一派人马欢腾的史诗场景。最后，夺得羔羊，将众骑手甩在身后，绝尘而去者为胜。

通常，获胜者会将夺得的这只羊送到一户最受人尊敬的人家。哈萨克族人同时也把刁羊看作是祈求幸福的仪式。如果刁到羊的人，把羊扔到了谁家的毡房门口，就表示给谁家送来了幸福。这家人就要给胜利者和他的马披红戴花，并在当天晚上宴请参加刁羊的人，同吃所刁的羊的肉并通宵进行阿肯阿依特斯等娱乐活动。传统认为，吃到这只羊的肉，会交好运。王树枏的《新疆礼俗志》中对此也有非常详尽的描述："刁羊者，刲羊擿于地，群年少子弟飞骑拾之。攞诸马上，彼此驰逐相攘夺，支解血肉，赫然霍落，众人随之以攫一脔，致亲友为吉祥喜事，受者亦必厚报之。"

哈萨克族人常年逐水草而居，其实这样的生活并不是我们所看到的那般诗意与浪漫，那种同恶劣天气的较量，为保护牲畜与凶禽猛兽的搏杀，决定着哈萨克族人必须要有强健的体魄、宽广的胸怀和非同寻常的勇气。即使是刁羊这样一个马背上的游戏，体现的也是哈萨克族人所特有的勇气与精神。刁羊的优胜者多是放牧的能手，他们能在暴风雪中寻找失散的牲畜，他们能把百十斤重的羊只俯身提上马来，驮回畜群。优秀的刁羊手是受尊敬的，被誉为"草原上的雄鹰"。

哈萨克族人崇拜英雄，这一点有浩如烟海的英雄史诗为证。草原上优秀的刁羊手的地位，并不逊色于史诗中的英雄。然而，随着哈萨克族人生活方式的改变，刁羊也渐渐退出人们的生活，成为一种表演形式，真正的刁羊目前只能在一些偏远的牧区可以见到。固守传统将牵绊历史的脚步，而遗失一些美好的传统又是历史发展必然要付出的沉痛代价。也许再过多年，我们只能在这些文字里看到刁羊。这个象征着勇敢与力量，象征着哈萨克族人图腾的游戏，就像那些史诗里的英雄，隔着遥远的历史尘埃向我们苍凉地微笑。

山　洪

　　乌鲁木齐南山在唐朝时是著名的狩猎区，清代时是有名的牧场，这里是山前冲积平原，有甘沟、灯草沟、水西沟、庙尔沟和板房沟等十六道沟谷，我的曾祖母家住在其中的庙尔沟，庙尔沟是离乌鲁木齐最远的一道沟谷。

　　每年的夏天，我和祖母都要去南山曾祖母家避暑。那是在七月间，是山间最美的季节。每一天我都和阿吾勒（村庄）的孩子远远地离开村子，到对面的山上摘草莓。虽然七月的南山漫山遍野都是草莓，但几乎没有谁家能将草莓置于餐桌上。那种天然的草莓娇小、红艳，放在嘴里，从舌尖甜到心里。熟透了的草莓离开它生长的枝叶，不到一个钟头就会化成一包浓甜的汁液。所以草莓是没法带回去的，想吃了只能爬到山上一饱口福。大自然以她的方式给你一些珍宝，也留下一些珍宝给其他生灵。傍晚时分，你只能和吃饱了草莓的羊群一起回到牧村，像一群刚刚从大自然中结束欢宴归来的客人。

　　逐水草而居的哈萨克族人，最先学会的是如何和大自然相处。常听老人们讲，大自然中的一切都有生命，即使是野草那样卑微的生命也理应被珍爱。不珍爱万物的生命，你的生命也会被忽略，甚至失去。所以在哈萨克族人中，一边拔着青草一边诅咒别人，是最极端的诅咒。不拔青草、不伤害幼苗、幼兽和怀孕的母兽等与自然和谐相处的法则，作为哈萨克族人传统的禁忌从老祖母的口中代代相传，比文字的产生更为久远。

某一年，南山发现了硫黄矿，不久后一条笔直开阔的柏油马路修到了这里。于是，原先要经过四个多小时颠簸，经过无数次的晕车和呕吐才能到达的庙尔沟变得近在咫尺了，一放假我就雀跃着奔向南山。然而那一年的七月，我悲伤地发现这里的草莓变得稀少了，要想尽兴地吃到草莓得进到深山里，而深山里是有狼出没的，即使骑马也得一个钟头才能到达。在我不断地哀求下，大表哥骑了他的玉顶枣骝马，带我骑进了那人迹罕至的大山。

那一路，我亲手触摸了大自然的脉搏；那一路，我的每一个毛孔在野花的香气中打开；那一路，我领略了作为一个牧人所享受的大自然恩赐的荣华。当我终于抵达野草莓生长的山坡，匍匐在山下，向上张望的时候，那些野草莓羞涩地躲在绿色的枝叶下，紧紧地贴着大地。没有摘过野草莓的人并不知道，其实在山上走着的人并不太容易看到草莓，它们通常藏在叶子下面。所以要匍匐在山下，从下往上看去，才可以看到那些娇羞的草莓。

当我沉醉于野草莓的甘甜流连忘返的时候，玉顶枣骝马忽然不安地喷着响鼻向我们靠近，大表哥看看天色，神色也变得慌乱："快！快上马！我们得离开这里！"

我朝不远处的林子里望去，以为会有一双绿幽幽的狼眼在盯着我，却什么都没有看见。大表哥从地上一把拉起我放在马鞍上就风驰电掣地绝尘而去。我在马背上感觉都要飞起来了,一个劲儿地问大表哥:"是狼吗?是狼对吗?"

大表哥的脸比突然阴下来的天还要难看:"是山洪,山洪要来了!"

我没有见过山洪,并不知道会有多可怕,但看大表哥的脸色,一定是比狼还可怕的事。老人们常说:人类无止境地对自然掠夺,总有一天会触怒神灵,所以所有自然灾害的发生都是大自然对人类的一次又一次的警告。不知道是不是硫黄矿的开采让人类的欲望再一次膨胀,从而触怒了神灵,不知道山洪是不是大自然要给我们的一次警告。

一路上大表哥一言不发,不停地用鞭子抽打胯下的玉顶枣骝马。这匹马是大表哥的挚爱,平时从来都是由他亲自喂它最好的草料,每天为它刷洗鬃毛,别说用鞭子抽打它,连吆喝它都不曾有过。善解人意的枣骝马也感觉到了主人的焦虑,奋力张开四蹄,飞驰而去。我的耳畔只有枣骝马的喘息和我的心跳,转眼间我们便离开深山,驰向了大表哥家的方向。

大表哥家是庙尔沟这个牧村的制高点,在那里可以俯览整个牧村的全景。流过牧村的这条河源于冰川融水,是乌鲁木齐河的源头。河道并不宽阔却挺深,水流比较湍急,河水流过这个牧村,蜿蜒数百里,进入乌鲁木齐这座城市。河上只有一座桥,这条河每年都会吞噬几个失足落水的生命。

刚到大表哥家的院门口,就听到天崩地裂的一声响,大表哥将我抱下马,向不远处的河水望去。我第一次看到山洪,泥浆一样的河水翻起几米高的浪,怒吼着以排山倒海之势向下游流去。

它将两岸的树连根拔起,来不及逃开的牛羊也被卷入河水中,挣扎几下就没了踪影。大表哥紧紧拉着我的手,手心里都是汗。

天空忽然毫无预兆地下起了雨,大表哥想起了什么,郑重其事地对我讲:"阿丽玛,电话线已经冲断了,我得到下面奶奶家看看,家里人都在那里,你奶奶可能会出来找你,我怕她出事。你待在家里,这里是庙尔沟的最高点,你是绝对安全的,除非整个村庄被淹,要不然水绝对到不了这里。"

我不停地点头,强忍住泪水看着大表哥翻身上马。对于一个十岁的孩子来讲,要一个人留下来面对一场未知的灾难,是多么可怕的事情。但我知道大表哥之所以留下我,是因为他也无法预知能否平安地到达河的对岸,他不能带着我去冒险,他至少得保证我的安全。记忆中那是我第一次面对离别的伤痛,我克制住自己,直到大表哥策马离去之后,才在空落落的院子里大放悲声。

天色渐渐暗下来,人们的尖叫、牛嘶马鸣终究不敌河水的怒吼。我跑进屋里,一遍遍无助地拨打早已没有任何声响的电话。雨渐渐大起来,大表哥和祖母都没有任何消息。我想到了种种可怕的后果,焦躁不安地看着不远处的河水席卷一切的步伐。终究,恐惧战胜了理智,我决定铤而走险,从中游的那座小桥过河的对岸,即使死也要和亲人们在一起。

我找到表嫂的一件红色的旧毛衣套在身上便冲入雨中,我沿着大表哥家门口的小路向中游跑去,不一会儿就看到了那座桥。桥已经面目全非,只剩下一个单薄的木架在河水的怒吼和一遍遍拍打中摇摇欲坠。河的对岸,是黑压压的一群人。年迈的曾祖母扶着哭得肝肠寸断的祖母,不停地劝说着她。大表哥牵着玉顶枣骒马在河边急得团团转，表嫂和其他亲戚聚在一起商量着什么。忽然，眼尖的大表哥一下子看到了我，他冲着我大声嚷嚷着摆手。虽然听不清他说什么，但我猜到一定是让我不要过桥的意思。祖母也看到了我，她停止了哭泣，拼命地向我摆手。我的心里有了些许安慰，至少我的亲人一个不少都在河的对岸，而他们也看到了我毫发未损。

我冷静下来，看了看天色。我知道如果没法过到河的对岸，就将回到大表哥家度过一个无眠的长夜，我将一个人面对无边的黑暗和恐惧。但是我不知道这座桥能否承受我飞跑到对岸的重量和脚步，我再一次端详起这座木桥。祖母第一个知道了我的意图，她不顾一切地冲向桥的那头。我也明白了她要过桥到这边陪我，大表哥快跑几步想拉住祖母。这座摇摇欲坠的桥能否承受一个小孩子的重量尚未可知，何况一个身高一米七几的大人呢！我决不能让祖母冒这样的险。

我已经没有犹豫的时间了，小步地助跑之后，便不顾一切地冲上了小桥。怒吼的河水打湿了我的衣服，我不敢看脚下一浪高过一浪的河水，只盯着对岸的亲人，不顾一切地向前奔跑。祖母吓得闭上眼瘫软在大表哥的怀里。雨水和汗水模糊了我的双眼，就要接近对岸了，我甚至就要抓住不知是谁伸过来的大手了。忽然间我感觉整个桥被凌空举起，我的身体也随之被高高抛起，朦胧中一双有力的手将我紧紧抱住。我向身后望去，河水已将小桥吞没，我和抱着我的人一起重重地摔在冲毁了的河道上的泥浆里。

周围已乱作一团，祖母的哭声、河水的怒吼……一切的声响忽远忽近,朦胧中似乎是玉顶枣骝马载着我走了很远,后来有了温暖的火光,有了干爽的毛巾的擦拭,再后来我便沉沉地睡去了。

第二天清晨,看到身边睡着祖母和曾祖母,大表哥和表嫂睡在对面的板床上。看到他们和衣而卧,我知道他们一定经过了一个不眠之夜。我悄悄起身走到院子里,正屋对面的厨房和储藏室的墙已经被水泡得变了形,我跑到屋后去看那条河。河水已经恢复了平静,但周围河道里堆积如山的被连根拔起的树木和牛羊的尸体还在诉说着昨天那场灾难。

据说,那晚的山洪冲塌了下游的很多民房,卷走了很多牛羊。那个在我即将落水的瞬间紧紧抓住我、救了我的是第一批赶往河边救援的驻扎在庙尔沟的原陆军五师部队的一名战士。他没有留下姓名,混乱中家人都没能记住他的长相。但是从此之后,我和我的家人看到军人总是觉得分外亲切。

时隔不久,硫黄矿关闭了。硫黄矿的关闭也许不是因为那场洪水,但从此庙尔沟再也没有发生过山洪暴发的事儿。

在吉木乃的天空下（外二篇）

那年的夏天，我和导师一起连同我的两个师妹，在阿勒泰地区吉木乃县从事一个课题的调研，这让我有了一次走进这个边境小城的机会，走进我梦寐以求的阿吾勒，和他们朝夕相处。那些繁忙而快乐的日子满满地都在我的心里，以至于时隔这么些年我都无法将那些感觉沉淀成文字，沉淀成一些纯粹的情感。很多美好的事物和故事说出来的时候恍如隔世，隔着岁月的风霜雪雨，带给我们一些说不清道不明的快乐和忧伤。

"吉木乃"又名"托普铁热克"，意为"杨树林"。早年此地因杨树多而得名。实际上，托普铁热克在哈萨克语中是"一丛一丛的树"之意，即树多之意。我们的足迹没有能够遍及吉木乃的角角落落，所以也没有感觉到此地杨树多，倒是对吉木乃县植被之稀疏、天气之干旱深有体会。

到达吉木乃的当晚，我和娜依坐在县宾馆的大堂和接待我们的民宗局的司机闲聊。他是新疆农业大学的毕业生，毕业后为了照顾父母回到吉木乃县做了一名普通的驾驶员。他有着哈萨克族帅哥特有的持重又得体的举止。当我们问他当地的特色是什么时，他略一沉吟说："缺水。"我们忍不住笑出了声，满以为他会第一时间告诉我们自己家乡的种种美好之处，譬如：吉木乃的羊肉最好吃，吉木乃的空气最纯净，吉木乃虽然是全国贫困县之一，但吉木乃的人们是如何克服困难发展经济诸如此类的赞美之辞。看到我们发笑，他有些不高兴，郑重其事地又说："真的，特别缺水。"

我用眼神制止了娜依的笑，随即向他解释："我们主要是想知道县里有没有什么好吃的或者好玩的地方。"他终于舒展了略微紧皱的眉头，说："那是有的，我们这里的羊肉特好吃，你们女孩子爱吃的凉皮子也不错，有时间我带你们去吃。也有新开发的景点，有点远，来回得大半天，不知道你们有没有时间去。"他望着我们，似乎是发出了邀请，藏在深褐色睫毛中的眼眸黑白分明。我和娜依忽然有些慌乱，生活在城市中的我们有多久没见过如此纯净的眼眸了！

吉木乃县曾是国家级贫困县，也是新疆最大的贫水县。吉木乃的干旱少雨、夏季的热干风和冬季的闹海风是全国有名的。可是吉木乃的天是少有的碧蓝，吉木乃的向日葵金黄得耀眼，吉木乃人的眼神和她的天空一样清澈。

每一天我都要穿上最漂亮的裙子，戴上长长的耳环，袅袅婷婷地走在吉木乃的蓝天下。每一次，沙吾列都要笑我："又不是去参加'托依'（婚礼），干吗穿成那样！"出生在吉木乃的沙吾列性格风风火火，对我打扮得漂漂亮亮去村里调研她是百般不喜欢，认为是城里人的做派。而我历来觉得人来到这个世界，不管男女，都应以自己最好的形象示人，那是对他人的礼貌，也是对你所生活的尘世的一点回报。让世界更美好，其中也包括让自己更美好。当然，这样的美好不应仅仅体现在表面。那时候，我不和沙吾列讨论这些，我只淡淡地笑，告诉她："我是想对得起吉木乃的蓝天。"

是呀，吉木乃的天那么蓝，蓝得让人眩晕。去往乡里的路上，总能遇到一片片一望无际的向日葵。那样的壮观和热烈也许只有在吉木乃才可以看到，我曾在那样的蓝天下，写下诗行：

>远远的那片金色的向往
>迎着湛蓝的天空
>微笑
>在吉木乃干燥的夏天
>那些早熟的向日葵
>每一片花瓣
>都写满渴望
>我想停下来
>和它一起疯狂
>风
>却将我带到了远方

中哈边境第一村——沙尔梁

沙尔梁村又名萨尔吾楞村，是位于新疆最北边的村庄，距国界线最近处不足一百米。如果撇开沙尔梁村所在的特殊位置不说，那么沙尔梁也许和阿勒泰那些刚刚开始定居的村子没有什么两样。生活在那里的村民有五十六户，属农牧结合村。我们去的那个时候，村里的人们都在忙着建院修屋，忙于搬迁。我们的访谈和问卷都显得那么不合时宜，但只要我们出现，他们再忙都会停下手中的活儿，还会在没有归置停当的厨房中想方设法烧出一壶奶茶。每每离开接受访谈的人家，看到他们即刻投入繁忙中时我们总是心怀歉疚。

那时候的沙尔梁有一所空荡荡的小学，据说学生都去了镇上的寄宿小学。这所小学应该是沙尔梁绿化最好的地方，而沙尔梁又是整个吉木乃的"绿洲"。这不仅体现在学校里那些高大的杨树和白桦，还有那绿油油的齐腰的草。置身于这里，我们会暂时忘却吉木乃的干，吉木乃夏天的热，还有那恼人的风。

那个时候的沙尔梁，柏油马路已经修到村里，却迟迟没有通班车，进出村子只能从县城租车或搭来回办事的车辆，我们有幸借用民宗局的车辆，每天一大早将我们送到沙尔梁，傍晚时分再将我们接回县里。那时，村里各家各户都忙着搬迁，我们无法借宿。村里没有餐厅也没有商店，午饭我们就在学校的树荫下就着早上带来的矿泉水吃馕。导师坚持不麻烦忙着搬迁的人们，我们也就努力坚持着。说真的，学校里虽然绿影婆娑，但访谈了一上午的我们口干舌燥地坐在树荫下吃馕的感觉可真不舒服，何况只能站着或者坐在地上。这种情况一直持续到有一天村主任来学校找家里的鸡，他看到我们，惊讶地张大了嘴。

村主任是个三十岁出头的年轻人，生人面前不怎么爱讲话，第一天来村里是由民宗局局长带着我们去拜访他，向他说明我们此行的目的。毕竟这里距边境线很近，村里的村民，包括村主任在内每时每刻都保持着高度的警惕。那天他除了礼节性的问候之外几乎就没再说什么。今天他却在片刻的惊讶之后，用哈萨克语说了一大堆话："你们怎么可以这样……就算不能给你们宰羊吃肉，哪家不能给你们倒碗热奶茶呢！你们怎么可以这样！"

年轻的村主任仿佛受了莫大的委屈，我们手足无措，导师一个劲儿地解释："大家都在忙着搬家，我们已经够占用大家的时间了，怎么可以再麻烦……"

村主任打断导师的话，说起了不太流利的汉语："走……走……房子喝茶去……"

导师和哈萨克族人打了半辈子交道，自然知道哈萨克族人是有一块馕都要和别人分享的，怎么可能让客人在外面喝凉水呢。于是，从那天起，我们就在村主任家吃午饭了。甚至有一天，娜依和沙吾列为了早点完成问卷，还借宿在了他家。

据说，那天村里的年轻人都自发帮助她俩发放问卷、回收问卷，然后邀请她俩参加了他们组织的聚会，哈萨克族人称为"沃特热西"的那种年轻人的派对。村里有个刚刚毕业的大学生似乎是爱上了我的师妹娜依，尽管我和沙吾列一再制造机会，但直到我们离开，小伙子也没敢表白，只是每天在我们必经的路上假装邂逅。

娜依对我们讲，她才不会找这样连表白的勇气都没有的男朋友。沙吾列的话却一针见血："就算他表白了，你能留下吗？城里长大的人已经回不了阿吾勒了。"那天，我们背着导师喝了啤酒，大家都很伤感，我和娜依更不用说。我们的脐血没有滴落在草原上，所以注定要属于钢筋水泥的丛林。阿吾勒之于我们只能思念，而永远无法抵达。

时隔几年，依然会想起沙尔梁的那所小学，那位年轻的村主任，那些淳朴的笑脸，以及那个干爽的季节里那些遥不可及的乡愁和爱情。

托斯特的时光

托斯特森塔斯村是吉木乃县的定居村落，距离县城二十六公里。我们去的那一年是村民定居的头一年，很多设施还没有最后到位，加上大多数的哈萨克族牧民还没有适应定居生活，所以这个村里的大部分人家的房子都还空着。年轻人们大多还在夏牧场放牧，只有身体不太好的老人带着还在上学的孩子在村里居住，大概是为了孩子上学方便。也有一些在县城打工的年轻人住在村上。村里还有一些建筑队，还在修没有修完的路，还在盖没有盖完的房。

导师为了照顾我们这些城里长大的孩子，本来是要住在县城，每天租车去托斯特森塔斯村调研的，但遭到了沙吾列师妹的强烈反对。她的理由是，她哥哥家在托斯特森塔斯村的房子全部空着，我们完全可以住在那里不受干扰地完成我们的调研工作。为什么还要花钱住在县城，还把大量的时间花在往返于县城的路上。

导师长期和哈萨克族人打交道，自然也知道哈萨克族人热情

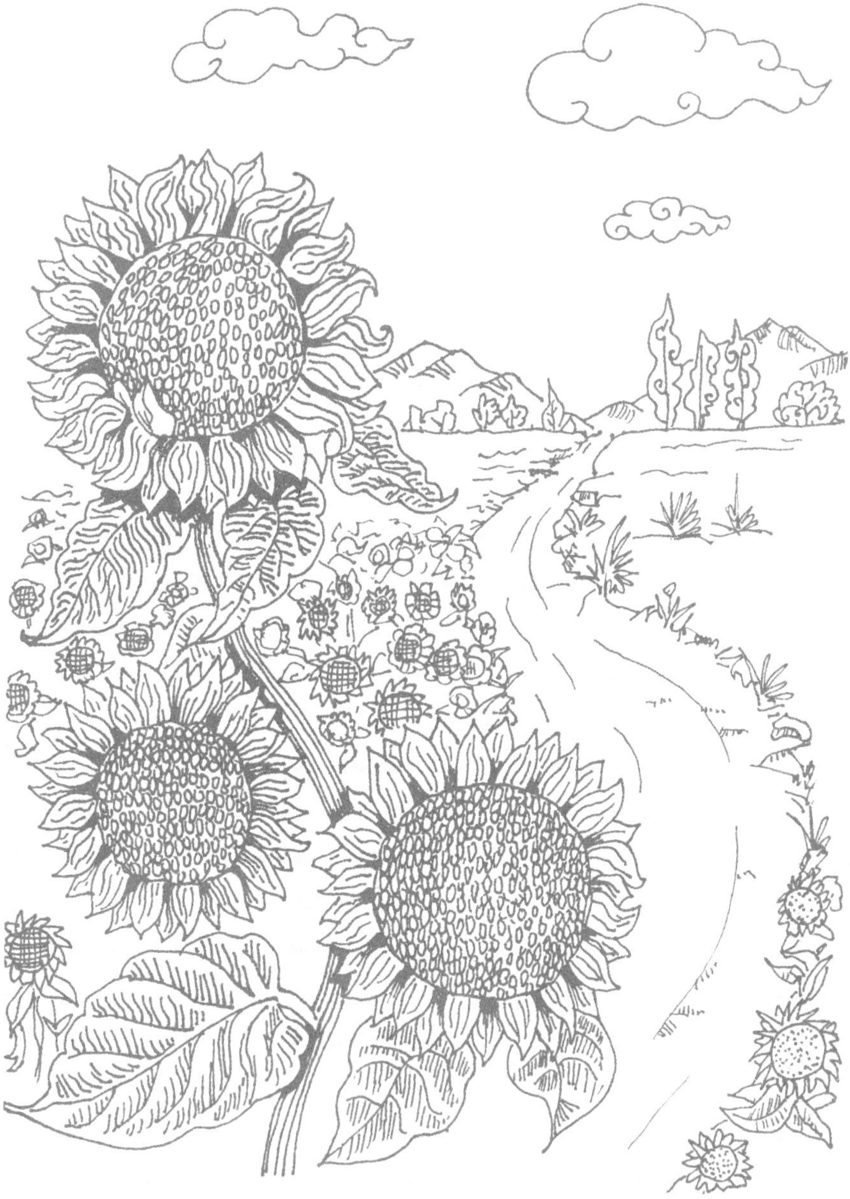

好客,怎么能让到了家门口的客人住在酒店里呢。于是我们带着大包小包住进了沙吾列的哥哥家中。我和娜依这两个在城里长大的哈萨克族姑娘几乎是雀跃着跑前跑后地收拾行李,欢天喜地地住进了这个刚刚开始定居的村子。当天夜里,沙吾列忙前忙后地招待了我们,我们也没太在意她如何在极短的时间里操持了晚饭的事情。吃过晚饭,喝过奶茶,我们对第二天的工作做了大致的分工后就沉入了深深的睡眠中,虽然托斯特的夏天比沙尔梁干燥得多,但还是洁净清新,加上连日来的辛勤奔波,我们睡得无比香甜。

清晨,我们是被院子里的浓烟呛醒的。我和导师迅速穿好衣服,奔向浓烟滚滚的院子。沙吾列手持一把扇子扇着一堆横七竖八的树枝,树枝大概有些湿,火着不起来,烟却很大。沙吾列一边扇,一边大声咳嗽。看到我和导师睡眼惺忪地冲到眼前,沙吾列故作轻松:"周老师,您去睡吧,我做好早饭再叫你们起床。"

我和导师几乎同时问道:"家里的炉子不能用吗?"

沙吾列说:"家里炉子的烟囱还没装呢,用不了,只能在外面烧火。昨天的晚饭我是用邻居家的煤气灶做的。"

我和导师对视一眼,想到未来的日子吃饭的问题,实在有些棘手。沙吾列却毫不理会未来的艰辛,还一个劲儿让我们回去接着睡。我在脑海里搜索儿时去牧区做客时有限的记忆,便毅然决然地走出了院子。等我如获至宝地捧着几块干牛粪回来时,导师也已经找来了几块像模像样的砖。我们费了九牛二虎之力在顺风处垒了个三角形的简易灶,当我们用干草引燃牛粪,将大铁壶稳稳地放在三角灶上烧开一壶香喷喷的奶茶之后，连从小生长在牧区的沙吾列都对我们刮目相看了。

她赞美人的方式也和她的性格一样直截了当："你还可以嘛！我一直当你是城里娇生惯养的小姐呢！"

我也不客气："我不是哈萨克族人吗？我没烧过牛粪，我爷爷的爷爷总烧过吧？"

小的时候和爷爷去牧区亲戚家做客，隐约记得他们会用松树的枯枝引火，炉子里的牛粪被引燃后能烧出醇香的奶茶，炖出香得人直流口水的肉。牛粪没有呛人的烟，也没有四处飘飞的粉尘，实在是一种极其环保的燃料。那时候我也就是四五岁的样子，那些情景却留在了记忆里，以至于我如此娴熟地用牧区最原始的方式制作了那天的早餐，连我自己都有些惊讶。我是牧人的后代，也许一些东西之于我几乎等同于本能。

从那天后，沙吾列似乎也不再反感我的城市做派了。她甚至允许我隔一天洗一次头发了。定居点上的水管都没有铺好，所以提水要去村子的另一头，没经历过提水的艰辛的人没法想象隔一天洗一次头是多么奢侈的待遇！

那时沙吾列的哥哥家只有一个大水桶、一个大茶壶和一口大锅，其余的炊具大约还在夏牧场。那个大水桶提来的水每天用于做饭和洗漱，对于四个女人而言显然是不够的，所以我们每次都会带上那个大茶壶和那口锅，当然还得推上院子里的那辆独轮车。为了让那口圆锅平稳地待在那个独轮车上被我们顺利地推回来，我和导师绞尽了脑汁，用尽了力气，但也只能保证推回来时还剩半锅水。沙吾列和娜依一人提着水桶的一边把手，两人轮换着用另一只手提着那个装满了水的大茶壶。更难受的是,每次我们狼狈不堪地提水的过程全被村里纳凉的老人们看在眼里,记在心里,并传播在村里。于是,我们提水的路上总会遇到各种各样的老人,他们会迎上来询问我们:从哪里来?在这里做什么?是哪个部落的?父母都叫什么名字?末了总会说:"啁!啁!啁!"(拟声词,意为"对!对!对!")然后执意要帮我们把水提回家。导师当然会率领我们,坚决反对年事已高的老人们帮我们提水,并一再称谢,老人也会一再坚持,我们一再婉拒……于是,提水的过程一再延长,直到导师无奈地将提水这件事放到深夜。我们像一群慌慌张张的孩子,艰难地推着独轮车,提着水桶,深一脚浅一脚地走在漆黑的夜里。那些正在熟睡的可爱的老人们一定不知道,他们的热情给我们带来了多少可爱的"麻烦"。

调研的过程也一直艰难而温馨。我和导师一组负责访谈,沙吾列和娜依一组负责问卷的填写和发放。每进入一户访谈,热情的村民就会铺上餐布,为我们倒上奶茶。遇上健谈的老人,一场访谈可以持续一两个钟头。有的时候也会离题很远,但要打断这样谈兴正浓的老人也不是件容易的事情。有时也会碰到沉默的人,问三句话,只说一个是或者不是。也许无拘无束的哈萨克族人实在不习惯这种一问一答的方式。

最快乐的时光是在傍晚,那时候人们都会走出院子,三三两两地坐在新铺的柏油马路路基上。因为还没有建成通车,所以不用担心会被车撞到。这时候,通常除了负责做饭的那个人之外,我们三个都会坐到马路边上和村里的人聊天。

那时候,夕阳如血,人们的脸庞都笼罩在一片温暖的色彩中。白天的暑热逐渐散去，空气里弥漫着远处干爽的葵花籽的味道，秋的凉气渐渐逼近这个静谧的牧村。习惯了高山草原间凉爽气候的哈萨克族人，为这平原里难得的凉爽欢欣雀跃。在调研过程中，问到他们在定居中最不习惯的是什么，回答居然是异口同声的"热"。

托斯特森塔斯村的人们习惯的不是北京时间或者新疆时间，他们习惯的依然是游牧式的表达。时间在托斯特森塔斯村仿佛是很慢的，甚至有的时候还可以静止下来。但是清晨时一定要早起，如果有孩子睡懒觉，老人们就会说："都到牛羊出圈的时间了，你还睡！"傍晚时分，也常听到数落孩子的话语："羊都归圈了，你还不知道回来！"对于时间的长短的表达更为精彩，最常听到的是："马跑出汗的工夫。"我和娜依常常猜度：马要跑多久才能出汗？半小时？一小时？或者更长？

村里的人们对我们也同样好奇，当他们得知我们是从事研究的研究生，是比大学生更高学历的学生时，我们得到了前所未有的热烈欢迎。我知道对于一个竭尽全力供养出大学生的牧民家庭来说，研究生是多么高不可攀的学历。每当此时，沙吾列就会安抚她的乡亲："我就是土生土长的本地人，我是托斯特森塔斯村五队萨卜尔拜的女儿。我爸去世早，我哥都把我的学业供出来了，您有啥供不出来的？您家还会出博士呢！"

是的，即使在这样普通的一个牧村，大学生的人数也并不算少，几乎家家都在供一两个孩子上大学。据说，在没有实现定居的以前，几乎家家的孩子都有寄养在城镇亲戚家里读书的经历。这些孩子默默地承载着一个家庭甚至一个家族对未来的某种期待。

  与托斯特森塔斯村分离的日子很快到来了，尽管一再封锁消息，阿塔阿帕（爷爷奶奶）们还是送来了酸奶疙瘩和包尔萨克（一种油炸面食），送行的队伍也逐渐庞大。夜班车的司机最初看到车站上如此众多的等车人时着实吓了一跳，最后狐疑地看着我们四个上了车。夜色中，那些素昧平生的人们向我们不断挥手作别。从此，托斯特的时光被拉成长长的线，缠绕在我们心头。

别了 三工河

有人说："女人的出嫁就是人生的第二次投胎。"所以我一再珍藏自己，直到遇到我的爱人，才小心翼翼地牵了他的手，唱着我的哭嫁歌，嫁到了天池脚下三工河畔的这个小山村。当这里的乡亲用淳朴的笑语迎接我，当三工河用滔滔的流水拥抱我的时候，我长长地松一口气，一颗心终于有了着落。

由天池流出的三工河水哺育了这个有着四千多人口的小山村。冰川雪岭的森寒、高山湖泊的奇景、浩瀚松林的幽深、耸立山峰的壮丽，动人的民族神话传说，养育了一代又一代的哈萨克族人，而今我也成为他们中的一员。

我们的院子很大，大约有四亩地，院子里有果树，有丁香，还有各种各样的花花草草。我和爱人又种了一些菜，植来了一些松树。婆婆有两头当地的土牛，产奶量虽不高，却能保证我们一年四季都能喝上新鲜的牛奶。牛奶的纯度极高，煮熟的牛奶上结着厚厚的奶皮，蘸着婆婆自己打的馕吃下，是在星级酒店也吃不到的美味，更别提婆婆自己制作的酥油和酸奶疙瘩了。我们还有十几只羊和一大群鸡，那些吃着天然的青草，喝着三工河水长大的羊和鸡的肉质鲜美得无与伦比，对于我这样无肉不欢的人来说，更是天赐的美味。

这里的家家户户都通了自来水，但我和婆婆还是喜欢去三工河挑水喝。挑水的时间通常选在清晨或傍晚，那时日头不是很毒，我们灌好水后坐在河畔的大石头上歇一会儿，让风儿吹在我们的脸上，这时婆婆就会讲些往事，我的心便会随着她的思绪，随着三工河水向岁月的深处流去。

我们的正屋是三间泥坯房，冬暖夏凉，对面还有两处砖房，一处是婆婆为我们置办的新房，我们却没有怎么住过，我和爱人更愿意住在院子里的毡房中，在院里的几棵老树下散布了几个毡房。曾经，婆婆用这几个毡房办了接待站，也的确有不少游客在这里流连忘返，后来却因为很多游客任意摘取她的花花草草，践踏她的草坪，婆婆毅然放弃了她的营生，让她的家园恢复了昔日的宁静，而毡房却被保留下来了。那些雪白的毛毡，那些美丽的牛角纹饰装点的毡房让我终于回到了梦中的家园。

婚礼那天，这些毡房成了我们挥洒技艺的舞台，哈萨克族姑娘小伙子们唱歌跳舞直到天亮。当我身着哈萨克族传统结婚礼服，向婆婆屈膝行礼时，婆婆老泪纵横，也许她是在替过世的公公又了了一桩心愿而喜悦，也许她是为公公没有活着看到这一幕而伤悲。哈萨克族妇女的一生是隐忍与奉献的一生，出嫁前为父母奉献，出嫁后为爱人、公婆奉献，老了为孩子奉献，可以忽略自己，牺牲自己。这种传统美德代代相传，不管外面的世界多么浮躁，它已渗透到每个哈萨克族妇女的血液中。

不管我们的婚礼多么盛况空前，很快就会被人们忘记。这个天池脚下的小山村就和天池湖水一样波澜不惊，我们的生活也很快归于平静。只有一些鲜为人知的快乐悄悄地驻足于我的内心，让我一次次地感激命运，这是我离开儿时的红柳泉之后找到的最好的归宿。三工河水滋润了我，让我离自己的内心如此接近。也许我的前生真的是一尾鱼，而我在那个离海洋最远的城市里生活得太久太久。西出天山的三工河，带着博格达的体温，给了我栖身的水域。

虽然没有出生在草原，虽然没能依偎在飘着牛粪清香的炉火边长大，但我终究是一个哈萨克族人，血脉里流淌着对牧场、对雪山、对河水天然的迷恋。那些渗透在骨血里的情愫，成为每一个哈萨克族人心中挥之不去的记忆，成为一种辽远的乡愁。

每当夜晚，一家人吃过晚饭，我就独自来到三工河畔。皓月当空的夜晚，便能见到哈萨克族著名诗人阿拜所描绘的"无风的夜里一轮明月，映照着水面的涟漪"那种优美的夜色。诗人的这首诗就像是为我们而作。诗人曾亲自为这首诗谱曲，那浪漫和悠远的曲调让我忍不住一遍遍地吟唱，躁动的心也就在这诗与歌、水和山的安抚中渐渐归于平静。

婆婆一生孕育了六个孩子，有十个孙子孙女，一到寒暑假他们就从不同的城市来到这里，度过他们无拘无束的假期生活。那时的我真是身兼数职，我是他们的老师、保姆、厨师、校外辅导员，他们与我形影不离，甚至在晚上他们也要睡在我和爱人身边。这些在城市长大的哈萨克族小孩子们说着流利的汉语，"舅母""婶婶"地欢呼着，奔走于这个院落的每个角落。

曾经，阜康这个小县城因为天池景区开发撤县设市，成为著名的旅游城市，而被更多人所熟知。旅游为这个城市注入了活力，改变了阜康的命运。而今，旅游又改变了三工河畔这些小山村的命运，当然也改变了我的命运。为了更好地建设天池附近旅游生态区，国家投资对三工河畔的农牧民进行迁徙，我们的小山村也在迁徙之列。纵然有万般不舍，但婆婆还是流着泪率领子女推倒了我们的老屋和毡房。自来水已经停了，我们一趟趟地去三工河挑水，最后一次浇灌了我们的花花草草，我们的青松白蜡，我们的苹果海棠。婆婆向她生活了半个世纪的家园做了最后的告别。

挥手作别的时刻，婆婆哭得肝肠寸断，我的心也一样无法承受这离别之痛。我的三工河，我内心的清凉之泉，我今生的栖身之所，我认定的最终归宿，却最终离我远去。我擦干眼泪，离开暮色中的村庄，远处传来山谷的反复吟唱："无风的夜里一轮明月，映照着水面的涟漪……"

红柳泉轶事

清泉　疯狗　我

我出生在乌鲁木齐市南郊那个叫红柳泉的地方。红柳泉没有红柳，只有一些茂盛的水草，现在的红柳泉连水草也没有了，成了一个纯净水加工厂。最后一次回到那里的时候，那眼泉已被厚厚的院墙包围，想必里边就是那个水厂吧。我有些怜惜那眼泉水，不知道那小小的一眼泉水能否满足一个城市的饥渴。

红柳泉有一个畜牧厅下属的牛奶厂，我出生的时候那里有一二十户人家，他们都是奶厂的职工，各民族和睦相处，不分彼此。奶厂附近就是广袤的农村，各民族的风俗习惯在这里都受到尊重，大家相处融洽。我就出生在奶厂的一个哈萨克族家庭，父亲和母亲是那里走出去的第一批哈萨克族知识分子，他们在城里工作，我在红柳泉和祖父祖母生活，所以至今我都认为自己是一个拥有城市户口的"乡下人"。

刚记事的时候,家家户户都没有自来水,红柳泉的水养育了几代人。祖父家住的坡下面就是那眼泉水,我的童年因为有了这眼泉而有了无尽的乐趣。乡亲们为了打水方便,将泉眼用石头围起来,只留中间一个缺口,泉眼附近就形成一个直径一米的蓄水池,大家从蓄水池里用桶舀水,再用扁担挑回家。小蓄水池中的水蓄满后就从中间留的缺口处流出去,流向坡的更低处,形成一条清亮的小溪,流向下面的庄稼地里。小溪里有漂亮的石头,有小鱼、小虾,那里是我童年的乐园。那时的我因为家在城市,是早晚要走的"城里人",因而备受小朋友们的冷落,我就常常一个人在泉边玩耍。我对泉水汩汩冒出的地方始终非常好奇,我时常将手伸下去,想按住那汩汩冒出的水,泉水并没有因为我的手的阻碍而停止下来,只是痒痒地从我的手掌下流出,痒得我咯咯地笑,笑累了我就顺着那缺口流下的水汇成的小溪一路跑下去,跑进玉米地里,将玉米棒上的穗子都编成辫子。

玉米地是附近生产队的,归马大叔看管。马大叔家就在小溪旁边,马大叔是个寡言少语的人,他有一个女儿叫小美,是我儿时的玩伴。可以说小美是我的第一个老师,我的汉语就是和她偶尔的嬉戏中学来的,后来我们又成了小学同学。小美家有一条漂亮的黑狗,浑身乌黑,四蹄却是白的,它一直为马大叔看家护院,威风凛凛的它对我却很友好,我们叫它大黑。漂亮的大黑在一天夜里突然疯了,到处乱咬人,别人都劝马大叔把狗杀了,马大叔念在大黑跟了他很多年,不忍心杀它,就用大铁链将它牢牢地拴在后院,以免它出去伤人。

那是一个秋天的午后，我百无聊赖地来到红柳泉边，为树叶即将落尽冬天即将到来而有些难过，冬日里祖母是不允许我到泉水边来的，害怕我会失足掉在蓄水池中。我有些忧伤地环顾四周，远远看到大黑在马大叔家的后院狂叫着想挣脱那铁链，我心里一阵难过，想着如果大黑能治好病，就可以恢复从前的自由了。现在想来小时候的我们是多么善良，一个小动物的厄运足以让我们落泪，如今人渐渐地长大了，心似乎也渐渐地长硬了。

正当我陷入无尽的感伤之际，大黑突然挣脱了铁链，跳出院子，闪电般地向我奔来，我瞬间明白了自己的处境，没命地向坡上跑去，大黑却很快赶上了我。最后我放弃了奔跑，一屁股坐在地上，流下眼泪，闭着眼睛等待它的血盆大口咬向我。它湿热的舌头在我脖子上舔了一下，我无声地流着泪，缩作一团，然而等了许久都没有感受到它锋利的牙齿刺穿我皮肉的疼痛。也许是我的楚楚可怜打动了它吧，它注视我许久突然离去了，我流着泪跑回家，断断续续地向祖母描述了事情的始末，祖母背起我就去医院打疫苗。可能是连惊带吓，当夜回到家我就病了，一直不停地说胡话。祖母惊慌失措，祖父懂中医，号了我的脉后让祖母去红柳泉边拔了些水草，在锅里煮，熬成草汁让我喝下去，第二天我就又活蹦乱跳了。从此红柳泉边的水草成了祖母的"神药"，家里谁病了，她都要拿来试试。长大后我在一本古老的哈萨克文医书上看到，原来这种水草叫"加勒不孜"，确实是一种草药，具有祛火安神等功效。

饮马　节日　宰牛

小的时候，祖父有一匹枣红马，是奶厂配备给他的坐骑，相当于现在的那种小轿车吧。祖父儿时在草原上长大，像草原上的每一个哈萨克族人一样，祖父很爱他的马，每天的生活里有一项重要的内容就是饮马。每天只要他从马厩牵出枣红马，马儿就雀跃着驮上祖父，飞奔向红柳泉，饮够水后，又撒着欢儿驮着祖父跑一圈才回到马厩。而我则执着地站在祖父饮马的路上，盼望有一天祖父也能带上我。也许因为我的血管里流淌的是哈萨克族人的血液吧，我并不像别的孩子那样害怕马，而是从心底想去亲近它。马是通人性的，我在它必经的路上站了一周之后，每次跑过我身边时，它就放慢了脚步，祖父就从马上伸出手臂将我从地上拉起，稳稳地放在他的身前，枣红马飞驰而去，我的双耳灌满了风声，我兴奋地大声尖叫，引得路人都转过头来看我们。

我和祖父饮马的事情最后还是被祖母知道了，她和祖父大吵了一架，说祖父不管我的死活，居然让这么小的孩子跟着他骑着马去撒野，万一摔伤了怎么办。祖父不以为然，说："她是哈萨克族姑娘，理应学会骑马，要不然让草原上的人笑话。"得到祖父的支持，我也不失时机地开始哭闹，祖母气得骂我："不识好歹的疯丫头，'白骨头'（哈萨克族人当中的贵族）没有你这样的姑娘！"我委屈地哭了一夜，祖母只好默许了我跟祖父去饮马，只是她越来越多地出现在我们每日必经的路上，远远地无限担忧

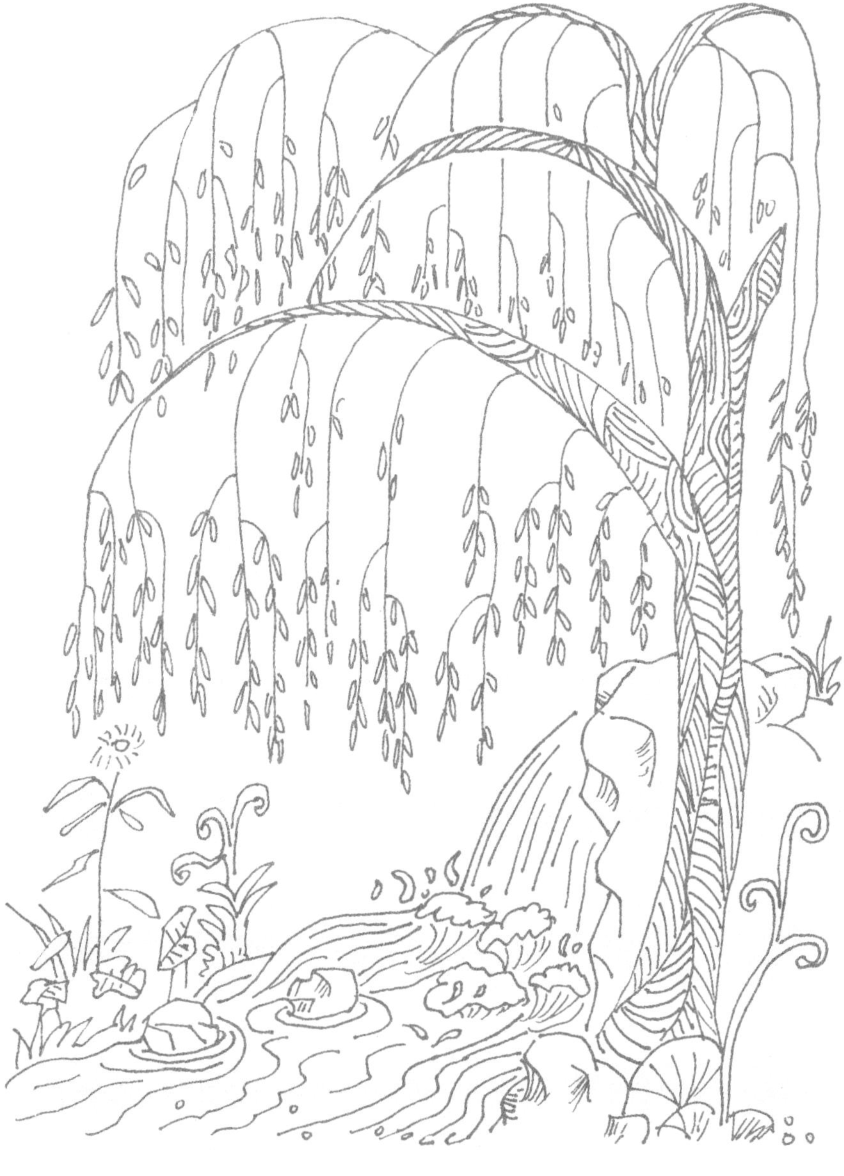

地望着我,我狠不下心来熟视无睹地经过她身边,终于有一天我在她的注视下,拉住了枣红马的缰绳,让祖母牵着我的手回家了。从此,我放弃了骑马,但我仍然会等在红柳泉边,看着枣红马饮水。有一次祖父摸着我的头告诉我一个故事。祖父的祖先是贵族,就是哈萨克族人当中的"白骨头",而祖母不是,祖父和祖母结婚遭到了长辈们的极力反对,祖母受了不少委屈。因此,她并不希望将来的我再吃那样的苦头,她要把我培养成一个真正的贵族,不让我因自身的行为让人们怀疑我的出身。从前哈萨克族是很讲究出身的,"白骨头"和"黑骨头"几乎到了不能通婚的地步。其实中华人民共和国成立后哈萨克族的这种等级划分基本上不存在了,年轻时的伤痕却在祖母的心中深深扎下根来了。虽然我当时年幼,但很能体会到祖母的苦心,所以很多年来我一直按照祖母要求我的那些规范去做;虽然狂野的心一再受到束缚,可我渐渐成长为一个勇敢、善良、正直的哈萨克族姑娘,也许这才是祖母要求我的"贵族风范"吧。

对于我们小孩子来讲,最快乐的要数过节了。肉孜节又称"开斋节",这一天家里都准备了馓子、油饼、糕点等食品,以供前来拜年的人享用,而回族人家里则还有香喷喷的粉汤等着大家。肉孜节再过七十天左右又是古尔邦节,又称"宰牲节",这一天家家户户要宰羊来感谢上苍,祭奠祖先和亡灵,将丰富的食品摆在桌上。我们这些小孩子穿上过节的新衣服走家串户去给长辈们拜年,说句"阿依特恩孜卡不勒波斯恩"(节日快乐),就被领到桌前大吃,临走时好心的邻居大娘们还会将花花绿绿的糖果塞满我们的口袋,到午饭时间我们就去回族人家拜年,又可以吃上热乎乎的粉汤,年年如此,乐此不疲。那时候家里的生活条件已经非常好了,不缺那一口吃的,可不知为什么就是喜欢那样热热闹闹地去吃别人家的。一直到现在,每年的这两个节日我都要去红柳泉,给那里的父老乡亲拜年,那些老奶奶们都像我当年的祖母一样迎上前来,将我拥在怀中亲吻我的面颊。我一直以为,这是我迄今为止受到的最至高无上的礼遇。

在我五岁那年,红柳泉发生了一件大事,使我几乎成了一个名人。那年的古尔邦节,厂里为了庆祝节日决定宰一头牛,给家家都分点肉。一大早我就闹着要去看宰牛,祖母一边教育我在大庭广众之下不要乱喊乱跑乱讲话,一边给我穿上了一条大红色的连衣裙,还在我的马尾辫上扎上了漂亮的同色蝴蝶结,祖母哪里会想到那条漂亮的裙子害得我差一点送了命。我穿好衣服就蹦蹦跳跳地跑向厂里。

厂里有一片冬天堆草料用的平整水泥地,牛被捆了四蹄躺在那块空地上,我站在牛的正前方,看到牛的眼睛流下了眼泪,我犹豫着想要离开,可是周围站满了人,我找不到一个可以出去的地方。这时,宰牛的小伙子手起刀落,我闭上了眼睛,可我听到的不是牛的哀鸣,却是人群中的尖叫和嘈杂的脚步声。我睁开眼,看到牛挣脱了蹄子上的绳子,站起来了,那一刀并没有切中牛的颈动脉,只是割伤了牛的脖颈,刚才流着泪的牛眼已经红得像充了血,偌大的空地上只有我和牛对视着。四散逃开的人们忽然看到我愣在原地,又想跑回来搭救我,可是已经来不及了,在红了眼的牛面前我的一身红衣裙成了斗牛士手中的那块红布。牛低吼一声，低下头，双角向我顶过来。我来不及尖叫，扭转身飞跑起来。慌不择路的我跑向了奶厂的最里面，我经过了加工室、锅炉房、运动场，牛紧紧地跟在我身后，它喷出的热气使我的连衣裙紧紧地粘在我的背上。我没命地跑着，来不及哭喊，泪水不断地流下来，也没空去擦。乡亲们分几路去堵牛，牛受了惊，跑得更快了，还是盯着我不放。恍惚中听到祖父的大吼："不要追牛，牛已经惊了！"我绝望地奔跑着，已经找不到奶厂的大门，我绕着运动场不停地转圈，除了耳边呼呼的风声我已经什么都听不到了。终于，我看到祖父和他的枣红马出现在我的视野里，我像看到终点的长跑运动员一样，浑身一下子有了劲儿，我甚至还抽空回头看了牛一眼，那牛脖子上流了很多血，嘴里喘着粗气，双眼血红，我的心脏几乎要跳出胸膛，肺像着了火一样。我离开了运动场，向东南方向跑去，我想起那里有一截院墙塌了，是用铁丝网拦着的，那是离我最近的出口。我拼命向那里跑去，牛紧追不舍，不知是哪里来的劲儿，我飞身越过了几乎和我一样高的铁丝网，牛也紧接着越过了那道铁丝网。我向家的方向飞奔而去，冲进了院门，用门栓将门顶住，牛用角不停地顶着门，我以为它会破门而入，我顺着厨房外面的梯子上了房顶，甚至还学电影上的那样将梯子推离了那道墙。我倒在房顶上号啕大哭，浑身软得没有一丝力气，后来我就什么都不知道了。

  醒来时，祖母一家和乡亲们都围坐在我的周围，像看着他们失而复得的宝贝，我看到祖母脸上有伤，问："牛顶你了吗？"周围的人都笑起来，祖母红了脸，原来她听说我被惊牛追，就从家跑出来，当她远远地看到牛紧紧挨着那个小红点，以为牛已经追上我了，当时吓得就晕了过去，倒在地上把脸也磕破了。我来不及心疼祖母，就又昏昏沉沉地睡去了。据说，那头牛最后是被祖父用草原上套野马用的方法，在马上甩着挽了套的缰绳套住的。牛是温顺的动物，但受了惊一样会伤人。

那年的秋天，我去附近唯一的那所小学报名上学，刚开始学校认为我不够入学年龄而不能报名，但当他们听说我就是那个没被惊牛追上的小孩时就同意我入学了。也许他们认为我有跑步的天赋和特长，而事实上我在那儿上了六年学，并没有成为他们期望的长跑冠军。相反，每当我结束长跑训练后都会晕倒，不知是因为太累还是因为太紧张。久而久之，也没有人再要求我参加这样的训练了。很多年后，我才渐渐明白，当时的我只是因为求生的本能而创造了一个生命的奇迹，而奇迹是不会天天都出现的。

还子　哭歌

我小时候能和祖父祖母在一起生活，说起来是得益于哈萨克族古老的风俗——还子。

"还子"是哈萨克族古老的风俗，家里的长子或长女结婚后生的第一个子女要送给自己的父母，这个孩子被称为"阿帕巴拉斯"，意为祖母（外祖母）的孩子（阿帕意为祖母或外祖母；巴拉斯即孩子）。这个孩子就将自己的祖父祖母或外祖父外祖母称为父亲、母亲，而与自己的父母以平辈相称。据说古时候子女这样做是为了孝顺父母，父母将他们养育成人，为了报答父母的养育之恩,他们将自己的一个子女送还给父母,让他(她)代替自己在父母膝前行孝。后来也不再局限于长子长女,任何一个孩子的任何一个子女都可以送还给父母,成为"阿帕巴拉斯"。所以"阿帕巴拉斯"从生下来就和祖父祖母(外祖父外祖母)生活在一起,小的时候可以带给老人很多快乐,长大以后又可以照顾年迈的老人的饮食起居。现在草原上的哈萨克族的这种风俗依然存在,而对于生活在城市里的哈萨克族,"阿帕巴拉斯"仅仅作为一种名称存在了。

我就是这样一个"阿帕巴拉斯",我的祖母生育了五个儿子,我出生后不久就被祖母抱去当"女儿"喂养了,所以祖母一直称我为她的"江各孜莫",在哈萨克语里是"唯一"的意思。她视我为她"唯一"的女儿,万般宠爱,她给予我的远远超过了一个生身母亲所能给予我的一切,可是她却没有等到她的"江各孜莫"在她的膝前行孝,就匆匆地走了。

我上大二的那一年,她得了食管癌,我在寒假回到她的身边,那个寒假,娇生惯养的我在一夜之间学会了做饭、洗衣、干家务,当我把一生中做的第一顿饭端到她的枕边时,她的眼泪哗哗地流下来,那时候她已经咽不下任何食物,只能在枕边闻一闻饭菜的香气了。我每天变着花样做饭,可她真的什么也吃不下了。她到去世前都没告诉我,我是她的孙女而不是她的女儿,我也装作不知道,在内心深处我们都渴望这不是真的,所以我们都选择了沉默。

祖母去世的那一天我已回到校园,没有人通知我,可我在千里外依然感应到了她的死亡,我去了电信局,却不敢打电话证实她的死讯。我就自欺欺人地认为只要我不打这个电话,她就会好好地活着。可是那让人窒息的胸口痛整整陪伴了我三天,直到她下葬。

家人没有通知我是怕我长途颠簸,影响学业,或者怕我伤心过度,一病不起,事实上我也有意地回避了祖母的葬礼,我不敢参加她的葬礼,因为我不会唱哭歌。在哈萨克族人的葬礼上,死者的女儿、儿媳或妻子都要唱哭歌送行,甚至在葬礼后长达一年中,有葬礼上未曾谋面的亲戚或朋友来探望,都要以哭歌应和。哭歌也是哈萨克族古老的风俗,是哭着唱的一种歌,清唱,没有伴奏,歌词多为即兴创作,唱腔悲切,催人泪下。葬礼上死者家属唱的哭歌多以缅怀死者为内容,来吊唁的人唱的哭歌多以劝生者节哀为内容,一唱一和,让人肝肠寸断。很久以前,如果一个哈萨克族妇女不会唱哭歌,那是会被人耻笑的,即使是现在,会唱哭歌的人依然很受尊敬。

在祖母的葬礼上,作为她"唯一的女儿"我应该唱着哭歌为她送行。可是那个时候我是不会唱哭歌的,于是我有意无意地回避了她的葬礼,她是爱面子的人,如果她"唯一的女儿"不会唱几句哭歌为她送行,她会面上无光的。而当时的我在外求学,正好避免了这种尴尬。第二年暑假,我终于学会了这种哭歌,可在我学会哭歌的那天我的祖父意外地去世了,我流着泪却唱不出一句歌词,在我心中总觉得祖父的死和我不停哼唱那不吉利的歌谣有关,哭歌总是和悲伤联系在一起,我希望我一生一世都不要再有机会去唱它。

祖父祖母去世后,我离开了红柳泉,来到自己城市的家中。如今在这个城市我已经生活了十几年,可是我依然像一个过客,始终无法让自己融入这个城市,我不停地收拾行囊,不停地以旅行的名义一次次出发。城市就是陆地,不适合用鳃呼吸的鱼类。

  我时常重复这样的梦境,在梦里我又回到了红柳泉,打开我一直珍藏的那对鳃,静静地,静静地沉入水底。

草原二题

和一匹马相爱

那一天，菊花台的花全开了。不管是来自外地的还是新疆本土的散文家们都冲进花海，一边感叹着一边拍下一张张美丽的照片。我走在人群中，铺天盖地的寂寞忽然席卷了我，我支撑不住，轻轻地在木栈道上坐下来。一朵格桑花轻轻摇摆，给我一个含蓄的浅笑。它知道我的心，我于是欣欣然，偌大的人世，浩瀚的凡尘，至少有一朵花是懂我的。

菊花台并不只有菊花，就如新疆并不只有大漠孤烟一样。位于乌鲁木齐南郊乌鲁木齐县的南山牧场，十六道沟谷里有着深深浅浅的绿，高高低低的山地，生机盎然的别样风景。南山在唐朝时是著名的狩猎区，清代时是有名的牧场，至于避暑游览，早在清朝就已发端，美丽的风景吸引着慕名而来的人。每年的六七月间，漫山遍野的鲜花，最多的自然是各色菊花，其间糙苏争艳，格桑摇曳。菊花台的盛夏，繁花似锦，暗香袭人。

我坐在花间，被浓浓的花香包围，我有些眩晕，便在花丛中躺下来。只是片刻，便有声音从天而降："哎！不要躺在这儿，你把花儿都躺坏了！"我听到有人用不熟练的汉语责备我，我一骨碌坐起来。一个骑马的少年威风凛凛地立在栈道上，像堂吉诃德。那匹枣红马也和它的主人一样对我怒目而视。我慌忙站起，用哈萨克语对他说："对不起，这里太香了，我有点晕。"

他狐疑地打量我，对我是哈萨克族人这个事实似乎不能接受。他的马打着响鼻，仿佛是在对我的话嗤之以鼻。我有些惭愧，是啊，哈萨克族人爱惜自然界的每棵草、每朵花，怎么会像我一样四仰八叉地躺在花间。我喃喃低语："我有点不舒服，真的，头痛。"

他皱着的眉头舒展开来，开始真切地关心起我："姐姐，你是因为想喝奶茶吧？你一定是因为想喝奶茶所以头痛了。"说起我们哈萨克族人，嗜奶茶如命，宁可三日无饭，不可一日无茶，可我为了减肥，早已放弃高脂的奶茶，改喝苦涩的生普洱了。我不忍辜负他的关切，胡乱答应了一声。

他从马上一跃而下，站到我的身边。刚才在马上他看着很高大，其实还是个孩子。他说："姐姐，到我家去喝茶吧，我家就在那——边。"他用马鞭指着山下的村落。我从"那"字发音的长短基本判断出他家并不太近。我们哈萨克族人表达时间和地点的方式都很特别。例如"牛羊归圈的时间""马跑出汗的距离"等等，最精彩的是远远一指，说"那边"，这个"那"字如果拖得不长，说明距离还不算远，如果"那"字拖得很长，搞不好就是翻越三个山头的距离，所以得仔细加以分辨。

我拒绝了他的好意，说大家都是一起的，我不好独自离开。他说："都可以去呀，我家房子很大的。"我叹了口气，狠心拒绝了他的热情。告诉他，我们就快走了，没有时间。他有些失落，回头看看他的马，他的马善解人意地用头轻轻蹭了蹭他，仿佛在安抚他。

他的眼神又重新变得明亮："姐姐，你猜我的马叫什么名字？"我摇头，他笑起来，摸着他的马："它叫芭彦。"我看着他笑："你呢？你不会叫阔孜吧？"他惊讶地看着我，不好意思起来："我是叫阔孜。"

我也有些惊讶，阔孜和芭彦是哈萨克族爱情叙事长诗中的男女主人公。看到我的困惑，他小声解释："是阿吾勒的同伴给我的马起的名字，他们笑话我，说我爱我的马胜过爱我的妈妈。"

我笑起来："爱马有什么错？！世间所有的生命都值得我们爱，哪怕是一棵树。"

他释然，有些害羞地看着我笑："姐姐，我其实挺喜欢这个名字，但它一定不喜欢。"

我看着马，叫了一声"芭彦"，马拉长脸，果然不是很情愿地看了我一眼。我看着他问："为什么？"

他笑得更欢了："因为它是匹公马呀！"

我和他一起哈哈大笑，阳光照着他洁白的牙齿、干净的笑容。在碧蓝的天空下面，那匹马闭着眼睛，畅饮浓郁的花香。多少年后，等他长大，离开草原，他是否会记得自己和一匹马相爱的童年。多少年后，当我老去，叶落归根，会不会也有一匹老马来迎接我，等待我用余生去爱它。

和一只羊生活

马在哈萨克族文化中以其阳刚、俊美、雄健的气魄主宰了哈萨克族人的审美,羊则以其胆怯、隐忍、纯洁的阴柔之气成为哈萨克族人生活中永远的底色。如果马象征了哈萨克族人健美阳刚的英雄主义,那么羊则无怨无悔地担当起了哈萨克族人略带忧郁的生命底色。羊为哈萨克族人奉献自己的生命,提供给他们生命的能量;哈萨克族人则为羊追逐水草,浪迹天涯,付出自己一生的艰辛。我并不知道在这样千百年的轮回中,到底是谁为谁而活,我只知道哈萨克族人的生活中不能没有羊。

我已经远离了草原,或者说我从来就没有拥有过草原。我的脐血没有滴落在草原上,所以我是一个没有故乡的哈萨克族人。我只能隔着历史的尘埃向故乡张望,可以无尽地思念,却永远无法抵达。蓝天白云下的草原,遮风避雨的毡房,一群群云朵般圣洁的羊我都没有。一个能出生在草原,一个能拥有自己的羊的哈萨克族人是幸福的。而我没有自己的羊,我有的只是羊肉,作为一个牧人的后裔,我是贫穷的。

我从很小的时候就感知着自己的贫穷,所以千方百计地想拥有自己的羊。于是,从记事起我就一次次跟随祖母来到牧区那些亲戚家中做客,并一次次期待他们能送我一只羊。可他们不懂我的心,他们送给我的是一锅锅肉,不是那个鲜活的会"咩咩"叫的生命。记忆中的第一次做客,主人牵来一只羊,请祖父做巴塔(祈福仪式)。巴塔做完,我好奇地跟着他们出去,以为他们会把羊作为礼物放在车上,却正好看到了这只羊生命的结束。那些殷红的血弥漫在我的记忆里,挥之不去。我从此不再吃羊肉,直到我成年。我永远记得那只羊的眼神,平静、宽容、与世无争。

再大一些的时候,跟随祖父母在郊区生活,我终于拥有了我的第一只羊。那是我在一次去牧区做客时,从亲戚的羊圈里牵走的。我将小羊装在背包里,放在车上,它居然极其配合一声都没有叫,那么信任地把自己交给了我。我被这份信任感动得热泪盈眶。我的反常却让祖母在途中发现了我的秘密。不打招呼就拿走别人东西是哈萨克族人不能原谅的恶习,祖母忍不住打了我,并和祖父决定返程去把小羊还回去。还在流泪的我看到我要失去小羊的结局,迅速擦干眼泪,背起背包就跑入漫天飞舞的大雪中。我豁出命的样子终于吓住了祖父母,他们叹口气,默许了我的逆天行为。并托偶遇的牧人给亲戚家带了口信,我抚摸着失而复得的羊,根本不理睬他们恨铁不成钢的眼神。

这只有着卷曲的皮毛、粉红色的舌头、黑葡萄一样的双眼的小羊啊,终于成全了我成为一个真正的哈萨克族人的梦想。只是它并不待在羊圈里,而是待在我的怀里,晚上则睡在我的被子里。为此,我挨了不少打,可我不以为意。每次我挨打的时候,它都会发出凄惨的"咩咩"声。祖母恨透了这只让我变得我行我素的羊。我和我的羊丝毫不为所动,我甚至开始盘算它长大后如何为我生下一只只小羊,怎样让我的一只羊成为一群羊。为了成为真正的牧羊女,我甚至央求祖父为我制作了皮鞭,虽然这皮鞭一次也没有落在我的羊身上。

我的羊渐渐长大了。它长得又肥又壮,我白天带着它到处找草吃，晚上它依然待在我的卧室。为了找草，有一次我和我的羊甚至差点陷进了郊外的沼泽。祖父对我的牧羊行为听之任之，而祖母则不能容忍这一切。于是，祖父和祖母开始频繁地争吵。我只好将我的羊请出了我飘着浓浓羊粪味的卧室，将它安置在院子里的储藏室里。羊很不习惯，每天夜里会"咩咩"地呼唤我到天亮。然而，它对我的忠诚是它厄运的开始。哈萨克族人是比较忌讳羊的哀鸣的，认为无端的哀鸣会招来横祸。所以我的羊在储藏室哀鸣了一周之后，我的祖父趁我凌晨熟睡之际宰了它，让它成了我家冰柜里的肉。虽然家人为了不让我伤心，及时处理了羊皮和血迹，也没有马上炖羊肉，骗我说羊被贼偷了，让我相信它在一个未知的地方活着。可我依然从空气中嗅到了血的味道，我终日恸哭，夜不能寐。祖父母慌了手脚，带我去牧区小住。

  我在经过一段时间的恍惚之后也渐渐明白，人和羊各有各的命运，即使是作为主宰自然的人也无法改变一只羊的宿命。在这个世界上，我们唯一能改变的也许只是我们自己。

轻如鸿毛

儿时的我不同寻常地瘦,这样的瘦一直保持到我三十岁时才有了彻底的改观。有数据为证。我出生时的一张诊断书上赫然写着:女婴,早产儿,体重一点九千克。还有三年级时的一张体检表上的"十九千克"也足以证明。而在我大学毕业进入一家国企工作时,入职体检的体重是四十二千克。那时候单位每年有献血任务,每次我都踊跃报名,因为献了血可以休假,而且领导的脸上也会因为完成了科室的献血任务而呈现出少有的晴天。但是因为我的体重始终没有达到四十五千克的献血标准,所以每次体检都不合格,科长就拿眼瞪我,似乎我吃着单位那么大油水的饭还长成这样实在是我的过错。

回忆起从前,真有些往事不堪回首的感觉。我的童年是在乌鲁木齐南郊的红柳泉度过的,红柳泉没有红柳,但家家户户都种树养花,绿化还是很不错的。不知为什么,红柳泉风很大,虽说不像达坂城那样"风吹石头满地走",但刮起风来也挺吓人。风声凄厉,宛如鬼哭。入学之前,每每刮风,我就躲在屋里,蒙上被子睡大觉。可是上了学就不行了,总不能因为刮风就不去上学吧。好在那个秋天天气一直晴好,加上刚上学的新奇劲儿,我几乎都忘记了可怕的大风天气,过得很惬意。

一天下午,临近放学,却突然刮起了大风。那时候,家长是不去学校接孩子的,所以放了学,家住一起的孩子就相约着一起回了家。我在教室里急得像热锅上的蚂蚁,看着天空突然变得昏沉沉的,教室的玻璃被风吹得几乎要掉下来,内心充满了莫大的恐惧。那时候我小小年纪就有着极强的自尊心,不想让任何人看出我的恐惧。连班主任临出门关切地问"你怎么样?可以自己回去吗?有没有同路的同学?"时,我都咬紧牙关,说:"没事,我可以。"班主任家远,听到我这样说,也就匆匆忙忙地离开了。

我磨磨蹭蹭地走出教室,立刻就被风包围了。风肆意地弄乱我的头发,狠狠地扇我耳光,揪起我的衣领,甚至还在我耳畔压低声音发出警告。我极力忍受风的羞辱,艰难地一步步挪到了学校大门。学校的生源多是附近生产队的孩子,从小就帮家里干农活,个个身强体健,别说刮风,就是天上下刀子对他们来说都不算什么,所以学校里的学生很快就走光了。今天这邪风就盯上了我这个孱弱的寄养在乡下的城里人,我被风推搡着出了校门。

一出校门,风更加肆虐了。它把我推到门外的墙上,把我的头狠狠撞在墙上,让我的头很快鼓起一个包。我咬着牙离开墙,趔趄着向家的方向走了几步。那股妖风却不费吹灰之力扭转我的头,扳过我的身体,把我送上了一条我并不熟悉的路。我终于撑不住了,放声大哭。那妖风哈哈笑着,将一把黄土和沙子送进我大张的嘴和我艰难呼吸的鼻孔。粗粝的沙子毫不费力地直奔嗓子眼,我的哭声立刻小了下去,呼吸也变得艰难。但那妖风并没有因此放过我，推着我让我脚不沾地地跑，我跑得上气不接下气，嗓子都哭哑了，索性放弃了挣扎。恍惚间，我隐约看到一处残墙横亘在不远处，于是拼尽全力蹒跚着走向那里。

这堵墙终于拦下了我，我紧紧地挨着它坐下，哭得没了力气。我疑心那风真的是个妖孽，知道自己推不倒那堵墙，便把一捧捧沙灌进我的衣领、头发、眼睛、耳朵里。我的视听严重被干扰，几乎看不到一米之外的地方。做完这些，它便伏在我的耳畔吹口哨。我默默地流着泪，小小的心几乎被这无边的恐惧撑破了。

终于，我依稀听到了祖母的呼唤，为我遮风挡雨的大树，我无所不能的阿帕，就在这个时刻像神灵一样地出现了，我喜极而泣。我摇晃着站起身，祖母一把抱住残墙边这个小土人，就哭得说不出一句话来。我想对她说，有她在，再大的风我也不怕的，可我太累了，我在她的怀里沉沉地睡去了，没有来得及告诉她。

从此，我在学校得到了格外的关照，天气不好的时候我甚至不用再去学校。当然，我也被同学们嘲笑，我知道那些高年级学生私下都叫我"鸿毛"。我开始变得自卑，我的体重成了祖母和我的心病，把我喂胖了成了她的追求。她常常在吃饭的点儿有意无意地去隔壁邻居家假装闲聊，其实是伺机去观察他家餐餐都在吃什么，为什么一家老小都是胖子。经过一段时间的观察，她觉得他家和我家饮食上的唯一区别就是他家的馕和我家的似乎有些不同，于是她打破从不开口求人的原则，居然从他家要来了两个热馕。

她一边将馕掰开，递到我手上，让我趁热吃，一边向我透露了准备重修馕坑的计划。他家的馕味道确实不同，不同之处在于他家的馕并没有烤熟，我甚至吃到了黏牙的生面。我跟她讲这馕是生的，我实在不喜欢吃。她大为不悦，说我就是因为挑食才长不胖的。我叹了口气，强迫自己吃下了一块馕。

当夜，我因为急性胃肠炎住院，祖母捶胸顿足："人家的胃是啥做的，吃石头能拉沙子！我的孩子的胃难道是纸做的吗？！"在场的人被祖母的话逗乐了，又不敢笑，极力安慰她。她却从此恨上了胖子一家，见他家哪一个人都不给好脸。邻居也知道她爱我心切，也不计较。祖母的脾气暴躁，嘴不饶人，但内心善良，大家都知道，所以也都让着她。可我的身体真的不争气，直到祖母离世，我的体重都没超过八十斤。

祖母离世之后我的饭量忽然变得大得惊人，在他乡那个美丽校园的饭厅里，常可以看到一个瘦弱又忧伤的女孩，捧着一个硕大的饭盆，旁若无人地吃下两份菜，咽下两个大馒头。也常在清晨吃下一碗牛肉面，外加四根油条。食堂给我打饭的小伙子常常在我吃饭的时候，冲着其他的大师傅挤眉弄眼。有一天，我刚刚从窗口端出一碗热面，他又好事地朝着旁边的人努努嘴，小声说："就是她！都吃哪去了！看她那小腰，一尺七都没有。"我转过身，盯着他看了一会儿，他心虚起来，问："看什么看！没见过帅哥？"我举起那碗热乎乎的面，准确无误地浇在了他的身上。他抡起手中的大勺，骂骂咧咧地冲过来，准备打我。

打饭的老师学生都愣在原地，我站在原地，等着他的饭勺落下来。他看到我躲都不躲，饭勺高高举起，却落不下来。僵持了片刻，他将饭勺扔在地上扬长而去。我也扭转头，在众人的目送下离去。那个时候的我,活得像个刺猬,任何一点响动都会让我竖起浑身的刺,但大部分的时候扎痛的仍是自己。

我后来换到了营养灶去吃饭。一天,当我端着饭盆刚刚坐下,就引起了对面那两个男生的极大关注。他俩眉飞色舞地开始用哈萨克语交流,我听出是哈萨克族人,一种亲切感让我心里一热。我装作无意地扫了他们一眼,却看到我熟悉的那种是非表情,莫名的厌恶感油然而生。我听到他俩在打赌:"你说她这么瘦能吃掉这么多饭吗?"

"打赌好了,我赌一百元她能吃完。"

"我希望她吃不完,挺漂亮的一个女孩子要是那么能吃多不好。好吧,我赌她吃不完。"

"是不是新生呀,我咋从没见过她?"

"管她是不是新生呢,我才不要找这么能吃的女生呢!"

"你小心说话,万一她能听懂哈萨克语,小心收拾你。"

"就是,这么能吃,搞不好是体育系的,说不定还练过功夫,把你一折两半。"

他俩同时望向我,看我面无表情,觉得我没有听懂,说得更肆无忌惮了。

我对他们传播信息的能力极为敬佩,相信我在他俩的努力下,不久就将大名远扬。

我终于让其中一个赢了一百元,我吃完饭,收拾东西准备离开。他兴奋地尖叫:"我赢了我赢了!"他甚至嘲讽地用哈萨克语对我说了句:"谢谢你啊!美女!不管你是什么民族我好爱你哦!"

我抬起头，重重地将饭盆放在桌上，大声用哈萨克语告诉他："不用谢！拿着一百元赶紧买条裙子穿吧。顺便告诉你，不管你是啥民族，我都不会找你这样的长舌妇做男友的！"

他俩目瞪口呆地站在那里，结结巴巴地说："你是哈萨克族，你是……真的吗？"

"是真的，千真万确！"

我快步离开餐厅，我平生最讨厌长舌妇，尤其是这种男长舌妇。此后的三年中我多次碰到他们，他们也不止一次地向我致以歉意，但我终究没有再和他们说过哪怕是一句话。据说，他们每到新生入校都会提醒学弟学妹们："那个瘦得像纸片一样的学姐，你们千万不要招惹她，你要是惹了她，她一辈子都不会原谅你的。"在他们的努力下，我在大学里以瘦和性情乖僻而闻名于学生之中。不过在那之后的人生里，我也被这样的长舌妇们所累。他们就像我儿时经历的那场妖风，至今想起来都让人不寒而栗。

大学四年，住了四次医院，饱尝了独在异乡为异客的辛酸。我像一张纸片一样轻轻地游走于校园的各个角落。从小优越和备受呵护的生活带给我的是对周遭环境的不适应。即使是在校园里，我也开始知道什么是世态炎凉。我努力和大家一样生活，内心却感知着一些不同寻常的凉薄。也许因为如此，温暖也变得弥足珍贵。那些混迹于高深莫测的笑容间的温柔眼神，那些风雨交加的日子里轻轻握住我的温暖的双手，终究支撑我走过了人生最初的失意岁月。现在想来，我真正的成长是从那个时候开始的。

很多年过去了，当年那个轻如鸿毛的我也开始为减肥奔波了。我像所有热衷于减肥的人那样，终日为节食、减肥药、锻炼、反弹等一切所累。大学时曾有人警告我：别不管不顾地胡吃，那些热量会悄悄藏在你的身体里，总有一天它们会跑出来，让你变成一个大胖子。每每想起这些，我就哑然失笑。虽然我没有长成一个大胖子，但失去了当年盈盈一握的纤纤细腰，也不敢再穿上自己心仪的长及脚踝的长裙。岁月改变了一切，不管是我的体重，还是我的心灵。

  生活终究教会了我忍耐、宽容、平静。日子终将一去不复返，不管我能长成参天大树还是低矮灌木，我所能做的就是把根扎得更深，在更深的土壤里寻找自己的营养，让自己一天比一天茂盛，站得一天比一天坚挺，享受阳光雨露，也不再惧怕凄风冷雨。岁月让昔日轻如鸿毛的身体日渐沉重，岁月却也让一颗消瘦的心日渐丰盈，而那些生命中的爱和悲悯始终支撑着我们不断前行。

有多少爱可以重来

这一生不能与你相认,不能像妹妹们那样,叫你一声妈妈。不能像她们那样,被护在你的翅膀下,躲避人生的风雨。更不能像她们一样,今天挨过你的骂和打,明天就可以不记仇,还撒着娇跟在你的身后。也许一切都是命运的作弄,血浓于水的亲情也经不起人世的颠沛。

一个还没有学会撒谎的孩子就要假装不知道自己的妈妈,为了不辜负另一份母爱,我成了这世间最辛苦的孩子。我要刻意回避你,回避真相,小心地维护这众所周知的秘密。因为一个古老的习俗,你无奈地远离了我的童年,甚至我的一生。而我也无奈地远离了"妈妈"这个称呼。

我是家里的长女,按照哈萨克族传统礼俗,要送还给祖父母作为亲生子女抚养。哈萨克族传统上认为,自己的生命是父母给予的,所以自己的第一个孩子要送还给父母,代替自己赡养老人。也许在传统社会,在婴儿成活率较低的牧区,对于年轻的父母这未尝不是一个好的选择。等到老人年迈,孩子也已成人,能承担起赡养年迈老人的义务,对于祖父母来说也是一个不错的养老方式。可是,千百年来,没有谁关心过这个孩子的感受。

我就是这样一个"还子",称自己的祖父母为父母的孩子。于是,我与你就这样咫尺天涯。即使是老人们相继离开我们,将骨血相认的权利重新交回到我们的手中,我们却再也无法回到彼此的怀抱,这样的生离也许比无奈的死别更让人肝肠寸断。我从不敢问你当时将我交到祖母手中时的感受,也许你当时太年轻,也许你并不知道这一别就是一生。你以为迟早有一天我还会回到你的身边,还会对着你叫一声"妈妈"。可是,可是,即使我们紧紧抓住血缘这一根纽带,那些爱又怎么可以重来?!

小时候,周围的小姑娘由她们的妈妈为她们梳漂亮的发型,戴各种各样的蝴蝶结。我于是悄悄去找你,让你也为我梳一次头。你快乐地翻出家里所有的纱巾,为我做了漂亮的蝴蝶结,梳了漂亮的发型。祖母在这个时候忽然出现,狠狠地瞪你一眼。你张皇失措,我假装若无其事地走开。祖母没有过女儿,视我如己出,百般宠爱,也百般嫉妒别人对我的亲近,特别是你,她多次背着我提醒你:"你起过誓让她成为我的女儿,你不能反悔的!"

而我,内心应该是对你心存怨怼的吧。怨你遵守陋习,生生将我送与祖母;怨你善解人意,知道祖母一生渴望的唯有女儿,就让我成为她一生的寄托;怨你放弃了做母亲的责任,却忙着拉扯你众多的弟弟妹妹。于是,我任由祖母霸道地爱我疼我,假装对你视而不见。可是,在我幼年的时候,我曾多少次凝视你的背影,渴望你能回过头来,回过头来忽然看到我,给我一个惊喜的眼神。在我年少的时候,我曾多少次向往你会来告诉我,我应该如何度过我如花的年纪。在祖母丢下我离开这个世界，我孤零零地奔走于世间时，有多少次我奢望过你能抱抱我，告诉我："没事的，你还有我。"

还记得中学时，我为了读书回到自己家中。那时，我们早已不能适应在一起生活。印象中，总是无端争吵，总是无法和解。我在一次次地伤心和失落后变得日益沉默。我通宵达旦地学习，企图通过考学离开这个城市，离开你。直到有一天我累得晕倒在家中，接着是长达一年的休学。考学离开似乎成了奢望，可我并不放弃。班主任曾问我为什么这样拼命学习，我望着窗外："为了离开家。"接着是班主任漫长的开导和劝解，我后悔自己说了实话，咬着嘴唇再不开口。

我在休学一年后仍旧和昔日同班同学一起参加高考，居然奇迹般地考上了大学，亲戚朋友乃至老师都非常震惊。只有我知道，在我年少轻狂的年纪，我没法再和你在一起，否则彼此的伤害会越来越大，大到一生都无法弥补。我们真的如此相像，敏锐，锋利，决绝。我从你那里继承来的这些性格就足以让我们彼此伤害，彼此纠结。

多少年过去了，祖母因病离我而去，我失去了世间最厚重的爱。从此，我在漫长的寻找中经历了人生中一个又一个的过客。当我伤痕累累地回到原点时，才发现只有亲情是可以依赖的，它不会在一夜之间土崩瓦解，也不会在一夜之间恩断义绝。我试着和你相处，试着听你的话，试着理解你，可我们依然和别的母女不一样。我们从不拥抱，从不在对方的面前哭泣，从不说那些母女间才可能说的悄悄话。

当我成家有了身孕，你并没有像别的母亲那样告诉我孕期的那些常识，也并没有欢呼雀跃着和我一起期盼新生命的到来，甚至也没有承诺要帮我带孩子。我有些失落，但对新生命的期盼让我暂时忘记了这些。我的独立，我的坚强，我的拒人于千里之外也似乎让你忘记了我其实是个需要很多爱的人。那时，我爱人在国外，一个月回来陪我做一次检查，照顾我几天后又匆匆离去。我一个人上班下班，佯装坚强。无数个夜晚，我辗转反侧，不知道成为母亲的意义，不知道要怎样迎接我的孩子，不知道自己能给他怎样的爱。但我在心里暗暗起誓，无论何种状况，绝不与孩子分离。

那年秋天，儿子呱呱落地。你一反常态，让我到娘家坐月子，还要亲自伺候我。我有些忐忑，不知道这一个月我们能否相安无事。和祖母刚好相反，你一生没有生下一个儿子，这一直是你的心病。如果我生的不是大胖小子也许不能享此殊荣，这样想着，心下便有些凄然。可你无暇顾及我，你久久地盯着我的儿子看，高兴得合不拢嘴。孩子哭了，你手忙脚乱地哄他，高兴得像个孩子。你脸上的喜悦和光芒是我从来没有见过的，我忽然打心眼里嫉妒。

之后的一个月，紧张而忙碌。按照哈萨克族人的传统，不断有人来贺喜。我白天和你一起接待访客，晚上亲自照顾孩子，又累又急，脾气也见长。你一边接待客人，一边不断提醒我，尽量别让客人抱孩子。客人走后我夸赞你，说你还是具有现代哺育经验的，知道随便什么人都抱孩子容易传染疾病。你忽然不好意思起来，羞涩地承认："我其实是妒忌，我见不得任何人抱他!"

我呆住了,往事历历在目——当年祖母是如何妒忌别人和我亲近的,哪怕是我的生身母亲。当晚,我忧心忡忡地问爱人:"如果我妈要以还子习俗为由要我们的孩子,你会同意吗?"

先生不以为意:"怎么会?那个习俗现在只是象征性的,就算要也是走走形式,不会当真的。以前孩子多,给了一个,还有好几个,现在都一个孩子,怎么可能给祖父母呢!"我认真地盯着他,一字一句地说:"告诉你,我就是和我妈绝交,都不会让我的孩子离开我。所以,如果她要我的孩子,你绝不能同意,你要和我站在一起。"爱人大概被我的坚决吓坏了,郑重承诺会和我站在一起。

我每天和你一起照顾孩子,却一天天心事重重。我常常找碴儿生气,没理由地哭闹。你悄悄告诉我爱人:"要让着她,这是产后抑郁症。"爱人知道个中缘由,又不好道明,只能私下安抚我。那天你一遍遍地回忆起我的小时候,说我的儿子和我一点都不像,我是早产,那么瘦弱。我忽然悲从中来:"那你还舍得把我送人!"你张口结舌,叹口气蹒跚着去了厨房,我用余光看到你背转身擦去腮边的泪。我奔向卫生间,哭得不能自已。我就这样一次次后悔于自己的坚硬,又一次次止步于自己的锋利。

那天晚上,我又和先生商量:"我妈一辈子都想生个儿子没能如愿,要不我们就成全她吧。"说着话就抱着孩子泪如雨下,忽然想到若干年前你是否也和我一样。爱人叹口气,将我搂在怀里。

儿子满月的那天,我们收拾衣物准备搬回家中。我将儿子穿戴整齐,郑重地交到你的手上:"让他代替我待在你们身边吧……"

你抱着孩子亲吻他的额头,眼中充满爱意:"不!孩子应该和母亲在一起,最好一天都不要分离!"

我哇的一声哭了出来,妈妈,我多想好好爱你,趁一切都还来得及!

惜　别

　　清晨的一个电话将我拉回遥远的过去："你建军哥去世了，今天上午在南郊的殡仪馆火化，你去送吗？"我忽然有些哽咽："去啊，当然要去。"

　　打电话的是儿时的邻居马强，挂了电话才想起我们居然都忘了彼此问候。仿佛我们还在昨天，隔着墙头喊一声"哎……"就有啥说啥了。死亡的禁忌很多，有些总是在葬礼中得到体现。我不知道会有多少人能不顾禁忌去送建军哥。

　　我的童年是在红柳泉度过的，那是个多民族聚居的小村庄。虽然那里是畜牧厅下属的奶厂，行政区划上属于城市，但我宁肯把依山傍水的红柳泉当作一个小村庄。在这里，我度过了一生中最美好的时光。

　　建军哥和马强都是我儿时的邻居。建军哥和我小叔同龄，又是我小叔的朋友，论辈分应该叫他叔叔，但我从记事起就叫他建军哥。按我的逻辑，隔了辈分就没那么亲近，何况只大了十岁，叫叔显得多生分。对于同辈的马强，纵然大我好几岁，直呼其名就更理所当然了。

在红柳泉，我们从小就没有区分民族的概念。我们心里眼里都只有两种人：好人和坏人。遇上谁家有红白喜事，全村的人都会出动。那时候，谁家结婚都在家里摆流水席，遇到汉族人家结婚，为了其他民族吃得方便，会借哈萨克族人家或回族人家的院子摆婚宴。奶奶家院子大，所以总被借来摆婚宴。每当这个时候，奶奶嘴上叨叨着说累死了，但压箱底的那些漂亮碗碟一样拿出来，比操心自己孩子的喜宴还上心。她跟建军哥的母亲唐英阿姨更是嬉笑怒骂，亲如一家人。我周岁时照片上穿的那件五颜六色的毛衣据说就是唐英阿姨织的。祖母一直珍藏着这件毛衣，我离开红柳泉时她把这件毛衣拿给我，只简单说了一句："好好收着。"

那件花毛衣，我一直留着，上面有我儿时的味道，还有红柳泉阳光和泉水的味道，也有乡亲们浓浓的情意。那件毛衣至少由六种颜色织成，我不知道现在还有没有人会为一个别人家的孩子花这么多的时间亲手织一件工艺如此复杂的毛衣。

多少次，我计划着回到生我养我的红柳泉，却抛不下那些俗世的贪恋；多少次，想回去看看这片土地上生活的人们，却丢不下未能衣锦还乡的虚荣；只隔着尘世的风雨记挂着他们的消息。建军哥家后来承包了奶厂，成了乌鲁木齐市奶业的主力军。他即使是在奶业发展大起大落的那些年里，也没抛下乡亲们，听说某某跟着他一起打拼，也听说过某某跟着他一起富了。

一次在乌鲁木齐市的街道上，一辆豪车突然横在我的面前，当我愤怒地抬头时，却看见建军哥坏坏的笑容："上来，丫头！你去哪里？哥送你一程。"

我红着脸上了车，他哈哈大笑："丫头长大了啊！都知道害羞了！"

他讲了一路的故事，我安静地听，礼貌谦和地微笑，他终于忍不住摸了一下我的头："丫头，不许这样子！笑得人心里凉凉的！我不是外人，我是你哥呀。"

我红了脸，眼泪不争气地涌上来。建军哥慌了手脚："哎呀，我的姑奶奶，你还这么爱哭啊，哥没怪你的意思，哥就是见不得你那么生分的样子嘛！好了好了，不哭啊，丫头……"

那次见面之后不久就听说建军哥住院了，当我忙完手头的事跑去探望时，他已经转院去外地治疗了。他得了胰腺癌，我不愿相信这是真的。他那么阳光的人怎么会得这样可怕的病。医生说乐观地估计最多还有两年的时光。他的身体时好时坏的，居然活过了第四个年头，于是我们就都认为，他会坚强地活下来。四年的时光，他辗转于各地治疗，回到家的日子，红柳泉的乡亲陪他聊天，陪他晒太阳，陪他打牌。而我却一直没有见到他。

那天，我早早地到了殡仪馆。建军哥的爱人和儿子迎接前来送别的人们。红柳泉的乡亲，除了生病的、走不动的，剩下的人全都来了，几乎没有人缺席！在红柳泉的乡亲们眼里，依然没有民族的区分，有的只是好人与坏人的区别。

马强跑来迎我，语气里却带着抱怨："你才来啊！建军每次都问你呢！"我叹口气，不想辩解。潜意识里，我并不想亲眼看到他被病魔摧残的样子，我愿意他永远阳光帅气地活在我的记忆里。

哀乐声中，人们依次走近遗体，做最后的告别。热孜万大妈忍不住抽泣起来："坏小子！说走就走了，还说要去家里吃羊肉呢！"

是啊，那时候过肉孜节，热孜万大妈家的羊肉、我祖母家的纳仁、马强家的粉汤是最受欢迎的。不吃这三样，感觉节日里似乎少了什么。那时候，谁家做了什么好吃的，隔着墙头就递给邻居家，邻家哥哥就割一把家里种的菜隔着矮墙递过来……

我走近在鲜花丛中安眠的他，依然是我帅气的邻家哥哥。我擦干眼泪，轻轻地离开大厅。阳光下，各色鲜花迎着天空轻轻摇摆，一如当年的我们。

寻找达斯坦演唱大师

第一次去福海是在2009年1月,汽车行驶在茫茫的阿勒泰雪原上,路边被白雪覆盖的树木飞快地掠过车窗,如我迫切的心情一般。从我听说哈孜木老人的那天起,从我听说这位能演唱一百多首哈萨克族达斯坦的奇人就生活在阿勒泰地区福海县的这个小村庄起,我就无时无刻不盼望着这次拜访。

见到老人是在两天后的下午,在阿勒泰地区文体局局长和国家一级指挥哈布拉德老人的带领下,我们到达了号称"别墅"的老人的新居,老人正坐在自家的炕上抽着烟,见到地区文体局的局长老人礼貌地起身打了招呼,举止间可以看出老人对这样的场面已经司空见惯了,简单的寒暄过后送走了领导,老人便张罗着让儿媳给我们倒茶。老人个子不高,也不是我想象的那样白须飘飘,但自有一种威严让人产生敬畏感,看到我有些拘束,老人便主动和我聊天。

哈萨克族民间有一个谚语:"不认识的两个人,刚一聊原来大家都认识,再一聊原来是熟人,再聊深入些居然是亲戚。"就这样一碗茶的工夫,我和老人也攀上了亲,我和老人的妻子居然是一个部落的，于是我们就真的成了亲戚。哈萨克族人曾经非常看重部落认同，一个部落的人走到哪里都是亲人，刚认识的人问候过后都会询问对方是什么部落的，这种习惯一直延续到今天。这有点像汉文化里的老乡情结。于是，我们像真正的一家人那样围坐在火炉边，在正午的暖阳里听老人讲起了他的传奇。

一

哈孜木老人1930年出生于福海县阔克阿尕什乡的一个牧民家庭。父亲阿勒曼是乡里的毛拉，识文断字。父亲希望哈孜木子承父业，于是在他八岁的时候送他去了学习经文的学校读书。当时乡里没有清真寺，所以毛拉也和乡里的牧民一样过着游牧生活，哈孜木也跟随父亲长年辗转于春夏秋冬四季牧场间。因此哈孜木在经文学校里断断续续上了五年才完成学业，而这却为他一生中记忆和传承哈萨克族民间达斯坦打下了很好的基础。在经文学校里他就表现出了过人的记忆力，不仅能轻松地记诵成篇的经文，更是能对所有看过一遍的文字过目不忘。

当时的哈萨克族民间常在盛大的婚礼或节庆活动时邀请著名的阿肯和达斯坦说唱艺人来表演，比较著名的达斯坦说唱艺人有波开加哈什、阔克斯根。因为阿勒曼毛拉也比较喜欢弹唱，所以常带着哈孜木出入这样的场合，年幼的哈孜木对达斯坦说唱产生了浓厚的兴趣，因为观看达斯坦的场面常常是人山人海，所以哈孜木这样的小孩子只能是在毡房外面听一听。就是在这样的日子里，哈孜木从波开加哈什的演唱中学到了一些哈萨克族达斯坦。一个偶然的机会，波开加哈什听到哈孜木在演唱他曾演唱过的一些达斯坦，不仅内容分毫不差，连音调都模仿得惟妙惟肖。看到波开加哈什面露喜色，哈孜木趁机向他提出了想跟着他学习达斯坦的请求，没想到波开加哈什满口答应，并当场向他传授了一些演唱的技巧。从此哈孜木追随着波开加哈什去了不少表演达斯坦的场合，并有机会结识了很多达斯坦说唱歌手，其中包括阔克斯根，也向他学习了一些哈萨克族民间达斯坦。在他们的带领下，哈孜木得到了一些登台亮相的机会，人们都开始认识这个"达斯坦奇巴拉"，随着年龄的增长，哈孜木自然就成了远近闻名的"达斯坦奇"（"巴拉"是哈萨克语小孩的意思，"达斯坦奇"指的是达斯坦说唱艺人）。

草原是诗的海洋、歌的天堂。春天会有诺鲁孜节[1]，家家户户会互相拜年，阿肯弹唱、达斯坦说唱自然也是节日的一部分。秋天牛肥马壮的时刻又是婚礼的高峰，那时候的婚礼会持续好几个星期，草原上的毡房就是"达斯坦奇"的舞台，人们呼朋唤友，通宵达旦地聚集在毡房内外如痴如醉地听那些英雄们的传奇或那些缠绵的爱情故事。这样的草原文化才会产生《阿勒帕米斯》《萨丽哈与萨曼》这样的诗篇，这样一个热爱诗歌的民族才

---

[1] 诺鲁孜节：中国哈萨克、柯尔克孜、塔吉克和维吾尔等民族传统节日。自每年公历3月21日起，为期3~15天不等。因正值春分时节，亦称"春节"。

会诞生哈孜木这样的达斯坦演唱大师。

在之后的几十年中,哈孜木一直活跃于民间,虽然那个时候还没有引起政府的关注,但他因为成了一名"达斯坦奇"而经历了一些别人不可能经历的事情。毕竟哈萨克族民间达斯坦说唱艺人不是以自己的技艺为生,那些说唱是不收取任何费用的,他一心扑在达斯坦的演唱上,虽然他的技艺得到了大家的尊重,但并没有为他带来经济上的任何收益。而且他将大量的时间花在达斯坦的记忆和说唱上,甚至影响到了正常的放牧,所以哈孜木的日子还是清贫的。二十世纪五六十年代在国家收集整理各民族民间口头文化作品时,哈孜木凭着其超常的记忆力为哈萨克族达斯坦的搜集整理工作做出了很大的贡献,他的技能也逐渐被政府所重视。然而好景不长,"文化大革命"爆发,民间文学也成了"毒草",哈孜木辛苦整理的唱本也被付之一炬。伤心的艺人敢怒不敢言,但他知道他们可以烧去那些手稿,留在他记忆里的达斯坦却是他们无法抹去的。从那以后他再没有使用过任何唱本,单纯凭着记忆演唱达斯坦,直到2008年才在政府的要求下开始整理自己的唱本。见到他时,他刚刚完成自己的手稿,一百零四首达斯坦,厚厚的十几本手抄本,都是他凭着记忆一笔一笔写出来的。据说有人出十万元想买他的这些手稿,老人拒绝了。他觉得那是大家的财富,他不能据为己有,更不能拿去卖钱。

二

从1982年开始,哈孜木开始活跃于疆内大大小小的舞台,

2008年3月他被命名为"自治区级非物质文化遗产项目哈萨克族民间达斯坦（叙事长诗）代表性传承人"。但荣誉对于他似乎一直是一个可有可无的东西，那些奖状和证书大多都已经丢失了，留在他的记忆里的只是那些华美的诗篇，如果不是亲耳听到他的说唱，我真的难以相信哈萨克语原来是这样深邃的一种语言，当那些璀璨的诗句以哈萨克语特有的颤音送达我的耳边时，我总是忍不住泪流满面。

在阔克阿尕什乡的那些日子里，他毫不吝啬地将他喜欢的达斯坦一首一首地唱给我听，我安安静静地聆听着，默默地流泪，轻轻地叹息，为刀光剑影的英雄征战热血沸腾，为缠绵悱恻的草原爱情肝肠寸断。有的时候老人结束一首达斯坦后会停下来，似乎是在回味又似乎是在等待。每当这个时候，我就会惭愧地低下头去，我对哈萨克语的认知是何等的浅薄，我用什么去和这样一个达斯坦演唱大师交流。

老人最爱唱的是那首《阿乐泰—苏露恰西》，这首达斯坦是一首马哈巴特达斯坦（爱情长诗），诗中的女主人公苏露恰西是贵族家的小姐，阿乐泰是苏露恰西的母亲嫁过来时陪嫁的一对奴隶所生的孩子，奴隶的孩子自然也就是奴隶，哈萨克语称作"库勒"。当时的哈萨克社会门第观念是十分浓厚的，那时候的贵族称为"白骨头"，"白骨头"的孩子永远是"白骨头"，"库勒"的孩子永远是"库勒"。达斯坦中这样描绘了阿乐泰的出生：

他的出生没有"恰秀"①来相迎

他的出生没有"哈勒加"②共分享

他的出生没有"奇勒碟哈那"③的欢腾

…… ……

  这段诗句用寥寥数笔勾画出了一个出生于"库勒"家庭的孩子的悲惨命运,哈萨克族文化中非常重视新生命的诞生,诞生礼、命名礼都是人生中的大事,与之相关的庆生活动都是必不可少的人生礼仪,可以说假如没有这些活动的举办就意味着这个人的人生不完整,这样的诞生和牲畜的繁衍几乎等同,会被认为是毫无尊严可言。当老艺人用略带颤音的哈萨克语唱出这几句诗文时,不禁让人潸然泪下。即使是时隔几年后我在电脑上打出这些诗句的时候,那情景依然历历在目,让我忍不住潸然泪下。然而当老艺人把这些华美的篇章呈现在我的面前时,我才真切地体会到:任何一种语言和文化,如果不用心去感悟它,那么就意味着你永远不可能了解它,就更没有评论它的资格。

  语言在我看来是最为奇特的,上面的诗文在哈萨克语中句句押韵,唱起来朗朗上口,意境表达得十分凄美,没有听过老人的

---

① 恰秀:代表喜食,哈萨克族在孩子出生或任何喜庆场合,将糖、奶疙瘩或其他可以抛撒的食品撒向人群,象征喜庆。而人们也争相捡拾,认为可以沾沾喜气。

② 哈勒加:哈萨克族传统礼仪,孩子出生后,要为产妇宰羊,一方面犒劳产妇,一方面和大家分享新生命诞生的喜悦。

③ 奇勒碟哈那:小孩子出生当日举办的喜庆活动。

演唱或者没有学习过哈萨克语的人可能确实无法体会。这首达斯坦不过几百行，全部演唱完只需一个多小时，然而可以说句句都是经典，我甚至找不到任何一个合适的词来赞美这些诗句。老人用他特有的曲调将听众带入这首爱情长诗的氛围里，就是这个无足轻重地来到人世的阿乐泰成长为一个健康勇敢的英雄少年，甚至让他的主人的爱女，出生于富豪世家的千金小姐也爱上了他。两人不畏世俗的相恋自然会在当时的哈萨克族社会掀起轩然大波，在经历了种种磨难后，这对恋人在朋友的帮助下毅然私奔，在度过短暂的甜蜜相守之后，女主人公苏露恰西意外地被老虎所食，男主人公阿乐泰在奋力杀死老虎之后，在心爱的人的遗体旁自杀殉情。全诗没有一处提到门第，却让人处处感受到等级观念的森严；全诗也没有一次说出"爱情"一词，却通篇都让人体会到缠绵悱恻的爱情。在所有人都以为有情人终成眷属的时刻，女主人公却葬身虎口，似乎又隐喻了命运的不可抗争。让人在同情男女主人公的同时又痛恨权贵，感叹命运！这位演唱大师用朴实的演唱、含蓄的语言将如此凄美动人的故事呈现在你的眼前，他用心去歌唱，而他要求的仅仅是听众用心的聆听而已。

在阔克阿尕什乡时，我问老艺人表演时会不会受观众的影响。他当时这样对我说："我不在乎舞台有多大，也不在乎听众有多少，但我在乎他们对我唱的内容的关注。"据说在一次地区级演出中，由于下面的观众进进出出，交头接耳，老艺人愤怒地拒演。可爱的老人为了捍卫达斯坦的尊严，不惜得罪前来劝说的领导，坚决拒绝上台，为此还得了个"倔老头"的称号。

三

　　第一次去老艺人家时我带了专业的设备，甚至还请了专业的摄像师，当时因为并不了解具体的保护和传承情况，所以是带着抢救非物质文化遗产的决心去的。然而一个小小的意外却改变了我的初衷。在到达老艺人家的当天，因为新疆日报社记者采访了老人，再加上福海县非物质文化遗产办公室工作人员在老艺人家中拍摄到很晚，感觉老艺人有些疲惫，我们放弃了当天的拍摄计划，将所有设备放在老人家客厅的柜子里，我们在紧挨着客厅的卧室里住下。别墅里是土暖气，夜里炉火熄灭之后屋子里奇冷无比，我们每人盖了两床用骆驼绒填充的被子还是冻得手脚冰凉。我们一边感叹阿勒泰的寒冷，一边感慨住在我们旁边卧室的老艺人是如何度过这漫漫长夜的。

　　第二天我们吃过早饭计划开始工作，老艺人很配合地坐在我们指定的位置等着拍摄，摄像师却发现我们的摄像机镜头居然冻裂了，根本没法正常拍摄，我们一下子傻眼了。摄像师说他去过很多地方拍过很多东西，因为从来没有碰到过设备被冻裂的情况，所以也没做好防范措施。我们的拍摄计划只好搁浅了。

　　午饭时我们忍不住问老艺人："这么冷的屋子怎么住人？"老人笑着说："我在山上的房子是破旧了点，但很暖和，房子小，用的煤也不多，挺好的。但是政府关心我，为我这样一个普通牧民花了这么多钱盖了房子，我怎么能抱怨房子冷呢？其实如果白天多加点火，晚上也不会那么冷，只是煤太贵了，所以我们就省着点烧，也习惯了。"我听着有些心酸，却不知道说些什么好。

时隔一年，我再次去福海县时，听说县里已经将老艺人记忆中的一百多首达斯坦整理成四册书即将出版，我为老人记忆中的这些达斯坦将以文字的形式被保存和传承而欣慰。

哈萨克族民间文学以口口相传的方式传承到了今天，当我们对这样一位传承者因为保存和传承了这样宝贵的财富而心存感激时，他却说："我只是一个普通的牧民，却因为有了这些达斯坦而拥有了一个别样的人生，我能保存它、传承它是我的幸福！"

第二次离开阔克阿尔什乡时，老人亲自把我送到县城，还十分抱歉地对我说："每次你都冬天来，冻坏了吧！"并邀请我来年夏天再去福海，他和家人会在夏牧场欢迎我。我努力忍住眼泪，可敬的老人与我素昧平生，就因为我对达斯坦的关注而如此毫无保留地信任我。

谨以此文献给哈萨克族达斯坦演唱大师哈孜木·阿勒曼老人，希望他健康长寿，也希望来年夏天能在美丽的夏牧场聆听他的演唱！

冬不拉的琴声

冬不拉是哈萨克族的传统乐器,也是民间流行的弹拨乐器之一,广泛流行于新疆哈萨克族居住的地区。它的种类繁多,雕刻精细,镶嵌美观。

关于冬不拉的起源有这样一个传说。传说在遥远的古代,哈萨克族有一位聪颖美丽的姑娘,要找一个有才能的小伙子做终身伴侣,于是姑娘出了一个难题:谁能让大树说出话她就嫁给谁。有个小伙子早就爱上了这位姑娘,他在姑娘的毡房外苦思冥想也没有想出能让大树开口说话的办法。到了傍晚,小伙子肚子饿得咕咕叫,他宰了一只羊,随手把羊肠子挂在树枝上,架起篝火烤肉充饥。此时月亮从东方升起,夜风吹拂而过,他在皎洁的月光陪伴下背靠大树,进入梦乡。宁静的月夜,一阵悦耳的声音唤醒了小伙子,原来是热风吹干了挂在树枝上的羊肠,发出了美妙的声响。大自然的启示使小伙子恍然大悟,他砍倒大树,用它做成了冬不拉的琴身,将羊肠摆成琴弦挂在两头,他弹起了冬不拉,向姑娘倾诉爱慕之情,委婉而深情的歌声打动了姑娘的心,她也随着冬不拉奏出的优美旋律唱起了甜美的歌。后来,他俩结成了终身伴侣，冬不拉也从此在草原上广泛流传。而另外一则传说是这样描述的：很久很久以前，有一个牧人在茂密的森林里放羊，这时从远处传来一阵非常悦耳的声音。他四处寻觅，终于发现声音是由树梢上悬挂的干枯的动物肠子发出的。肠子是鸟儿吃剩的动物的部分。牧人受到启发，将动物的肠子在弯曲的木棍上绷紧，试着弹出好听的声音来。冬不拉就这样问世了。

虽然这些只是优美的传说，但我们也可以从中了解到一些关于冬不拉的历史信息。从诸多传说故事的描述以及考古出土的文物来看，冬不拉在以狩猎和游牧为生的氏族部落时期就已产生，历史很久远。著名的哈萨克斯坦乐器学家乌拉孜哈孜·拜森别克在其专著《弦乐器的奥秘》中，从对粟特、花剌子模遗址的考古学研究中，得出了"我们现有冬不拉的品种早在公元四至五世纪已在民间广为流传"的结论。从这个角度分析，冬不拉的产生甚至早于哈萨克族的产生。

冬不拉的种类繁多。早期在民间有过三弦和四弦冬不拉，现在绝大多数都是双弦冬不拉。根据材质的不同，冬不拉又可以分为松木冬不拉、杨木冬不拉、骨质冬不拉等几种。从外形上看，分为阿拜冬不拉和江布勒冬不拉。阿拜冬不拉以哈萨克族著名诗人、哲学家、教育家阿拜命名，音箱接近三角形。江布勒冬不拉以哈萨克族民间阿肯江布勒命名，音箱是椭圆形的。这两种冬不拉外形不同，音色也各有千秋。冬不拉的弦最初用羊肠制作，现在已用尼龙缠钢丝弦代替了羊肠弦，并增加和使用了铜质的琴品。改革后的冬不拉，在原基础上扩大了音域，增大了音量。冬不拉一般有五个、七个或九个琴品，有的冬不拉有十三到十四个琴品，最近又出现了调二十一个琴品的冬不拉，根据冬不拉的槽面、覆手、曲首、大小、长短、所绷琴弦和缠品位数目多少以及伸缩的音域和音量的大小，有人将其定名为五种不同类型的冬不拉，即四弦十二品的最高音冬不拉，称为"皮克洛"；四弦十五品的高音冬不拉，称为"鲁里玛"；双弦十三（或十四、十六）品的中音冬不拉，称为"冬不拉"；双弦十七品的次中音冬不拉，称为"巴兹"；双弦十品的低音冬不拉，称为"库拉孜巴兹"。此外，因哈萨克族历史、地域、部落、文化心理、生活习俗的差异，在民间还存在其他各种形制的冬不拉，据不完全统计其品种大约有十几种。

哈萨克族民间文学非常发达，哈萨克族民间叙事长诗、哈萨克族阿肯阿依特斯在文字产生之前，承载了哈萨克族人文化的传承，而在这一传承过程中，冬不拉功不可没。它不仅向我们展开了哈萨克族人绚丽的历史画卷，也忠实地记录了草原上的快乐与辛酸。很多冬不拉乐曲都来自哈萨克族英雄史诗。奎达斯坦，也称为冬不拉长篇弹奏曲，像英雄史诗代表作《阿勒帕米斯》《库布兰德》《阿尔卡勒克》等，历史史诗代表作《赛里木湖的传说》《走破脚板到处漂泊》等，在民间都用奎达斯坦的形式由阿肯借助冬不拉伴奏，用特有的音乐曲调吟唱。

富有传奇色彩的叙事冬不拉长曲《瘸腿野马》是一首脍炙人口的名曲，它生动地描写了一件历史往事：成吉思汗准备西征前已经预感到大儿子术赤死了，但他不愿接受这个事实，宣布说，如谁来报告这样的噩耗，就把熔化的铅水灌进谁的嘴巴。人们都知道成吉思汗的秉性，谁也不敢向他禀报这件事。哈萨克乃曼部落一个非常有名的作曲家凯尔布哈创作了一部曲子，到成吉思汗面前弹奏。乐曲描述了术赤在追赶野马时不幸死去的经过，琴声如泣如诉。谙熟音律的成吉思汗体味到了琴声中的情感，不等乐曲弹完，就陷入了万分悲痛中。他按照自己的诺言将铅水灌入了冬不拉的音箱里。这部曲子生动地表现了各种人物内心的活动，用如泣如诉的琴声代替了语言的表达，是冬不拉叙事曲中的经典之作。

除此之外，还有很多冬不拉乐曲，其中以马为题材的乐曲举不胜举。例如《白龙驹》《加尼别克的青马》《黑儿马的遭遇》《栗色马》《可爱的枣红马》《奔马》《伊犁骏马》《黑走马》《灰走马》《白蹄马》等曲目都是以马为题材。其中，最著名的《黑走马》也是著名的舞曲。入选哈萨克族国家级非物质文化遗产名录的传统舞蹈《哈拉卓尔哈》所用的曲子就是《黑走马》。"哈拉卓尔哈"就是"黑走马"的音译。这首曲子栩栩如生地描绘了黑色走马行走或者奔跑时轻盈灵动的样子，是哈萨克族冬不拉的代表性曲目。

另一曲以马为题材的冬不拉曲《玛尔哈布勒的白额黑马》生动地描述了一个流传甚广的民间故事：一百多年前在阿尔泰山下，玛尔哈布勒拾到一匹骨瘦如柴的小马驹。在他的精心喂养下，小马驹变得皮毛发亮，胸宽臀圆，四肢挺拔有力。在赛马时，尽管它受到牧主的千般刁难，仍夺得头奖。这首曲子把马急躁旋转、蹦跳嘶鸣、挣脱牵绊、甩开四蹄、奔跑似箭的一系列动作表现得淋漓尽致，具有惊人的艺术表现力和感染力。

马是哈萨克族人最亲密的伙伴，说起哈萨克族人首先想到的就是马。阿拜曾说："诗和马是哈萨克族人的一对翅膀。"所以，在冬不拉乐曲中，最多的就是以马为名、以马为题材的曲目。除此之外，还有大量描写飞禽走兽的冬不拉乐曲。最具代表性的是《熊》，哈萨克族民间称其为《猎人的忧伤》，描写的是一个老猎手为了猎熊，误杀了自己亲生儿子的悲伤故事。乐曲用冬不拉特殊的节奏，刻画了熊在林中各种笨拙、憨实的姿态，渲染了猎人射死儿子后痛苦万状、痛不欲生的情景，让人听后不禁潸然泪下。

提到冬不拉就不得不说一说白山布·杜南拜的故事了。

白山布·杜南拜（1803—1872年），新疆布尔津克烈部落人，著名的哈萨克族诗人和民间音乐家，冬不拉弹奏曲的创始人。当年他怀抱着一把冬不拉，常年在草原上游历，传播自己创作的音乐，一生当中共创作了四百多首以冬不拉弹唱为主的民间音乐，其中《孤胆英雄》《矫健的褐马》等著名乐曲至今仍在哈萨克族民间广为传唱。

这是百度词条上给出的白山布·杜南拜的简历。但在民间流传的这位冬不拉弹奏曲的创始人的故事远比词条丰富。白山布是中国哈萨克族历史上一个富有传奇色彩的人物。他是阿勒泰克烈部四大比官之一，也是四个比官中年龄最小的，当选时只有三十三岁。

所谓"比（Bi）"，不仅是哈萨克族一项古老的"民法制度"，也是哈萨克族一个独有的历史文化现象，深得哈萨克族人的推崇和拥戴。"比"既不是王公贵族，享受特权，享受分封，也不是政府的官吏，享受俸禄，但在民间，执法却有着王亲和官吏均无法比拟的威望和公信力。尽管他们中不乏名门望族，或平头百姓，但由于他们学识渊博，熟悉哈萨克族习惯法，为人公道，口才出众，能言善辩，且由民选产生，是草原的执法者，所以在民众中有不可替代的影响力。

相传白山布·杜南拜生于一个平民家庭，他的父亲是个音乐迷，母亲也是个喜欢唱歌的女人，所以我们可以推测他学习冬不拉和父母热爱音乐有关。相关资料中也记载，他十岁时受过一位叫博孜达克的乐手的指点，并显示出了非凡的记忆力和天赋。在他十四岁那年，土匪到他所在的部落抢劫，他的父亲孤身追赶时遭遇六名土匪的围杀。白山布·杜南拜为此创作了他的处女作《孤胆英雄》来怀念他的父亲，声讨凶恶的土匪。据说因为这首曲子，他被贾那特部的族长麻曼大人作为接班人来培养。在麻曼眼里，一个十四岁就知道为父亲"树碑立传"的人，将来必定是一个有志向、有责任感、敢于承担义务的人。就这样，在他三十三岁时，终于成为阿勒泰克烈部四大比官之一。

在作家叶尔克西的描述中，白山布·杜南拜是一个浪漫的执法者，他用冬不拉辅助他的执法生涯。他是一个乐师，一个善于用音乐来表达自己执法理念的"怪人"。他一生创作过四十首商议曲，如《关于代价的商谈》《致臣民》《四位比官的商议》等乐曲。其中，最为著名的就是《四位比官的商议》，这首曲子记述了一次政治事件——哈萨克族社会的"全民公决"。有专家研究说，关于"协商"这样的主题出现在一支冬不拉曲中，是哈萨克族音乐的首创。大概因为如此，这支曲子一经创作完成，就得到了包括各部首领、新产生的四个执法比及克烈十二大部全体民众的认可。不仅如此，这首曲子还将当时的议事环境描绘得淋漓尽致，将事件中人物的形态、心情描述得惟妙惟肖，甚至连松林中的动植物都进行了逐一塑造，极具画面感的音乐在一个多世纪后的今天仍然回荡在人们的心头。

为了纪念他，2011年初布尔津县正式向阿勒泰地区和自治区提出申请，将白山布·杜南拜及他谱写的冬不拉弹唱曲列入非物质文化遗产保护名录进行全面保护，并开设"白山布·杜南拜冬不拉曲培训班"，由专门研究这位音乐家的乐曲的老师授课。一百多年过去了，白山布·杜南拜的名字与他的冬不拉琴声，仍然留在哈萨克族人心里。而冬不拉作为哈萨克族人的传统乐器，已经走过了几个世纪的岁月。不管是曾经逐水草而居的传统社会，还是今天这种改变了传统生产和生活方式的现代社会，冬不拉的琴声将永远伴随着哈萨克族人。

除 夕

除夕这一天，阿丽玛的心情是复杂的。爆竹声里，热闹是别人的，从不属于她，她也总是站在热闹之外冷眼旁观，可是今天阿丽玛的心却被搅乱了，并且乱得一塌糊涂。

自然醒来的时间接近中午，刚刚慵懒地爬起来冲上咖啡，门铃就被按响了，阿丽玛打开门，昨天才回国的母亲穿着貂皮大衣，雍容华贵地站在门外。阿丽玛热情地拿出拖鞋摆上，接过她手里的包。她们从不拥抱，像其他母女那样。简单的问候之后，阿丽玛烧好奶茶，开始了和母亲的寒暄。母亲拿出异域特色的项链和其他的礼物，儿子成人礼时母亲不在，所以她第一时间赶来看望儿子。孩子自顾自地玩，并不理睬她们，于是气氛有些尴尬。对于母亲每一段在国外的经历，阿丽玛都假装很关注，适时表示惊讶或羡慕，心里却盼着谈话能早一点结束。

母亲却因为她的表演被极大地激发起诉说的冲动，当然在谈话期间，她也巧妙地解释着孙子人生大礼自己无奈缺席的原因。阿丽玛在心底冷笑了：是的，女儿的人生你因为"还子"习俗缺席了，现在轮到孙子的人生你还要找什么理由离开？这是他的成人礼，是人生第一个重要的礼仪，你因为国外那些姑母的孩子们的召唤就毅然决然地抛下我们前去了！

阿丽玛有些悲愤，但她忍住了，十几岁的时候她曾试着和母亲亲近，试着妥协，试着理解，可母亲简单粗暴地伤害了一颗脆弱的心。后来她心里的那道门就彻底关上了。就像今天她是这样不动声色地和母亲说着话，并且让母亲相信自己是多么识大体的一个人。她注视着母亲保养得很好的面孔，她从没有能够像一个女儿那样对着这张脸撒娇，对着这双眼睛说出心中最想说的话。一直以来，阿丽玛以为等她有了孩子可能会理解母亲，可是有了孩子后更无法理解了。

母亲的手机及时地响起来，打断了阿丽玛心里越来越强烈的怨恨。母亲的叔叔请她今天过去吃饭，而且妹妹要去家里看她的电话也紧跟着打来。母亲急着要离开，阿丽玛知道母亲急的是去她叔叔家而不是回家迎接二女儿的到来。可阿丽玛懒得计较这些，也不想再听什么措辞，于是站起身替她说了她想说的话："快回去吧，米娜看你不在会着急的。"

母亲似乎松了一口气，又说："她主要是来看曼苏尔，她说先去我那里马上就过来。"

阿丽玛说："曼苏尔就快好了，她又何必那么操心。"

母亲还想说点什么，阿丽玛却直接帮她拿了她的貂皮帽子，顺便夸赞了貂皮的毛色，母亲便有些迫不及待地离开了。

母亲一走，阿丽玛便坐在电脑前和一些陌生人聊天。自从丈夫过世，她的烦恼和忧伤就只告诉网络世界里的那些陌生人。她知道这一天她的心情再也不可能好了，可她不知道该如何解救自己。

QQ里一个并不了解她的人评价她：淳朴……这个词居然让她勃然大怒。她有些失态地反击了他，一边又为别人会误以为自己浅薄而生着不知是谁的气。

电话响了，是妹妹米娜。米娜有些怯地说："我们在你家楼下。"

"快上来呗，还打啥电话！"

她的眼泪浮上来，她当然知道妹妹为什么打电话，每次妹妹想回娘家又怕母亲不欢迎时就会这样怯生生地打电话。妹妹当然也知道母亲来过家里之后阿丽玛的心情也一定不好，说不定也会不欢迎一切和母亲有关的人。虽然她从小和妹妹性格也有些不合，但因为共同经历了一些事情，所以彼此有难时仍然会挺身而出。特别是她们共同经历着母亲对她们的忽视和冷落，彼此之间便多了一些默契。当妹妹生下先天残疾的孩子时，阿丽玛先想方设法瞒着妹妹，直到瞒不住的那一天，自己哭了三天三夜，母亲表现出痛苦有着太多表演的痕迹，幸亏当时妹妹没有亲眼看到。母亲的眼里就只有她的那些亲戚，丈夫和女儿在她心里似乎是微不足道的。

阿丽玛怀着异样的沉重迎接了妹妹一家的到来。安排儿子和表弟一起玩之后就进了厨房开始做饭，妹妹跟进来陪她说话。阿丽玛问："回家看了吗？怎么这么早，我以为你们在爸爸那儿吃完午饭过来，所以准备做晚饭招待你们的。"

妹妹实话实说："我妈急着去她叔叔家，让我们直接来你这儿。"

果然如阿丽玛所料，她顺手将手里的东西咣当扔在水池里，妹妹感知了她的愤怒："要不我们出去吃吧，好不容易休息，你也别麻烦了。"

阿丽玛叹口气："一家人有什么麻烦的，你陪贾尔肯聊天吧，我一个人就好。"妹妹看看她的脸色，知趣地出去了。阿丽玛一个人待在厨房，一边忙碌一边悲凉。她想起几年前妹妹怀孕时，有一天打电话给她，说想吃家里的饭，但给家里打电话母亲勉强同意，她倒没了胃口，就说不去了。她从电话里听出妹妹的哭腔，便说："来我家吃吧。"挂断电话，那天她把孩子交给保姆，亲自下厨炒了几个菜，看着妹妹流着眼泪吃下，心里整整堵了一天。想起自己怀孕时的待遇，其实还不如妹妹。怀胎九月，她甚至都没敢打电话对任何人说想吃家里的饭。有的时候她甚至想，是不是因为自己的克制和内敛，母亲才会以为她压根不需要什么爱！可世界上真的有不需要爱的人吗？

送走了妹妹，阿丽玛的心情低落到了极点。那个声称爱上了阿丽玛的人发来祝福的短信，阿丽玛却说了他最不爱听的话。阿丽玛默默地等短信，却再也没有了任何信息。那天在阿丽玛不顾一切地去看过他之后，他说害怕她的爱是一时的冲动，阿丽玛当时就哭了，她又何尝不害怕他是。每一个声称爱她或企图爱她的人最后不是都一个个离开了她吗？阿丽玛不知道到底是自己错了，还是这个世界错了。其实阿丽玛知道，自己的心在很小的时候就被狠狠地伤了，而那个能为她疗伤的人却迟迟没有出现。

外面的爆竹一声高过一声，零点钟声敲响了，全世界似乎都在沸腾。阿丽玛给远方的他发了短信：天涯共此时。没有响应。阿丽玛擦去流到腮边的泪水，如果爱终将逝去，那么不爱也罢。

其实，阿丽玛一直守着一个秘密，除夕这一天是阿丽玛阴历的生日，既然所有息息相关的人都没有记得这个日子，那么爆竹声声、普天同庆对于阿丽玛又有什么意义呢？那个在叔叔家里吃着饭，享受着属于她的亲情的母亲是否还记得很多年前的今天，她是如何迎来了生命中的第一个孩子？

是夜，月凉如水。

吃肉喝粥——哈萨克族人的另类春节

说起春节还得从哈萨克族人逐水草而居的传统生产生活方式以及大块吃肉、大碗喝酒的草原民族性格说起。不得不提的一点是传统的逐水草而居的生活让哈萨克族人养成了以肉食为主的饮食结构,这即便是实现全面定居后也很难在短期内做出改变。曾经居无定所的生活、自然条件的恶劣铸就了哈萨克族人大块吃肉、大碗喝酒的豪迈民族性格。我就曾目睹我从小生活在牧区的外婆一个人就着奶茶悠闲地吃掉一整条羊腿的场景。何况那些成天放牛牧马的哈萨克族汉子呢?

哈萨克族人每年在入冬前都会将自家的毡房迁至风雪较小、地势平坦的山沟内,哈萨克语叫"克斯塔乌",直译过来就是冬天的住所"冬窝子"。也有在冬窝子修建石头房子、砖房、木屋来过冬的。春、夏、秋三季忙着游牧,没有耕作,哪里来的粮食和蔬菜,只好吃肉。还好,勤劳的牧人家通常牛羊满坡、驼马成群。进入腊月,哈萨克族人进入冬宰季,就像从腊月开始春节就拉开了帷幕一样,从冬宰开始直到阳历3月21日的诺鲁孜节,意味着新的一年就此开始了。春节是中国民间最重要的节日,象征着春天将要来临,万象复苏,草木更新,新一轮播种和收获的季节又将开始。

冬宰,哈萨克语称为"索合木",为了抵御寒冷度过漫长的冬季,哈萨克族人在冬季转场安置好毡房和棚圈后都要宰杀马、牛、羊,进行冬肉储备。千百年来,游牧草原使哈萨克族人将纤维度细、蛋白质丰富、脂肪易吸收的马肉作为冬肉储备之首。因为将马肉列入冬肉之首,所以哈萨克族也积累了丰富的储藏和加工马肉的经验。为了延长马肉的存放时间,他们选择熏制,用烟熏微烤的方法将马肉内的水分逼出。在对马肉进行加工制作的过程中,哈萨克族人发现,用洗净的马肠子将分割马肉时切下的碎肉、肋条、块肉包裹起来熏制不仅美味,且更容易储存和携带。因此,熏马肉、熏马肠便成了哈萨克族人最喜欢的美食。其他的肉类当然也用熏制的方法保存。很多年前,牧区还没有用于储存过冬肉食的冰柜、冰箱,就在熏制之后放在面缸里保存。

在被称为"阿吾勒"的哈萨克族牧村里,家家都在冬宰之后开始轮流请客,称为"索合木巴斯",为一整年辛勤放牧的劳动成果而庆贺,请亲戚朋友们分享劳动的果实,喝酒吃肉,载歌载舞,整个阿吾勒进入了狂欢的季节。当然,冬宰中最好的肉是要留给诺鲁孜节的,而针对诺鲁孜节的准备也在女主人的安排下井然有序地开展着。

当冬季的狂欢临近尾声,诺鲁孜节就到来了。诺鲁孜节历史悠久,从古至今,在我国的维吾尔、哈萨克、乌孜别克、塔吉克、塔塔尔等民族中广泛流行。从中华文化大视野出发,无论从礼俗还是从人文意义而言，诺鲁孜节其实就是春节的一部分。

在历史上，哈萨克族采用过的历法有三种，即兽带历法、月昂宿历法和通用历法。不管使用哪一种历法，哈萨克族的历法每一个月份都有专称。

"哈萨克族人把一年的第一个月称为'诺鲁孜'，这正是阳历3月。3月21日春分，这一天昼夜一样长，他们把这一天作为春节，哈萨克族人称之为'诺鲁孜'。'诺鲁孜'是'新的一天'的意思，是波斯语的借用词。从这一天开始就意味着迎来新春。"[1]

节日前几天，阿吾勒的人们就开始打扫庭院，清洗被褥衣物等。住在毡房里的人家，还要提前一天在院子里准备一个灶，因为毡房空间有限，客人多时，毡房里的一个灶显然是不够用的。在节日前一天，家家户户都要将煮"诺鲁孜阔杰"的原料中的大麦用"克耶勒厄"（木制的用来将麦子等粮食捣碎的器具，形状像木桶，外面用皮包起来，用一根比桶的直径略小的，上半部有长方形孔、便于抓握的粗木棍捣碎）捣碎备好，这样在节日当天煮粥时就比较容易熟，粥也可以煮得比较烂。

"诺鲁孜阔杰"是用小麦、大米、小米、面、酸奶、盐和水熬成的稠粥。按照传统的做法，内中的食品要放七种，预示着来年的丰收。但也不是非得这几种，有时也会加入奶疙瘩之类的，

---

[1] 《哈萨克族简史》编写组.《哈萨克族简史》[M].北京:民族出版社，2008:315.

只要是七种即可。在一些阿吾勒,"诺鲁孜阔杰"的熬制过程中还加入了红枣、葡萄干等干果。

在诺鲁孜节当天,各家中年长的妇女在毡房的火塘前点燃松枝或火把,从灶下开始,熏烤毡房,口中念着:"阿拉斯,阿拉斯……家里人丁兴旺,圈里牛羊满满,让灾祸远离,让福运早至……"接着又走出毡房,走到畜舍,绕畜舍一周,口中仍然念着"阿拉斯,阿拉斯……家里人丁兴旺,圈里牛羊满满,让灾祸远离,让福运早至……"这大约与哈萨克族人曾经的原始宗教信仰有关。

节日当天,阿吾勒的男女老少们穿着传统的民族服饰,扶老携幼,挨家挨户拜年,家家都拿出家中最好的东西来招待客人。进门时,有人专门掀起毡房的门帘,迎接客人的到来,晚辈要向长辈行礼,长辈还礼后大家按辈分依次坐定,之后主人铺好"达斯塔尔汗"(餐布),开始倒茶,人们吃着包尔萨克,喝着奶茶,尽情闲聊,喝过茶后稍事休息。之后主人再次铺上餐布,家境好的人家会端上好几盘肉放在中间,之后才端上热气腾腾的"诺鲁孜阔杰",第一碗自然要端给席间的长者,因为入席时大家是按照辈分高低依次坐好的,所以把"诺鲁孜阔杰"端给众人时基本就是按照座位的顺序。在享用"诺鲁孜阔杰"前要由席间的长者做"巴塔"(祈福),做过巴塔后,先由长者端碗,大家才开始享用。人们开始一边闲聊,一边一碗接一碗地喝着"阔杰",吃着肉。等到吃够喝够,老人们再次做过巴塔后,这一家的招待才算结束,有时喝过"阔杰",还会再喝一会儿奶茶,众人方才离去。

也有人家会提前通知村里的老人，在中午或晚上去家里喝"阔杰"，这个算是比较正式的宴请，虽然和通常拜年的程序差不多，但客人在这家待的时间会更长，主人准备得更为充分，有时还会专门宰羊、煮肉，食物种类也会更为丰盛。

节日期间，在待客的间隙，老人带着大家去村里的泉水边清理泉眼，将小溪中的一些废弃物扔到岸边，据说这是哈萨克族先民留下的习惯，在诺鲁孜节时清理池塘或泉眼，引进春水，来年人们的眼睛就会像泉眼一样清亮，牛羊喝了干净的春水就会膘肥体壮。清理过泉眼后在泉眼上倒上些白色的奶汁，这样来年的鲜奶和奶制品就会丰收。

阿吾勒的人们在节日期间会在树木稀少的地方种上小树苗。据说，在诺鲁孜节期间植树，可以将大自然装扮得更加美丽，从而保证来年风调雨顺。因为哈萨克族有尚白的习俗，有些地方还会在新种的树苗上绑上白色的布条，预示着来年美好的开始。

从前草原上的诺鲁孜节，前后持续一到两周的时间，会举行大型的阿肯阿依特斯、赛马、刁羊、摔跤等传统游艺项目。但现在随着牧民定居，哈萨克族传统的生产和生活方式发生了改变，3月21日前后正是春耕农忙时节，人们没有时间和精力举办大型的节日庆祝活动，所以这样自发组织的游艺活动现在基本上已经没有了。

作为传统节日，当然也有节日的禁忌。诺鲁孜节期间是忌讳转场的。如果要转场一定要等到节日活动结束，还得有专门的转场仪式后才能启程。此外，诺鲁孜节期间还忌讳远行；忌讳在节日期间发生吵架、打架等不愉快的事情；忌讳在节日期间高声喊叫、动怒。毕竟春节是中华民族最重要的节日，意味着春天的到来，意味着一切美好的开始。

师　颂

关于江南的想象最早是源于你——我的恩师。我是你走出江南，告别水乡旖旎，来到大漠孤烟的新疆后教的第一批学生。而你，告别脐血滴落的故乡，以他乡为故乡，一来就近一生。我并不知道你经历了怎样漫长的心路，我只知道你用了前二十年积攒的江南雨水浇灌了成千上万干渴的心房。如今，你桃李满天下，而我们也已各自振翅天涯。你依然守着你的第二故乡，守着我们共同的家园，在这个离海最远的城市里怀念着江南的竹海和夜雨。

我记得你带着浓重乡音的普通话曾让我勾画过一个难解的江南，一个含含糊糊、明明灭灭的江南。那时候的我并不懂为何你可以轻易抛下故土，义无反顾地来到新疆。我所想象的江南比大漠还苍凉，比戈壁还贫瘠，有你不得不割舍的千万个理由，唯独没有想过一个二十岁的江南青年支援大西北的豪迈与雄壮。因为你从不说豪言壮语，你的家国情怀从来都是藏在云淡风轻的笑容里。而我到中年才渐渐明白，为何你的青春可以留在遥远的边疆。我在想一棵江南的竹子得有多么坚韧，才能无惧风沙、无怨无悔地扎根在辽阔的土地上。这一次你听说我与你的家乡近在咫尺,你一反常态,打来电话,让我去看看你家乡的竹林。那一刻我才恍然大悟,那个浓缩的家乡,那个被你抛在身后的江南,一直藏在你的内心深处,无可替代却又无法回头。

一

还记得第一次相见。我从乡下的小学进到当时就已拥有全市最好实验设备的中学,因为手续的问题,我比别人晚到了一天。那时的我,瘦小纤弱,细腻而敏感。你在教室门口接我,乱糟糟的头发,皱巴巴的衣服,配上略黑的皮肤,塌塌的鼻梁,你的形象让我实在无法与书中的江南才子联系在一起。你微笑着轻轻拍拍我的肩,将我带进教室,指了指一个空位。我坐下来,听到班里的同学窃窃私语。我顿时红了脸,觉得是不是自己在乡下待久了,已经因为满身的乡村气质而被别人当作乡下人看待了。你的江南普通话又让我对你通知的事听不太懂,那一天,我满心的慌乱和失落,打定主意要回祖母身边过大小姐的生活。那些祖母许我的,自己暗自想要的前程和未来被我抛在脑后,我在课上不断走神,想着我的红柳泉,我的淳朴的乡亲,我的被爱包围的生活。

你似乎察觉到了我的异样,放学的时候走到我的身边,抱歉地问我:"老师的话能听懂吗?"我摇摇头,看到你有些失落的样子,就又点点头说:"黎老师,我可以的,您说慢点就好。"你又问我:"还习惯吧?"我想起自己要回乡下的打算,忽然就红了眼圈。我努力掩饰自己,生怕你会知晓我的打算。你看到我的慌乱,什么都没问,只说:"你要好好的啊。"我拼命点头。那一刻,我感受到的温暖足以让我抵御所有的无助和迷惘。在以后的人生里,我努力守住我的承诺:我要好好的。是的,在以后的很多无助和迷惘的时刻,我总记得我对你的承诺,我要好好的,我会好好的。

没用太久,我便成了班里的前几名。你讲课讲到尽兴处,家乡的语言便尽情流淌,大家居然也听得津津有味。而你,每每看到我认真倾听的样子,就会忽然慢下来,用你江南特色的普通话再复述一遍。我心里暖暖的,知道那是为了照顾我。你知道我爱面子,即使听不懂也从不提问,你只好用自己的方式照顾我。而我对你的照顾、你的偏爱心存感激,想要用最好的成绩报答你。也许,这才是我对自己之后的人生不敢有丝毫懈怠的原因吧。

你也许并不记得第一次班会你送给我们的你的座右铭——奋斗可能会失败,但不奋斗永远不会成功。你的座右铭成为以后我面对无数艰难困苦时被我反复咀嚼的话语。后来当我毅然决然辞去舒适的国企工作,走上继续求学追逐梦想的道路时,这句话在前方闪闪发光。当我第一次站在领奖台上,被鲜花和掌声包围的时刻,这句话在我心里熠熠生辉。有时候我会在心里哑然失笑:我的可爱的不修边幅的不铿锵激昂的老师,居然送了我这样励志的座右铭,让我终身受益。九月,我的孩子步入中学的时刻,我将这句话写在我的诗集扉页上郑重地送给他。他问我:"妈妈,这是你的诗句吗?"我回答:"不,这是妈妈的班主任在我上中学的时候送我的一句话,因此你才有了会写诗的妈妈。现在,妈妈把这句话送给你,读懂了这句话你就会成为你想成为的样子。"儿子眼神清澈,若有所思地看着我。我在心里盼望着他能像我一样幸运,遇到一个和你一样的好老师。

二

这一生最感激的就是遇到了你,遇到了一个好老师,并因此明白在一个孩子的成长过程中老师承担着怎样重要的角色。我在你的关爱中渐渐长大,摆脱曾经的自卑、敏感、沉默,逐渐成为一个自信、开朗、阳光的姑娘。初一的语文课你就要求我们每天安排两人演讲。一人五分钟的演讲加上你五分钟的点评。整个初中,我们的一堂课你只讲半小时课,而为了准备五分钟演讲焦头烂额的我们,认定这是你为了偷懒少讲课而想出的办法,我们一边在背后骂你,一边查资料,写演讲稿,背演讲稿。那时候的我,只要在台上讲话就会脸红,就会紧张得发抖。第一次演讲,我甚至没能背完我的演讲稿,就灰溜溜地走下讲台。你没有评价我的演讲,你只是和我说:"语言是一种艺术,能驾驭语言艺术的人可以更好地表达自己,也能更好地隐藏自己。就像一个滔滔不绝的人,人们关心他在说什么,而无暇顾及他在想什么。"我在深深的震惊之余,忽然茅塞顿开。从那一天起,我变得分外开朗,我像一个机智的人,用我的语言调虎离山,避免让别人看到我内心的不自信、不确定以及青春岁月里所有的迷惘,而这个本领是你教我的。你沉默寡言,可你的学生大多具有极好的口才。在大大小小的讲台上,在一些节目访谈中,我已经不太记得我的口才为我赢得了多少掌声,但我永远记得我第一次演讲之后你告诉我的那番话。你了解你的学生,你知道那时候的我是个害羞的孩子,你知道我有多么迫切地想隐藏自己。所以,你说的那番话让我深信不疑,并在以后的人生里学会了用说话来掩饰自己的紧张和不安。

中学六年的语文都是你教的,我们是历史上第一批没有语文作业本,语文平均分却总在全市名列前茅的学生。为此,你曾经还差点被停课。我们的语文作业是直接写在书上,在课堂上现场提问,现场解答。学生不用作业本,老师不批改作业,这在校园里引起了轩然大波。教导主任找你谈话,校长找你谈话,不允许你这样"误人子弟",甚至提出了要停你的课。我们都忧心忡忡,生怕你会被处理,更怕会有一个严厉的班主任替代你管理我们,我们甚至私下商量要用罢课的形式声援你。

那周的班会你真情流露,跟我们说:"我谢谢你们替我着想。我一人做事一人当,最多丢了饭碗。可你们不能组织罢课,一旦组织和参与罢课,就会被写进你们的档案,你们知道吗?档案里有这样的记录会毁了你们的前途!我不许你们做这样的事!"教室里鸦雀无声,即使是那些平日里调皮捣蛋的学生也异常安静。你提前结束了班会,离开教室。后来,班里有人看到你在学校附近的小餐馆喝得酩酊大醉。

在压抑中度过了一周后,终于传来你继续担任我们班主任、继续教我们语文课的消息。班里一片欢腾,你走进教室,一边大声训斥我们，一边忍不住笑了。我也笑着悄悄拭去滚落腮边的泪水。据说是你找了校长，向他保证我们即使没有作业本成绩也会高过市里的平均分，如果期末考试我们没有达到要求，你愿赌服输，卷铺盖走人。也许是你的真诚打动了校长，也许是校长考虑到你离乡背井来到大西北任教的不易，总之，你将继续和我们在一起了。欢呼之余，我们开始用心地上好每堂课，用心地对待每一次考试，因为我们知道成绩决定着你的去留，决定着是否可以继续做你的学生。

那年期末考试，我们的成绩高过了市里的平均分，校长终于默许了你的教学方式。而我们也用每年的成绩一次次证明了你教学方式的成功。我不知道我们离开之后你的学生们有没有语文作业本，有没有经历题海战术。虽然你淡泊功名，并没有因此得到一官半职，但我知道你一直是语文教学的权威。再回校园，看到大家尊称你为"黎叔"，我便知道了你的成功，我骄傲地告诉他们，我是"黎叔"的开门弟子。

和你在一起的六年，你见证了我们的成长，而我们也见证了你的青春，见证了你离开家乡之后另一种人生的开启。三十年后相聚时你却说："感谢我的开门弟子！我对你们有愧疚，那时候我太年轻，还没学会呵护你们！"

三

三十年前，你曾在世界名著欣赏课上告诉我们，爱和悲悯是这个世界永恒的主题。那个时候我们还是少年，并不是很理解这句话，扭过头就将你的话丢在了风里，有一件事却留在记忆里，随着年龄的增长越发清晰，成为对那句话最好的诠释。

那个时候你准备成家，学校给你分了一间十平方米的小居室，那种集体宿舍改装的，做饭还要在过道完成的一间小房，经过粉刷也似乎有了家的模样。我们都找各种借口去看过你的新房。周五的作文课前，我和班长、地理课代表忽然被你叫出教室，你匆匆忙忙给了我们家里的钥匙，说让我们帮忙照顾一下孩子，上课铃响了，你匆匆走进教室。我们还没来得及搞清状况就拿了钥匙直奔你家，本来就是闺蜜的我们仨，因为不用上课而兴奋不已。

一进你家门，我们就听见婴儿哇哇的哭声，一个眉清目秀的小女婴正躺在你的大床上哭得上气不接下气。我们三个对视了一眼，张皇失措。那是一个活生生的孩子，而我们几乎连喂养小动物的经验都没有。班长赵晓英从床上抱起孩子，学着电视上妈妈们的样子轻轻抱着她摇晃，孩子的哭声慢下来了，我们急切地寻找能让她停止哭泣的方法。地理课代表杨智说："她一定是饿了，给她喝点奶粉吧。"

我们按着说明冲好奶粉，试好温度，喂到了孩子嘴里，兴许是饿坏了，一喝完奶，孩子便沉沉地睡去了。我们这才有时间关心这孩子是哪里来的，为什么还没成家的黎老师忽然间多了个宝宝？种种推测、种种想象最后都在小宝宝的再次哭泣中被抛在一边，我们再次陷入手忙脚乱之中。虽然这个时候你下课回来了，但你明显还不如我们这些女生细心。我们终于成功地为她换了尿布，并忍着臭味清洗了她换下的尿布。你催促我们赶紧回家吃饭,不要耽误了下午的课。我们飞快地离开,感觉松了一口气。下午上课,我却一直在想你在家里经受着怎样的煎熬。一个粗枝大叶的男人,如何照顾一个这样娇嫩的婴儿。

那天下午,你捡了一个弃婴的事情迅速传遍了整个校园。我们深深为之震惊,自发地跑去你家里帮忙照顾孩子。你依然平静,仿佛做了一件天经地义的事情。讲到你晚上回来,在街上听到孩子的哭泣,就捡回家里来了。你说:"那是个生命呀,怎么能看着不管呢?"我凝视你的眼睛,从那里看到你粗糙的外表下包裹着的一颗柔软的悲悯之心。接下来的事情并没有我们想象得那般轻松,我不知道你是怎样顶着各种压力终究给了这个生命最好的归宿。在那件事之前,我对爱的理解只限于我的亲人、朋友之间深厚的情义。在那之后,我才知道爱是可以给予陌生人的温暖,爱是对生命的尊重,爱是对世间深怀悲悯。

我们一天天长大,三年后我们以优异的成绩毕业,而你也获得了市上的荣誉。当初和你一起来到学校的老师几乎都离开了,都无一例外地奔向了更好的前程。而你,毅然选择了留下来。一部分同学离开了你,去了别的学校,或者走上了社会。我有幸和大部分同学一起升入高中,再一次成为你的学生。我的语文成绩一直很好,也开始偷偷写诗,我想成为一个作家,仿佛唯有如此才能回报你的坚守。很多年后,当我把自己的第一本诗集送到你的手上时,你像当年一样轻轻拍我的肩膀。你依然不善言辞,却在喝醉之后紧紧攥着我的诗集。

四

在江南，终究没能去你的家乡看竹海，仿佛辜负了你的某种嘱托。我每天站在窗前，久久地凝视窗外的那丛竹林。想起那时候你最爱唱的歌是《熊猫咪咪》，那是你对家乡的思念吧，而那时的我们曾嘲笑你那么大的人还唱这么幼稚的歌。你爱喝点小酒，却不爱吃菜。很多年后我才知道，你花了三十多年的时间，仍然无法习惯新疆的饮食。但你还是留了下来，见证了这片土地上的日新月异，把江南的竹林和家乡的亲人深深地藏在心里。

盛夏的七月，为了纪念我们初中毕业三十年，也为了庆祝你即将光荣退休，当年的同学们筹备了一次聚会。很多远在其他省区的同学都为了这次聚会而来。我在内心无数次想象你将怎样喜悦地看着我们，太多的深情和回忆将如何淹没我们。

聚会那天我因为出差没能和你们在一起。我在被同行的作家问到为什么不开心时忽然忍不住泪如雨下。我为自己的失态抱歉，解释说是因为同学聚会没能参加。同行的人更为惊讶，现在的同学聚会不就是一次相聚吗？他们哪里知道这是我青春记忆里最美好的一切。这份爱曾陪伴我走过世间多少的荒凉。你给予我们的，给予这片土地的爱和深情是拿什么都无法衡量的。

从聚会的照片和视频里可以看出你努力克制着内心的激动，而我从你刚刚理过的发，从你雪白的衬衣看得出你为这一天做了精心的准备。三十年，我们从懵懂走向成熟，而对于你，那是你的整个青春。边疆的风终究吹弯了你的腰,当年篮球场上跳跃的身姿已不再,你微驼的身影里有多少岁月的磨砺。当年的班长代表全班向你献茶,感谢你为我们的付出,感谢你为我们这片土地的付出。你接过茶,一饮而尽,依然没有豪言壮语,你用自己的青春默默为边疆的教育添上了浓墨重彩的一笔。

不想说你是蜡烛,因为我不要你燃尽自己的生命照亮我们。我情愿你一如当年,像一场春雨润物细无声,用你的爱和赤忱影响着我们的一生。我情愿被你的雨露滋润的我们成为你心中的那片竹林,苍翠如你家乡的风景。我情愿千千万万个孩子能遇到像你一样的老师,成为他们懵懂岁月里的灯塔,指引着他们前行。

我的恩师,感谢你,不远万里来到这里。感恩美好的时代,赋予我们的相遇。

当手抓肉遇到纳仁面

说起哈萨克族人的饮食,大家不约而同想到的便是手抓肉。虽然手抓肉是所有草原民族挚爱的美食,但哈萨克族人的手抓肉使用的佐料除了一把盐,再无其他,最大限度地保留了肉的鲜美、汤的质朴。而火候的把握、放盐时间和量的把控也巧妙地去除了羊肉特有的腥膻,让人唇齿留香,回味无穷。

在草原上,手抓羊肉是招待客人的一道重要美食。每当家中来了客人,男主人就会在自家羊群中挑选一只肥瘦适中、活泼强健的羊,牵来请客人过目,并做过"巴塔"之后才现场宰杀剥皮。用火燎去羊头羊蹄上的毛,并将羊头从下颌处分开,这通常是男主人的工作;羊头羊蹄羊下水的一遍遍清洗则是女主人的工作。

通常在女主人给客人倒奶茶的工夫,男主人就将一只活蹦乱跳的羊变成了一块块待煮的肉块,然后就回到席间陪客人谈天说地了。此时,女主人也结束倒奶茶的工作,手脚麻利地将羊头羊蹄羊下水清洗干净,并与肉块一起下到锅中的凉水中,大火煮开。

在水由凉转热、将开未开的阶段，主妇们便拿着汤勺将逐渐浮起的血沫一遍遍撇得干干净净。这其实是一道非常重要的程序，血沫撇不干净除了影响手抓肉的观感之外，更严重的是让肉和肉汤的腥膻味浓重，所以这个看似微不足道的环节其实是必不可少的。有经验的主妇还会在撇血沫的过程中根据肉的肥瘦，顺便处理一下汤里过剩的油脂，所以有的时候羊肉虽然看着有些肥腻，但汤却并不是漂着一层厚厚的油脂，喝起来依然浓香宜人。

在撇过血沫之后，一把盐就隆重登场了。而盐的多少也决定着手抓肉和肉汤最终的味道。这个也的确不好量化，全凭的是主妇们心中有数。盐放得多了，肉的鲜美便打了折扣；放得少了，肉的味道便有一些寡淡，吃不了几块就有些发腻。因此，这一把盐不可小觑，主妇们心中的那杆秤也不可小瞧。

撒过盐之后，手抓肉烹煮的主体工作已告一段落，将大火改为小火，文火慢烹即可。

但这只是主体工作的结束，这时主妇们拿起面盆，开始和面。面要和得筋道，揉搓均匀之后，扣在面盆下醒上片刻。这时候，讲究的人家还会将胡萝卜清洗干净，切成大块放入肉汤中，也会在适当的时候放入切成块的土豆。这时候要格外注意，土豆一煮熟就要及时捞出，否则会让肉汤里融入太多淀粉，影响汤的口感。

随着羊肉汤愈来愈浓郁的香气，提醒着主妇们它们已经熟了，主妇们便有条不紊地将肉块捞出，然后将面擀开切成宽面条，就是我们俗称的"皮带面"，有些地方是在醒面的时候抹点清油，下面时切成细长的面剂子，用手指头按一按，直接扯成宽面下到滚沸的肉汤中。在伊犁地区，则是切成细面条下入汤中。这就是我们所说的纳仁面。纳仁面的制作看似简单，但面的筋道与否、面条的厚薄和宽窄也是评判主妇们能干与否的标准。客人们看到端上来的纳仁面的厚薄粗细也便对这家主妇的持家状况有了大体的了解。

对于逐水草而居的哈萨克族人，纳仁面的出现应该是略晚于手抓肉的，毕竟畜牧业生产的产品是以肉制品和奶制品为主的。豪迈、直爽的阿勒泰地区的哈萨克族人常常埋汰别的地区的哈萨克族人，说："肉不够才拿面来凑嘛！"而善于学习、以智慧著称的伊犁人也常调侃阿勒泰人："一点面条都不铺在肉下面，哪像个吃饭的样子！吃完了肉啃骨头呢吗还是嘬手指头呢！"

吃肉的仪式感也是哈萨克族餐饮文化中极富特色的。在羊宰好之后，就要按照每个部位的不同，分成大小不一的连骨肉，不同的客人要以不同部位的肉待之。譬如，最尊贵的客人，是要以羊头和"江巴斯"（髋骨）招待的；而胸叉骨这样的部位是招待女婿或儿媳的；至于肋骨之类的只作为辅助装盘的部位，如果单另装盘待客，那是会被笑掉大牙的。笑掉大牙事小，要是被认为对客人不敬那就更为人不齿了。

记得小时候去牧区亲戚家做客，其实是因为亲戚家未来的亲家要来他家做客，远亲近邻都奉命去陪客人。亲家骑着高头大马，带领着家眷，浩浩荡荡地来到了我们亲戚家。握手寒暄，茶过三巡之后，头上系着红绸的羊被一个年轻小伙子牵来，亲家做过"巴塔"，羊被牵到院内，小伙子三下五除二，麻利地宰好羊，很快将其下锅。

没过多久，香喷喷的纳仁面和手抓肉便上了桌，因为人多，手抓肉足足上了五盘。

头盘自然是羊头和髋骨，放在了亲家的面前，剩下的两盘依次放在亲家女眷和作陪的众人面前。亲家公正要做"巴塔"，女眷那边却有人小声惊呼了一声，亲家公看了一眼女眷面前的手抓肉，一下子沉了脸，站起身，说一声"走！"便率家眷欲拂袖而去。亲戚家人大惊失色，众人上前，再三挽留。亲家公阴沉着脸，一言不发，翻身上马，带家眷绝尘而去。

有经验的老人赶紧去查看亲家女眷面前的那盘肉，便开始数落起装盘的人。原来，盘中有一块前腿骨，而前腿骨是不能给女眷上的，这是非常失礼的举动。因为前腿骨俗称"卡热吉勒克"，意为"老骨头"，据说未结婚的姑娘家吃了就有永远嫁不掉、老死家中的可能，所以是严禁给未婚姑娘吃的，甚至不能给所有的女性吃。因此，给首次登门的亲家女眷上的盘里有前腿骨自然是非常失礼的，何况亲家女眷中有尚未出阁的姑娘呢，难怪亲家一行要拂袖而去。

后来，亲戚家人带着丰厚的礼物登门致歉，好话说了一大摞，才挽回了亲家的心，但婚期因为这事硬是推后了一年。

再回到哈萨克族手抓肉本身，除了羊肉，马肉、牛肉皆可作为手抓肉装盘献与客人。在冬季，新疆的大部分地区气候寒冷。哈萨克族人有宰一匹马或一头牛风干储存，吃一个冬季的习惯，称为冬宰，哈萨克语称为"索合木"。冬宰时节，几乎家家请客，手抓肉与纳仁面便成了这个时节最常见的美食。新鲜的马肉、牛肉作为手抓肉，口感比不得羊肉鲜嫩，但经过风干或熏制后却别有一番风味。

  冬宰时节，家家会说好时间，不会彼此冲突，今天这家宰马，明天那家宰牛，全村的人都会去宰牲的人家帮忙。男人们帮着宰杀、剥皮、分块，制作马肠子，给每一块肉均匀地撒上咸盐，并悬挂在木杆子上。女人们帮着清洗下水、煮肉、和面。冬宰的第一顿手抓肉是要和全村的人一起分享的。这一顿肉吃过，漫长的冬季就开始了。高热量的手抓肉与纳仁面是这个季节餐桌上的主角，也是哈萨克族人永远的心头好。

我们的夏天

一

我的祖母一生去过最远的地方是伊犁，去过最美的地方就是赛里木湖，那是我六岁的时候，祖母作为女方代表被伊犁的亲家请到伊犁盛情款待。祖母的侄女找了一个伊犁的男友，因为是师生恋，遭到家人激烈反对，最后是祖母出面，一锤定音："找了自己的老师怎么了，这么年轻就能在大学任教，很优秀啊！不就给她教过一门课吗？不就比她大个四五岁吗？男未娶女未嫁，怎么就不能结婚了！"

大约是因为这个原因，祖母所到之处都被格外关照。加上伊犁本来就被称为"塞外江南"，风景自然无与伦比。祖母又因为生了五个儿子，家中没有女儿帮忙操持家务，一生操劳，几乎没有出门旅行过。所以从伊犁回来，赛里木湖就被祖母描绘成人间天堂，让我自小就对赛里木湖心生向往。那时候，我最大的梦想就是早点长大，挣很多很多钱，带着祖母住在伊犁，天天带她去看赛里木湖。然而，我真正抵达那里却是在大学毕业之后了。那时候，祖母早已过世，我虽然有一份还算不错的工作，收入也算颇丰，但因为最爱的人已经不在人世，去不去赛里木湖对我已经没有太多意义。

去那里只是因为大学时的闺蜜加孜拉在离赛里木湖不远的温泉县工作，她邀请我去她那里玩，并许诺要带我去赛里木湖。本来有些犹豫的我，听到赛里木湖忽然就心底一颤，爽快地答应了。

那时候，我们还在使用传呼机。我刚到温泉车站，还没来得及去找公用电话打给闺蜜加孜拉，我站在大太阳下面，有些蒙。这里的太阳火热，晒得人头晕，和我想象的北疆小县城差距也很大。就在我暗自打量这个小县城的时候，加孜拉就已经风风火火地向我跑来。

她一上来就紧紧拥抱了我，然后就拉着我快步离开车站，奔向她在县城的宿舍。我惊讶地问她："我都没打电话呢，你咋知道我到了？"

她笑得咯咯的，说道："你刚下车，就有人告诉我说车站来了个穿背心的金发姑娘，我一猜就是你，就跑来了。"

我也忍不住笑了，红着脸争辩："什么背心，人家穿的是吊带衫，好吧！"

她笑着附和："是是是，你们城里人就穿吊带衫，不是背心。这里是小县城嘛，你多担待。"

我撇撇嘴，笑着照镜子。镜子里的我，削肩细腰，吊带衫很好地包裹着年轻而美好的身体，牛仔短裤下是修长的腿，玫瑰花镶嵌的夹趾凉拖衬托出小巧而白皙的脚背。染成金色的披肩长发配上我饱满的双唇，是青春无敌的样子。我从鼻子里哼一声："不美吗？我就喜欢这样。"

加孜拉比大学时朴素了很多，她的眼神里是赞美和羡慕："美得很！可我已经不能随心所欲地穿了，窗口单位有着装要求。"

我的眼前浮现她大学时的样子，缀满亮片的棒球帽，耳朵上并列的几个耳洞戴着黄金的耳钉，皮肤有些黑，但眉毛修得很时尚，口红的颜色和质地一直都走在时尚的前沿，连我这样的时尚达人也有些望尘莫及。我笑着打趣她："哎！还有你不敢穿的吗？"

二

那年秋天，我们在五泉山脚下的大学里相遇。那时候，我们正是青春飞扬、芳华难掩的年纪。加孜拉是我们中最有个性的一个，我和她的逐渐熟识大约是因为我们有共同的朋友小雪。

小雪老家在青海，幼年丧母，所以很小就学会了做饭、洗衣、做家务，性格也不像我们一般张扬。加孜拉家境好，穿着个性，脸上也总是生人勿近的表情，于是便给我留下家境好的孩子都很傲慢的刻板印象。我从来没有想到过有一天我们会成为好朋友。

小雪性格温婉，个性纯朴，我和她倒是一见如故。那时，我已经是大二的老生了，去火车站接新生时，接到了她，她的天真质朴让我总是忍不住心生怜爱。自己一年多来在校园里因为个性张扬不被老师同学待见而处处受挫，其实内心一直都是孤单和受伤的。进了大学才知道大学校园也并不是我们理想的象牙塔，也有各种各样复杂的人和事。总是希望小雪这样单纯的人不要经历我经历的那些坎坷，活在阳光下，所以我们很快成了好姐妹，而我也自觉承担起保护她的角色。

小雪很快适应了大学生活，有了几个不错的朋友，其中之一就是加孜拉。我们有时也一起吃饭，一起去图书馆学习，加孜拉有些高冷，加上她给大家的刻板印象，我时常在小雪跟前称她为"金耳环"。小雪为人敦厚，但也能听出我对她的不喜欢，时常跟我讲她的种种好。时间久了，我也逐渐接受了她，虽然心里对她多少还是有距离的。直到那个叫作希希的舞蹈班的小姑娘进校，我们共同照顾这个十三岁的小妹妹时，我才彻底改变了对她的一些偏见，我们才真正成为朋友。

希希家境贫寒，父亲早逝，母亲一个人带大了她和两个哥哥。希希热爱舞蹈，考上了我们大学的舞蹈专业，是自费生，每年的学费是两千多元。那时候，两千多元对这样的家庭来说是一大笔钱。她妈妈当时的工资是一个月三百多元，一半用来还她从单位借的女儿的学费，另一半的大部分寄给女儿吃饭和生活，剩下的钱当然不够生活，只能再打打零工。这些事都是加孜拉告诉我们的，并且她已经开始在不伤害希希自尊的前提下巧妙地帮助她了。加孜拉高冷的外表下原来藏着这样一颗善良而细腻的心，我一边钦佩她，一边为自己的浅薄而深深自责。

于是，我们三个便成为这个小姑娘的姐姐，自觉担负起了照顾她的责任。我们总会有一张"闲置"的饭卡可以供希希在学校的餐厅吃饭,也时常会有一些"不得不出去吃饭"的理由得带上希希,只是为了让正在长身体的孩子能常出去改善一下伙食。我们有时也会想到各种匪夷所思的借口去把希希的衣服拿来洗掉。那时,火车卧铺票很难买到,但加孜拉总会想办法买来卧铺票带着希希一起回新疆,并把小姑娘亲自交到她的妈妈手中。

三

"想什么呢?眼睛都直了!"加孜拉一声轻唤打断了我的回忆,将我拉回现实中的温泉县闺蜜的宿舍,拉回二十世纪九十年代末七月的博尔塔拉。其实,在中学的时候我已经搞清楚赛里木湖虽然紧邻伊犁,但它位于新疆博尔塔拉蒙古自治州博乐市境内的北天山山脉中,是新疆大西洋暖湿气流最后眷顾的地方,所以常被称为"大西洋最后一滴眼泪"。加孜拉家在博乐市,因为大学学的是工商专业,所以毕业后分到了离博乐市不远的温泉县工商所工作。她的父亲主张她从基层干起,所以她在温泉县工商所工作了好几年,她自己也喜欢待在这里。但天性桀骜的她最终还是在几年后辞了工作自谋出路,这当然是后话。至少在我去温泉的那一年,她还是一个规规矩矩的工商所窗口工作人员。

于是,我在她的宿舍一直等到她下班,我们才出发前往赛里木湖。

神通广大的加孜拉居然借到了一辆小车,虽然是一台破旧的苏联拉达车,但能自驾去赛里木湖,在二十世纪九十年代末,还算是少数人才能有的奢侈享受。车主是加孜拉的朋友，一个皮肤黝黑的哈萨克族小伙子。一个皮肤同样黝黑的哈萨克族姑娘和他一道来接上我们。博乐民风淳朴，朋友来了客人，朋友们都要一起接待，如果不是车坐不下，我都不知道是不是半个温泉县的人都要陪我去赛里木湖。每开出一段距离就有人拦住我们的车，然后加孜拉就要隆重地介绍我，于是我会礼貌地下车，和来人寒暄几句。对方也会热情地介绍与加孜拉的友情，并再三邀请回来后一定要接受他（她）的邀约。我都不知道经历了多少拥抱、握手、寒暄之后，我们的拉达车才得以驶出县城，开往赛里木湖。

那时候赛里木湖还不是景区，也还没有什么笔直开阔的路通往它，我们一路颠簸，有时干脆就行驶在一望无际的草甸上。那是我第一次感受到原来绿色也可以有那么多种。深深浅浅的绿一路铺开，绿得毫无章法，绿得勾魂摄魄。不知名的野花的清香洗涤着我终日被汽车尾气、城市尘埃侵染的肺，我的呼吸都乱了方寸。

我们一路放声歌唱，肆意欢笑，开车的小伙子也欢喜得手舞足蹈，拉达车喘着粗气，努力跟上我们的节奏。夕阳在远处凝固成一枚蛋黄，火一样的晚霞染红了西边的天空。我从车窗伸出头去，风吹动我的长发，我在倒车镜里看到自己的头发被夕阳染成了真正的金色。加孜拉和她朋友的睫毛都是毛茸茸的金色，静谧的黄昏里只有我们的拉达车慢悠悠地行驶。我们不约而同地静下来，被这壮丽的黄昏震撼得说不出一句话来。

看着夕阳陨落，看着最后一丝余晖隐没在远山的剪影里，加孜拉轻声哼唱起一首古老的哈萨克族民歌，我们听得如痴如醉。

加孜拉富有磁性的声音，以及随着歌声轻轻晃动的曼妙身姿留在了我的记忆里，那是青春最美好的样子。即使时隔多年，她成为两个孩子的母亲，经历了那么多的伤痛和别离，她轻轻晃动身体、动情歌唱的样子依然如初。

草原上黑夜与黄昏的衔接似乎没有过渡，一下子就进入夜晚。皓月当空，我们借着月色深入草原的怀抱。终于，在齐腰深的草间伫立的那顶孤单的毡房就在眼前了。听到汽车引擎声，一个年轻的汉子从毡房里迎了出来，快步走向我们。年轻的女主人也出了门，矜持地站在了毡房门口。这是一对年轻的夫妇，加孜拉介绍说是她的中学同学。草原上的日晒风吹、辛勤劳作让他们看起来不像是加孜拉的同龄人。简单的寒暄之后，女主人铺开餐布，为我们端上了喷香的奶茶。在寂静苍茫的夜色中，这顶白色的毡房孑然独立，像童话里一个虚幻的白色小屋。奶茶氤氲的气息让我忽然有了一种不真实的感觉，直到男主人牵进来一只羊。不知道是不是预感到自己死期将至，羊儿发出不安的"咩咩"声。作为客人，我没法拯救它的生命。我羞愧地低垂眼帘，不敢与一只羊对视。

哈萨克族人的习俗，羊是要等到客人到来做过"巴塔"之后才宰杀，那只羊也很快变成了盘中羊肉。于是，等到羊肉端上桌已是深夜，我们的聚会才正式开始。

那个晚上，我们大块吃肉、大碗喝酒、大声歌唱，连那对已经成婚、经历着我们还未曾经历的生活重负的年轻夫妇也加入了我们的狂欢之中。很多年后我才明白，那是青春独有的肆意。赛里木湖畔的微风送爽，明月下的几个年轻人的欢唱，以及冬不拉的琴声都留在记忆里,而有关青春的记忆永不褪色。

天边泛起鱼肚白的时候,我们才结束弹唱沉入梦乡,梦里一片鸟鸣声。

我从梦中醒来。从毡房天窗射进来的光柱里,我看到细小的尘埃在飞翔,毡房里的一切都明晃晃的。毡房外已是牛欢马叫,那对夫妻已经开始了一天的劳作。我慢慢起身,慵懒地走向毡房外。

一出门便看到碧蓝的湖水像一面镜子,波光盈盈的湖面一望无际,那么近又那么远。我跌跌撞撞地走向她,湖水静若处子,仿佛等了我千年万年。世间原本有那么多无望的等待,而我终究是来了。那一年,祖母看到这样的一面湖水,她会是怎样的欣喜和快乐!那是她短暂地抽身于繁重的家务和一地鸡毛的生活之后遇到的美景,那是她沉重的一生中为数不多的喜悦吧。面朝湖水,我流下激动的热泪,那些喜悦是我从未能给予她的。

加孜拉从身后走来,轻轻揽住我的肩头。那个时候,我们并不知道,接下来的人生会有那么多的悲伤,会有多少次我们从这紧紧地相拥中得到安慰,汲取力量。

四

从赛里木湖回来的路上,沿途都受到加孜拉的朋友们的热情招待,拉达车的后备箱里装满形形色色的礼物。而我们的归程也因一次又一次下车吃饭、喝酒变得漫长。我要赶晚上的最后一班火车回乌鲁木齐,看着天色将晚,我心急如焚,不断催促加孜拉的朋友快点开车，然而拉达车似乎有些不堪重负，慢悠悠地行进在绿色绒毯上。每当我催促，黑脸的小伙子就嘿嘿笑着加大马力，拉达车发出怒吼，似乎是快了那么一点点。

翻过一段陡峭的山路，我们终于进入一片开阔地，一望无际的绿野看不到一顶毡房，我悄悄松口气，终于不用被拦住，然后下车，被隆重接待了。

我刚刚松弛下来，忽然看到前面有一个轮胎滚在我们车前，我担心是不是附近有车经过，赶紧四处张望，却并没有发现什么车影。我开始怀疑自己的眼睛，问驾车的小伙子："我们后面有车吗？"

他看着我笑："鬼都没有，哪儿来的车！"

我问："那前面跑的轮胎是哪儿来的？"

所有的人都望向前面的轮胎，小伙子大惊失色："我的妈呀！那是我们的轮胎，我说怎么这么颠啊！"

我和黑脸姑娘发出一声尖叫，加孜拉还算冷静，指挥着小伙子停了车。拉达车歪向一边停住，小伙子下车去追轮胎。想想这一幕要是发生在刚才那段陡峭的山路上，我们四个估计早滚到谷底了。我们吓出了一身冷汗，下了车站在一起，我笑着说："来了趟赛里木湖，差点落个英年早逝啊。"

加孜拉没有笑，忧心忡忡地看看天："要下雨了。"

我还没来得及说话，雨点就像接到了命令一样，纷纷扬扬落下，刚开始还是毛毛细雨，不一会儿就变成了倾盆大雨。

开车的小伙子把轮胎追回来，又捣鼓了半天，告诉我们，是车轴断了，除非去修理部，否则这车轮是装不上了。我们只好回到车上边躲雨边商量对策。其实，在这前不着村后不着店的地方，哪有什么对策可想。

我哭丧着脸，想着周一赶不回单位，那个阴阳怪气的上司又将赶制出怎样的小鞋给我穿上，头皮便阵阵发麻。加孜拉不断安慰我，答应我一定会让我赶上火车。我叹口气，不知道她还有什么办法能让我离开这里，赶到火车站。时间一分一秒地过去，我们依然一筹莫展。

忽然，一个骑着摩托车的小伙子风驰电掣地经过我们，我们都还没来得及反应他就已远去。加孜拉跳下车朝着他远去的背影大声呼喊。那个远去的人儿居然掉头回来，停在了我们的车旁。加孜拉站在雨中和他说话，我紧张地通过车窗外的雨帘看着他们。

不一会儿，加孜拉打开车门，跟开车的小伙子交代几句，让我们在车里等她，就坐在摩托车后座上走了。我埋怨她的朋友，怎么能让一个女孩子跟着一个陌生人走，万一出了什么事怎么办。她的朋友们却不以为然，说草原上没有坏人，加孜拉只是找地方打电话去了，让我不要杞人忧天，还不如好好在车上补个觉。

我焦躁不安，却也不好再说什么。这时候我已经不在乎能不能赶上火车了，想到为了让我赶上火车，加孜拉冒着大雨跟着一个陌生人走了，深深的负疚感淹没了一切。

不知道过了多久，摩托车的轰鸣声响起，加孜拉回来了！一起来的还有四个骑摩托车的小伙子！加孜拉拿出一件雨衣让我穿上，说他们马上送我去车站。我看到加孜拉的朋友们也都上了摩托车，大惊失色，问："车怎么办？"

加孜拉的朋友说："先扔这儿吧，我明天找车拖到修理铺。"看到我惊讶的表情，又说："草原上没有贼，放几天都没关系。"

我小声问加孜拉："这都是你的朋友吗？"

加孜拉笑起来："现在是朋友了。我去打电话的地方，小伙子们正好在那里避雨，听说有乌鲁木齐的客人要赶火车，就都来送你一程了。"

面对一张张年轻而淳朴的面孔，我想说声感谢都觉得轻飘飘的，我张了张嘴，却什么都没说出来。加孜拉催我快走，于是，四个小伙子驮上我们四个人，风驰电掣地赶往火车站。

加孜拉实现了她的承诺，我终于在发车前三分钟坐上了火车。火车缓缓驶动，她站在车窗外冲我挥手："啥时候再来？"

"夏天。"我冲她大喊，"我们的夏天。"

杯酒人生

在大多数人眼里，我是标准的淑女。作为淑女，特别是作为哈萨克族淑女，我应该滴酒不沾的。可我遗憾地告诉你，我喝酒，并不是因为喜欢，有的时候我甚至痛恨酒。一些爱恨情仇，似乎都和酒有些关系。李娟说，酒有什么好喝的。其实我也挺想知道，酒有什么好喝的？

一

小的时候，和祖父母生活在一起。祖母爱我胜过爱自己的儿子，不，应该说小叔除外。这让我从记事起多少有些寄人篱下的落寞。后来，小叔在祖母的万般溺爱下成为一个酒鬼。祖母一家再殷实的家境也经不起他一再酗酒、一再闯祸，一天天家道中落下去。而祖母依然爱他胜过爱一切，不管不顾地偷偷塞钱给他。小叔常常喝酒喝到数日不归。那个时候，我痛恨酒，痛恨酒让原本品学兼优的小叔成了酒鬼，变成了寡情薄义之人。每每他无端失踪时，祖母便唉声叹气，甚至在深夜里哭泣。那样的夜晚，我常常从梦中惊醒,偷偷地用被子蒙住头悄悄伴随她一起哭泣。要不了几天,等他的钱花完了,他就会回来,不是他被打得遍体鳞伤就是他把别人打得遍体鳞伤。不管是哪种结果,祖母都得拿出钱来处理这事情,家中又会持续几天的吵闹和哭泣。

十五岁那年的一个冬日,牧区亲戚家的孩子结婚,祖母派我去参加婚礼。我圆满完成祖母的任务,在亲戚的一片赞誉声中登上回程的班车。冬日里,乌鲁木齐河的上游没有多少水,有水的地方也结了厚厚的冰,班车司机轻车熟路地从河上开过。快要接近对岸的时候,冰面忽然断裂,河水顺着门缝涌进车厢里来。我拼命地抬起脚,但河水还是很快漫过了脚面,班车里乱作一团。好在司机还算镇定,紧握方向盘,最终开到了对岸。车门一打开,我们就飞跑下来。我大口呼气,有种劫后余生的感觉。班车已经发动不着,我们在零下二十多摄氏度的严寒中穿着湿漉漉的鞋子,不知所措地看着这个前不着村后不着店的地方。

司机望着远方,狠狠地抽了几口烟,跑上车又很快跑下来,手里多了一个袋子。他把袋子打开,拿出几瓶白酒和几个馕。他把馕分给了车上的老人和孩子。他打开酒喝了两口后递给了离他最近的我,说:"冷了就喝几口,带着大家在这里慢跑,我去想办法找人修车。"我像被烫着一样缩回手。司机一下子火冒三丈:"不想冻死就赶紧喝,都啥时候了!"我看着急得满脸是汗的年轻大叔,咬着牙猛喝了两口酒。辛辣的液体迅速掠过我的喉咙,很快到达了胃,它在经过的每一处燃起一场大火。我克制住眩晕和恶心,带着众人在雪地里奔跑起来。一圈一圈,大家轮着喝酒,然后加入跑步的队伍。跑热了跑累了就停下来或者去车上坐一会儿。老人们坐在车上一边吃着馕，一边在心里祈祷。跑热了的年轻人把衣服脱下来盖在孩子们身上。

我们在几瓶酒的支撑下，跑跑停停，终于等来了救援。年少时的我出奇地瘦弱，而体重不足八十斤的我那天喝下了小半瓶白酒，带着众人跑跑停停两个多小时。我跑得大汗淋漓，已经忘记了鞋袜都是湿的。那一天，我终生难忘，不是因为我第一次喝酒，而是因为感动于危难时人与人的同舟共济。

当我带着满身酒气晕晕乎乎地回到祖母家时，祖母不问青红皂白地拿起手中的擀面杖，将我毒打了一顿。小叔不知从哪里醉酒归来，趔趄着夺下祖母手中的擀面杖。祖母放声大哭："天啊！我到底做错了什么，要和这些酒鬼纠缠！"我借着酒劲儿冷笑："是你自己害的，谁叫你爱给他钱花！谁叫你……"祖母以迅雷不及掩耳之势给了我两耳光，我的头嗡嗡作响，感觉脸迅速地胖了一圈。我更加恶毒地冷笑，始终不肯求饶。祖母拿出她的杀手锏来："不是花钱买的就不是自己的奴隶，不是自己生的就不是自己的儿女。"我终于痛哭出声，再无还口之力。每每当她说出这句哈萨克族谚语时，我就泣不成声。我像被搬迁的牧民留在冬牧场的一条小狗一样悲戚。祖母对我所有的爱都在那一刻清零，对父母无尽的向往和怨恨也会在那一刻沸腾。

多年以后，祖母病逝。我在床前侍奉她老人家的那个寒假是她给我们最后一次尽孝的机会。而这样的机会，小叔也并没有珍惜。他常常无端失踪数日，然后又毫无预兆地出现，拿走祖母偷偷藏在枕下的钱，继续喝酒，继续消失。在枕头下藏钱是祖母在人世最后的秘密，我心如刀绞却只能佯装不知。一年之内，祖母和祖父相继病逝,作为继承人的小叔因为在外酗酒,也没能在葬礼上出现。

二

再次喝白酒是在二十四岁那年。相恋多年、即将步入婚姻殿堂的男友忽然随他人而去。我在那个阴雨绵绵的下午哭着离开他,他追上我,递上手中的伞。我不接伞,走得决绝。多年后想起那个场景,总会想,如果那个下午,我不那么决绝,而对他说不要离开我,一切会不会不是后来的样子。历史终究无法假设,我也永远没有机会问问他。离开他之后,我剪去为他留了多年的长发,一个人去酒吧喝下几杯白酒,坐在酒吧里不管不顾地哭。

之后的日子比我想象中更为难熬。不断有人借口安慰我请我吃饭,假装义愤填膺地骂他。我咬着牙不说他一句坏话,曾经那么相爱的两个人,怎么可以说他的不好,怎么可以?也不能说出那些美好的瞬间,因为第二天就会传遍本来不大的朋友圈子,说我追悔莫及。于是我忍住眼泪,依旧谈笑风生。我买名牌衣服和包来武装内心脆弱不堪的自己,我挥霍为了我们共同的未来省吃俭用攒下的钱,因为我们已经没有共同的未来了。我光鲜靓丽地出现在众人面前,企图让他间接地知道,没有他我一样活得很好。我白天勤奋工作,业余时间应付那些假装安慰我的人,也偶尔接受曾经暗恋我的小伙子们适度的殷勤。到了晚上,我躲在被子里哭。为了不让家人担心,那种压抑到极致的哭都会让心脏抽痛。后来，终于开始喝酒。起初，喝上三五口就能入睡，后来是半瓶，后来的后来一瓶喝下都难以入睡。失眠日益严重，白酒成了我的安眠药。

两三年后的某一天，偶然在街上遇到他，他眼神躲闪，欲语还休。我听说他已和那个姑娘分手，但我依然无法原谅他对我的抛弃。小的时候，我认为父母抛弃了我，所以终日生活在被抛弃的阴影里。而现在他也一样抛弃了我，我再次想起冬牧场上搬家时被遗弃的小狗。我含笑和他寒暄两句，迈着轻快的步伐离去。扭转头的那一刻，我泪流满面，虚弱得几乎迈不动步，好害怕我的一生都会生活在被抛弃的阴影中。那个晚上，我喝下整整两瓶白酒才蒙眬睡去。

虽然从我卧室经久不散的酒气中，我的家人早已知晓我的秘密，但他们知道我心里的苦，便无奈地默认了我的借酒消愁。父亲从我的卧室里翻出越来越多的酒瓶之后，终于还是和我深谈了一次。他不断叹气，艰难地不知从何谈起。我咬着牙，再一次忍住眼泪。直到他说出："要不我去找找他。"我失声痛哭："不要去找他，我马上戒酒。"

戒酒于我也并没有成为太难的事，毕竟所有和酒有关的事都是伤心。我还年轻，为什么要终日沉溺于悲伤呢！

三

时间可以让一切褪色，包括刻骨铭心的爱情。我终于淡忘了那些悲伤，终于不再回头张望，那个人那些事终于被我抛在了身后。几年后，我认识了他。那个时候我已经坦然接受了大龄剩女的命运，开始装修我的小屋。偶然的相识，随意的求婚，漫不经心的答应，前后不过一个来月的时间。我内心忐忑不安，不知道自己为什么会答应他突如其来的求婚。我想起自己当年的痛，明知道会为自己的承诺奋不顾身。

求婚成功后的一周，我和他参加了朋友的派对。他欣喜若狂，频频举杯接受朋友的祝福，很快便酩酊大醉。我作为他的未婚妻送他回家，他在路上大闹，对着天空咆哮，还将手机扔在湖里。我费了九牛二虎之力将他送回家，挣脱他的无理取闹逃回了家。忽然想起被酗酒的小叔折磨的祖母绝望的面容，于是我下定决心悔婚。

我请了休假，短暂地离开这个城市，并在手机上留言，告诉他曾经的那些往事，请他原谅我不能和一个酒鬼或者具有酒鬼特质的人一起生活。两周后我一回到家，妹妹就将我拉到卧室告诉我："姐夫病了，说一定要见你一面。"

我并不相信他生病，所以警告妹妹："以后不许和他来往，我已经和他分手了。"

妹妹针锋相对："你干吗呀？当时爸妈都说了不嫌弃你当一辈子剩女，让你不要那么冲动地答应，可你非要一诺千金。现在倒好，爸妈一眼就看上了，都答应人家家里人的提亲了，你这会儿悔婚，丢不丢人！"

我气得扭头出了家门，漫无目的地在街上走，唉声叹气，不知道怎么去处理这件事情。我从下午走到天色渐黑，依然毫无头绪。这时我的手机响起来，看到陌生的电话，我犹豫了一下还是接听了。

　　是我儿时的玩伴阿佳尔。她语气焦灼:"你在哪里？到乌孙宴会厅门口来好吗？你叔叔喝多了，正和人打架呢。"我放下电话，赶紧打车前往。我五内沸然，恨不能一下车就打死我小叔。然而看到倒在血泊中的他的时候，我还是颤抖着呼叫了120救护车。在急救车赶来之前，我哭着脱下毛衣按住小叔头上正在流血的伤口。当越来越多的鲜血渗透毛衣之后，我绝望地拨通了他的电话。父亲有心脏病，我不能让他看到自己的亲弟弟的这种惨状。

　　他几乎和救护车同时到达，看到浑身是血的我，一把抱住我，查看我的伤势。我哭得说不出话来，颤抖着指指地上躺着的小叔。他会意，和医生一起小心地把小叔搬上救护车。那晚我和他一起在医院守到半夜，直到小叔醒来。我哭着告诉他，我从小就在这样的惊吓中长大，所以我的生活中不能再有这些。告诉他那段恋情，告诉他酗酒的自己。他心疼地搂住我的肩膀，郑重承诺以后一定不让我再过那样的生活。我哭了，答应给他一个机会。但又不放心地问:"你是生意人，怎么可能不喝酒？"

　　他笑了:"我应酬的时候带着你，让你喝。"我破涕为笑，以为只是玩笑，并不知道日后真的会因为他再次喝上白酒。

四

　　婚后的生活倒也波澜不惊，我也开始相信能在一起生活的两个人一定是冥冥中有所注定。性格的互补、各自对家务的偏好以及对金钱的态度让我们安然度过了最初的磨合期。

为数不多的几次争吵来自他酒后洋相百出，让我脸面扫地，恼羞成怒。我将他酒后的所作所为拍成视频，在他清醒后放给他看。他大为惊讶，羞愧地表示再不喝酒了。但每当别人劝酒，他依然不知道如何拒绝。于是，每次酒一端上桌，他就求救般地望向我，心领神会的人们便来做我的思想工作。哈萨克族男人爱面子，最怕别人说怕老婆，我自然得给他留够面子，所以每次的结局就是我费尽九牛二虎之力将手舞足蹈的他弄回家。几次之后，我便不愿和他一起去赴宴了，但待在家中也一样无法忍受他回来后的各种酒后撒泼。何况，本该出双入对的场合总是他一个人出现，让人难免对我们的婚姻状况做出种种揣测，时间长了，连我的家人都开始问长问短了。我只好又打扮得光鲜靓丽，与他频频出双入对了。

在一次朋友聚会上，酒一上桌，他又望向我。众目睽睽下，我端庄得体地微笑，却语出惊人："干脆一家出个代表算了，我家的我来代表吧，我老公胃不舒服。"短暂地惊讶之后，所有征询的目光又集中在他的身上。他也豪爽答应。于是，在众人意味深长的眼神中，我喝下了和在座男士差不多量的酒。当所有人都开始醉眼迷离的时候，我小鸟依人地跟着他优雅地向众人告辞。回到家，他贴心地为我调了一杯蜂蜜水，看着我喝下，然后感叹："没想到你酒量这么好，我以后再也不用担心喝酒的事了。"

我长叹一口气，甜甜的蜂蜜水喝出了苦涩的味道。他无辜地望向我："你怎么了？"

五.

比起酒,我其实更喜欢茶的味道,也喜欢茶带给我的平静和从容。酒却像一个妖孽,进入血管后便开始作祟,勾引出人心里的恶。然而,生活中的恶却又无处不在。

小的时候就喜欢读书,长大了也从未放弃过重回象牙塔的梦想,孩子渐渐大了,读博士的想法蠢蠢欲动。哈萨克族人都推崇读书,所以我一提考博士的事,从父母到我先生都表示支持。于是,我选了自己心仪的学校和专业,开始备考。参加完笔试的那天,在路上偶遇导师。我上前问候导师,导师简单地问过考试情况后留下了我的联系方式,相约考试结束后一起吃饭。看到传说中严厉的导师如此平易近人,我喜出望外。

怀着对导师无限的景仰之情,我终于在忐忑中等来了导师的电话,辗转了三趟地铁,找到了导师所说的餐厅。看到导师已坐在餐厅等我,心中十分不安。导师倒也随和,让我不要拘束。点过菜,导师要了一瓶高度的二锅头,我有些意外,更让我意外的是导师要了两个酒杯。看到我诧异的样子,他笑道:"我喜欢新疆,知道你们新疆人都是大块吃肉、大碗喝酒,今天我们好好喝一点。"

看到导师如此豪爽,我心中稍安,赶紧为导师斟酒。几杯酒下肚,导师的话多起来,话题也从单纯的学术问题转向更为复杂的社会问题,其间,还涉及对我小口吃菜、小口喝酒的姿态的点评。随着导师越来越频繁的劝酒,越来越明显的暗示,我开始不安起来。我的脑海中闪过一万种可能,每一种可能都让我心惊胆战。短暂的慌乱之后,我终于镇定下来,开始考虑如何体面地结束这场饭局。一瓶酒很快见底,导师看到面不改色的我,又叫了一瓶酒。看到天色将晚,我心里有些着急,于是我开始频频劝酒。看到我不再推托,一杯杯喝下他递来的酒,导师大喜过望,而我在心中暗暗告诫自己,千万不能喝醉。第二瓶白酒很快见底,我挥手叫来服务生,一边问导师:"您看我们再来个大瓶还是小瓶?"

导师慌忙摆手:"哎哎,不喝了吧,我家远,再喝就赶不上地铁了。"那一刻,在夕阳的余晖里,我看着导师鬓间的白发,在心里长长地松了一口气。

我在心里冷笑,看着导师买过单,趔趄着走出餐厅。我礼貌地送他到地铁站,看着他坐上地铁,隔着车窗,送出最后一个得体的微笑。从此,我再也没有见过他。

对于酒,我始终没有好感,也没有李白斗酒诗百篇的豪情。然而人世苍茫,我也渐渐地明白,酒不过就是酒,只有好坏,没有对错,一如我们的人生。

初　见

一

初识济南，是在老舍先生的文字里。那些文字，写尽了济南的好，让我心生向往。时隔二十多年后，我才终于第一次踏上这片土地。当我在空中飞行近五个小时，到达济南机场的时候，夜幕已经降临。

也许是《济南的冬天》那些文字中的清凉让我对济南的闷热毫无准备，一下飞机我就被济南的热烈包裹得透不过一口气来。我以书作扇，企图为自己制造一点清凉，却发现连扇出的风都是热乎乎的。我最终放弃了这样的徒劳，将书收进行李箱，任由汗水顺着自己的面颊恣意流淌。

坐上直达酒店的机场大巴，刚打开手机，那个叫作朴默的读者的电话便如约而至，她的声音一如济南的天气一样热烈。她一边感慨新疆的遥远，一边约定第二天来参加颁奖典礼，我来不及多说什么，她便风风火火地挂了电话。

机场大巴缓缓地驶入夜色中，车中的音乐是曾经流行的一些怀旧老歌。窗外并不是我所厌倦的灯红酒绿的都市，适才的炎热似乎也慢慢散去，我慵懒地靠在座位上，随着音乐小声哼唱。这真是个特别的地方，能让你在前一分钟里热烈，后一分钟里安详。

走过很多地方，风景留给我们的只是视觉上的冲击，似乎没有哪一处因为风景的优美让人终生难忘。比起宏大的风景，我更愿意探寻一个地方的文化，置身于这种文化中的活生生的人带给我们的也许会更多。

大巴驶入市区，到处可见摇着蒲扇在树下纳凉的人们。有的就在马路边上支张桌子，就着几个小菜喝着小酒。我忽然为济南人的悠然自乐心生羡慕。时光仿佛在这里静止，济南依然留在老舍先生的那些文字里，静美、安详。

二

那一日，去了神往已久的大明湖。这个隐藏在都市中的天然湖泊静若处子，绿衣碧裙，羡煞了我这个看惯大漠孤烟的女子。湖水若柔软的丝带，系在我干渴的心房。住在那个离海最远的城市，粗粝的北风让我时时刻刻向往着这样一片水域，终于在济南，我看到了藏在心里的这一片湖水。

泛舟大明湖上，我悄然无语。喝着船上备好的茶，看着两岸垂柳依依，取水的人们说笑着掠过。茶是龙井，并不是新茶，却因这泉水的滋润，便多了一份清香和甘甜。船上的工作人员滔滔不绝地讲着关于大明湖的历史佳话及沿途的风景。而我的听觉渐渐被我关闭，让位于我的视觉、触觉和味觉。大明湖的历史固然重要，可是哪里有绵延的绿，风拂过脸颊的柔软，偶尔溅起的水滴落在舌尖上的甜更让人快乐呢？

我的爱，我的向往，我的渴，都在那一瞬间被浇灌了。我忽然感到前所未有地平静，那些在岁月里积攒下来的躁动和不安就在这一瞬间烟消云散了。我开始理解济南人的悠然自乐了。泉城的泉水流进了济南人的血管里，带给了他们清凉和平静，只有济南人才能对抗这夏季的炎热，才能在炎热的岁月守住内心的宁静。

每到一处景点便要下船，看景点，听讲解，都是书里讲过的那些故事，我极其配合地装作是第一次听到。也许有人是第一次听到吧，同行的女作家们的喜悦爆了棚，一路欢声笑语。我也试图融入一种简单明快的喜悦中，却终究感觉到喜悦的重量和悲伤一样，满满地沉甸甸地挂在心头，需要慢慢地咀嚼和品味。在船上，低着头看自己在水里的影子，感觉到身后关切的目光，终究不敢回头，目光也有温度和重量，我的世界太小，无处安放。

回到酒店，久久不能入眠，虽然那一夜月凉如水。

三

接下来的日子，在青岛海边住了两天，回到济南，赶赴朴默一起登泰山的约定。在经历了出租车绕道，经历了青岛餐厅用冰冻海蟹冒充活蟹让我吃到冰块的事件之后，再回到济南，就益发地感动于济南人的淳朴善良了。

回到济南已是灯火阑珊,我入住酒店。临睡前发现房间的门没法反锁,打电话到前台,维修人员很快到来,门锁却始终未能修好。维修工说着地道的山东话,说只能换锁,买锁换锁得到第二天了,建议我换个房间。于是又打电话到前台,刚放下电话,服务员便急匆匆地敲了门,依然是一个豪爽的本地人。她说因为会议,没有房间可调,问我能否将就一夜。她说:"我们济南人实诚着呢!你就是敞着门睡,都没事。你要不放心,就把值钱东西拿给我,我给你保管着。"说着,她望向我手里的电脑。我笑一笑,将电脑随手递给她,似乎不让她保管都是一种不信任。

一夜安眠。一大早便听到风风火火的敲门声。我开门,昨晚的服务员大姐站在门口:"你不是登泰山吗?赶紧起来吧,打电话你不接,我就上来叫你了。"我揉着眼睛,忽然想起,昨晚临睡前拔了电话线的。因为手机定了闹钟,所以并没有让酒店叫早。难为这位大姐还记挂着我要早起去泰安。看着她的背影,心里升腾起一股暖意。

朴默的电话打断了我的遐想,她急促的语气让我在瞬间有了紧迫感。我在十分钟之内收拾好,冲到了酒店门口。朴默介绍了她的丈夫,简单地问候之后我们便上车驶向长途汽车站。路上,朴默交代了当天的行程。虽然,此前在微博、微信上都有很多的交流,但见了面我依然有些拘谨。也许我的表现也让朴默感到一种距离感,她也忽然沉默了下来。于是我不停地讲我经历的各种"囧事",直到听到她和她爱人爽朗的笑声,我不安的心才渐渐安定下来。异乎寻常的敏感和细腻是我的顽疾,自己总是被无端的不安困惑，快乐和悲伤也因此而被无限放大。即使是在他乡，我依然故我。

四

朴默的丈夫将我们送到长途车站就去忙店里的事了，我和朴默很快登上了去泰安的长途班车。长途车没有开空调，异常闷热。朴默不止一次地要求司机开空调却遭到了拒绝。朴默异常气愤，她毫不掩饰地对着司机大喊："我们又不是没有掏钱，空调是我们应该享受的权利，你凭什么不开空调！"司机借口空调坏了，就是不开。朴默气得脸都红了："这还有外地的客人呢，你不觉得丢脸吗？"

我恍然大悟，原来是在我这样一个外地人眼前，朴默觉得丢了济南人的脸面。我拍拍她的肩膀安抚她："别生气了，也许真的是空调坏了，忍忍就快到了。"她更生气了，把矛头对准了我："你怎么可以纵容这种坏风气呢？让司机永远欺负乘客吗？我要投诉他！"

我耐着性子劝她："投诉就算了吧，司机也不容易。"朴默盯着我，满脸正气："我们容易吗？这么热的天！"我也来了气："你干吗不依不饶的！你热难道人家不热，你说说这车里最热的地方难道不是司机坐的位置吗？"看她不说话了，我又觉得自己说重了，便缓和了自己的语气："朴默，他也是平民百姓，不开空调也许可以给他省点钱贴补家用什么的，也可以理解不是吗？你投诉了，万一人家丢了饭碗，你于心何忍呢？"朴默气呼呼地看我一眼，再不提投诉的事情。我益发喜欢这个真性情的女子，张了张嘴却终究什么都没有说。

到了泰安，一见到朋友，朴默的脸上又恢复了快乐无忧的表情。她又不计前嫌地将我推到朋友面前："她就是我说的阿依努尔，那篇散文的作者，你知道的。"又转向我："这是我的好朋友，也是我们这个圈子里的老大哥。"我正不知如何称呼，对方便伸过手："我叫高鹏。"我轻轻握住他的手，称他为"高老师"。朴默接话道："对对，他也是我的老师。"我在朴默的眼里看到毫无保留的崇拜之情。

五

多少次与泰山擦肩而过，这一次终于有机会登上泰山了。我们沿着台阶拾级而上，朴默和她的朋友在登山的过程中也没耽误探讨人生、畅谈文学，而我的脚步愈发沉重，缺乏锻炼的我越走越吃力。朴默和她的朋友谈笑风生，我不好默不作声，也有一搭没一搭地和他们聊天。言谈间才知道，高鹏是专业乒乓球运动员退役，朴默是资深驴友。我心中暗暗叫苦，却不得不硬着头皮跟上他们的节奏。高鹏大约看出了我的吃力，时不时借口吃东西停下来休息。我们好不容易才登顶，站在泰山最高处，却也全然没有了"会当凌绝顶，一览众山小"的豪气，只顾着享受山顶的微风送爽。早上走得匆忙，没来得及涂防晒霜，被晒伤的脸和脖子在微风的吹拂下隐隐作痛，我大概是最狼狈的登山者吧！我叹口气，擦干满脸的汗水。高鹏大概觉察到我的情绪低落，有点不知所措。看到他的不安，为了调节气氛，我讲起了在青岛的遭遇，没想到这下可捅了马蜂窝。

先是朴默义愤填膺："他们凭什么要这样对你！就因为你是外地人吗？"我抬眼看她："其实也没什么，毕竟旅游景点上有这样的事也不足为奇……"她毫不客气地打断我："你理解什么？这是对外地人的侵犯，你应该把这件事写出来，发到网上去。"高鹏也随声附和："作为一个作家，你不能只写风花雪月的文章，你有责任让大家知道社会上还有这样的事存在！"我愣在原地，张口结舌地听他们你一言我一语的质问。

阳光更加炙热，我有些眩晕。我苍白着脸，扭转头丢下他们寻找一片阴凉处。他俩跟上来，继续热烈谈论，并不理会我越来越难看的脸色。高鹏抽空看了我一眼，说："你要是不方便写，我们可以帮你写的，你只要告诉我们细节就好。"

我终于开了口，语气比冬天里的冰雪还要冷："我不需要别人告诉我如何写作！我也不需要别人来阻止我讴歌真善美的一切！我不是记者，也不想写那样的新闻稿件！"朴默和她的朋友有些尴尬，我也突然没有了说话的兴致。高鹏出来打圆场，说天色不早了，该下山了。

下山的时候，大家都有说有笑，假装忘记了刚才的不快。其实，彼此心里都明白也许再也不可能走进对方的内心了。即便如此，我们也仍然努力让这次的相聚没有遗憾。

高鹏非常周到地在泰安专门为我订了一家餐厅，这里是规模不小的回民聚居区。心里的感动一点点蔓延上来，我多么希望自己是他们期待的样子，好对得起他们的热情和真诚。我甚至想起

初　见

朴默见我第一眼时的失望："你为什么不留长发呢?"头发是可以留起来的,但内心坚持的一切又怎么可能因为感动而改变呢?

那顿饭吃了很久,我说了很多很多话,高鹏和朴默也畅所欲言。时光在那一刻仿佛静止下来,那些美好与真诚的聚首如此珍贵,喝着泉城泉水长大的人一如清泉般纯洁而透明。

又是一年盛夏时节,我在北方的这个城市又想起了济南,想起了清泉般纯洁而透明的人们。

亲爱的朴默,你还好吗?

开 学 记

一

小学的时候，儿子留了西瓜太郎的发型。按照学校"长不过指"（用手指插进头发里，不能长过指头的厚度）的要求，他的发型显然是不达标的。那时，他常参加钢琴比赛，很注重自己的舞台形象，我和班主任说明之后，得到了班主任的默许。于是，他成了校园里唯一一个理直气壮地留着"长发"的学生。

有一天，校长在校门口亲自检查学生的仪容仪表。看到他的发型，于是告知他，头发太长，第二天务必要理发。他点头表示会遵守。回到教室思前想后，舍不得剪了头发。于是蒙混了一段时间，直到再次遇到校长。这一次他主动和校长说："我不能剪成寸头，我是一个艺术家，我经常参加比赛，寸头和西装太不搭了，没法上舞台。"才不过七八岁的小人儿，一本正经地和校长这样说，校长被他逗乐了，于是要求去音乐教室听他的演奏。他也落落大方上台,弹了一曲《塔兰泰拉舞曲》,博得了满堂喝彩,于是,校长也默许了他的西瓜太郎发型。

进入中学的第一天,他剪去了他的"长发",真正达到了"长不过指"的要求。那一天,他和我说:"妈妈,我要快点长大,快点考上大学。"

我大感欣慰:"哎呀,我的乖儿啊!"

"这样我就可以早日实现发型自由了。"

"哦……"

初二这个暑假,休息的时间比较长,他蓄了发,剪了一个时尚帅气的发型,前所未有地喜欢照镜子,觉得自己貌比潘安。只可惜好景不长,终于还是要开学了。开学前几天,他问我:"老妈,你有没有办法让我继续留这个发型?"我把我能想到的各种方法都告诉了他,都被他一一否定。

第二天,我下班回到家,他摸着刚剪的寸头,问我:"老妈,长不过指,达标了吧?"

我讪笑,不知道说什么好。

二

"我是个没有童年的人!"这是儿子一边做作业一边发出的感叹。每当此刻我也只能发出一声叹息。儿子刚上中学没多久,我就因质疑作业太多而遭到了任课老师直言不讳的提醒,以至于在很长时间里儿子都生怕老师迁怒于他,时常患得患失。还好,老师是爱憎分明的人,并没有因为我的多事而否定孩子的努力。而我，看到孩子那段时间的如履薄冰，也终于学会了闭嘴。

儿子在重点中学，在班里成绩也是名列前茅。只是孩子毕竟是孩子，总有一颗贪玩的心。平日里因为每天都有检查，所以不得不按时完成作业。到了寒暑假，小小的心儿就彻底放飞，踢足球、打乒乓球、约同学旅游。每每提及作业便拍着胸脯说："我自有安排，老妈不必多虑。"

随着开学临近，我开始坐卧不安，而他依然是一副成竹在胸的样子，我只好在心里祝他好运了。终于，在离开学还有一周的时间里，他开始了奋笔疾书的作业突击。我则负责他的营养和不断地催促他早睡。他不为所动，日夜兼程。我最后也不敢督促他早睡了，毕竟盘点过他的作业之后，我明白他即使通宵达旦也未必能完成之前几乎是只字未动的作业了。想到自尊心极强的他低头接受老师批评的样子，心里暗暗替他捏把汗。

开学前一天，我因为感冒昏睡了一天，蒙蒙眬眬间感觉到有人坐在身边。我蓦然惊醒，儿子坐在暮色中默默饮泣。我紧张地问他发生了什么事。他说："我写不完了，不可能写完了。一想到老师骂我的样子，我觉得好绝望。"

我实在忍不住，非常不厚道地笑了。我跟他说："你现在这样默默饮泣并不能赢得老师的同情。不如把这些时间用来写，能做一门是一门，能少挨一位老师的骂就少一位吧。何况这个假期，你已经享受了所有的快乐时光，现在你得为没有及时完成作业的行为埋单了。你是个男子汉，不是吗？"

他止住哭，叹息着离开。我又昏昏沉沉睡去。不知过了多久，忽然乐声大作，我醒来，看到儿子一边放着音乐一边摇头晃脑跳起了海草舞。我大为惊讶，看看表，我不过睡了两个小时，难道他把作业做完了？

"写完了？"

"NO！NO！NO！"

他一边摇头，一边舞动，卖够了关子后告诉我："我们推迟开学了！老妈呀，知道我什么感觉吗？喜极而泣！不，不，不！是劫后余生才对！"

三

开学就该上初三了，儿子的压力前所未有地大。暑假伊始，儿子破天荒地提出了要参加校外辅导班的要求，我嘴上安慰他说："上中专怎么啦？上中专将来还更好就业呢！"其实心里也很紧张，从没有经历过任何挫折的他，如果真的在这次中考中败北，将成为他心中挥之不去的阴影。

看到我的犹豫，儿子有些着急了，他晓之以理，动之以情，甚至提出用自己攒的零花钱缴纳这次暑假补习的费用。话都说到这个的分儿上了，作为他的坚强后盾，我当然得有所表示了。于是，我先是从市里最大的培训机构开始，打电话咨询假期补课的事宜。但奇怪的是，所有的培训机构对培训以及假期提前预科的话题都讳莫如深，纷纷表示不再组织这样的课外培训。之前虽然教育部门一再制定政策，要为学生减负，但总是上有政策、下有对策，形形色色的课外辅导班屡禁不止，望子成龙的父母们，带着孩子辗转于各种各样的培训机构。小小年纪顶着厚厚镜片的学生比比皆是，繁重的课业负担，让每天能睡够八小时都成为学生们的奢望。看样子，这次政府是下了大决心，把减轻学生学业负担，保证学生身心健康，作为了教育工作的重中之重。想起之前的政协会议上，政协委员们为了减轻孩子们的课业负担，不断地写提案要求给学生减负。我也上下奔走，没少呼吁。这下真的要减负了，我居然还带着儿子到处给他报培训班！羞愧之情油然而生，于是我告诉儿子："不用参加培训了，大家都没有培训，你就只管锻炼好身体，没事多看看书就好啦。"儿子当然求之不得，于是也就半推半就了。于是乎，整个暑假两个月的时间里，儿子呼朋唤友，不是去踢足球，就是去游泳，要不就是打乒乓球，玩得不亦乐乎。

幸福的时光总是很短暂，两个月的暑假很快成为过去，儿子在长吁短叹中，迎来了初三年级的开学。开学第一天，儿子心里还是有些忐忑，担心别的同学用一个暑假的埋头苦学已经弯道超车了。虽然我笑着安慰他，其实也知道仍有很多孩子用更为隐蔽的方式在参加各种培训。

放学了，儿子回到家，扔下沉重的大书包便兴奋地告诉我："老妈，你知道吗？两个月的各种运动，我的个子终于从倒数到了班里的中等，而且我的视力没有下降，这是我在这个假期最大的收获啊！"

我笑着拍拍他："的确啊，都比妈妈高了！"他开心地叽叽喳喳了一会儿，告诉我另一个消息："你知道吗？我们班上那个没有周末的同学终于开始正常双休了！"

那是他们班上的一个男生,据说以前周末要上好几种不同的培训班。课外培训机构被取缔,终于让这个孩子有了正常的双休日,连我都想替他欢呼。

晚上十二点不到,儿子便洗漱睡下。我问他:"作业做完了吗?"

他神秘地眨眼:"你猜!"

枣扎和布尔的故事

在很久很久以前,在阿尔泰山的怀抱中,有一个美丽的村庄。村庄里住着一群善良的人们,他们白天放牧,晚上点起篝火,围着篝火唱歌跳舞,过着幸福的生活。村里最美的姑娘叫枣扎。村里的大妈大婶曾用她们的乳汁将她喂大,所以她们都是她的妈妈。

关于枣扎的身世,一直是一个谜。村里有个老人叫萨拉腾,她的老伴儿很早就去世了,她一辈子没有生过孩子,一个人住在村子中央。好在邻居们一有时间都会跑来陪伴她,所以她也没有感觉到孤独。只是,看到村里那些可爱的孩子,心里就会莫名地忧伤。有一天晚上,她做了一个梦,梦到一个赤身裸体的孩子,一下子扑到了她的怀里。她从梦中惊醒,依稀听到木屋外面真的有婴儿的哭声,于是她循着哭声出门,在院子里的羊圈中,看到一个胖乎乎的小女婴张着粉红的小嘴一直在哭。萨拉腾妈妈心疼地抱起小婴儿,用自己宽大的裙摆包住她,抱在怀里,将自己干瘪的乳房塞在婴儿的嘴里。小家伙咂巴了半天,没有喝到奶,于是哭得更起劲儿了。萨拉腾妈妈迅速回到毡房,找出自己的羊绒围巾包起孩子,走到村东头刚刚生过孩子的贾娜尔家。小家伙在贾娜尔怀里吃过奶后,沉沉地入睡了。萨拉腾妈妈谢过贾娜尔后小心翼翼地抱着小家伙回到自己的木屋,看着熟睡的小家伙,萨拉腾妈妈陷入了沉思:这孩子究竟是哪里来的呢?难道是老家伙在那边知道我一个人孤孤单单的,所以派这个孩子来陪我的吗?不管怎么样,只要没有人来把她要走,我就要把她当作自己的孩子养大。

主意已定,萨拉腾妈妈就再也不想放开手里的婴儿了,可是小家伙食量惊人,贾娜尔自己还有儿子,她从儿子嘴里省下的那点奶根本不够这个小家伙喝。于是,萨拉腾妈妈召集村里的老老少少,按照传统的礼节给孩子举行了命名礼,小家伙从此有了枣扎这个名字,萨拉腾妈妈请村里奶孩子的女人们以后也给枣扎喂点奶。虽然大家对这个从天而降的孩子,有点畏惧,但看到一直孤孤单单生活的萨拉腾妈妈开心的样子,他们也就高兴地接纳了她,于是村子里所有有乳汁的女人都抽空来给枣扎喂奶。眼看着小枣扎一天天长大,比同龄的孩子更早走路,更早开口说话,"妈妈,妈妈"地跟在村里的女人们身后,大家心里都乐开了花。

转眼十几年过去了,枣扎长成了一个亭亭玉立的姑娘,她的眼睛像天上的星星一样闪亮,她的声音像百灵鸟一般动听。她每天在草原上放牧,草原上的野花见到她的美貌都会惭愧地羞红脸,羊儿听到她的歌声,不吃草都会长膘。那时候草原上的羊全都是集体的财产,每家每户根据家里人口的多少来分羊放牧。枣扎是村里最能干的牧羊姑娘,她的羊总是干干净净、又肥又壮。萨拉腾妈妈虽然年纪大了,但是身体一直硬朗,有时候还要抢着和枣扎一起放羊。

　　转眼又到了冬天，有一天枣扎赶着羊群去了白桦林。羊在白桦林里可以吃到干枯的树叶，在石头上还能找到苔藓吃。正当羊群在白桦林里安静地吃草的时候，忽然，从远处传来一声又一声的哀鸣。枣扎赶紧循着声音跑去，看到一只受伤的小骆驼倒在树下。枣扎从裙子上撕下一块布，给小骆驼包扎了伤口，又拿出口袋里的馕让小骆驼吃，小骆驼用水汪汪的眼睛感激地看着她，还伸出舌头舔她的手。枣扎知道，这么冷的天如果把小骆驼留在白桦林里，它一定会冻死。于是，她用尽了全身的力气，把小骆驼放到了马背上。枣扎拉着马，赶着羊群，驮着小骆驼回到了家。在枣扎和萨拉腾妈妈的悉心照料下，小骆驼的伤一天天好起来。家里又多了一个成员，萨拉腾妈妈十分开心。枣扎让萨拉腾妈妈给小骆驼起个名字，萨拉腾妈妈说："就叫布尔吧。"

　　布尔一天天长大，它通体雪白，腿长肩宽，两只驼峰高高地耸立，长成了一只威风凛凛的白公驼。枣扎每天骑着它去放牧，神气得像个公主，牛羊都乖乖地听她的话。

　　自从布尔来到家里，枣扎成了村庄里起得最早的人。每天，太阳都会从泰加林深处缓缓升起，她和布尔久久地迎着太阳伫立，看着远处的河流。听村里的老人说在泰加林深处有一个美丽的湖，不知道如果迎着太阳升起的方向一直走，能不能看到那个美丽的湖。

　　那一年的六月，阿尔泰山分外美丽，草原上遍地的野花全都盛开了，泰加林披挂着深深浅浅的绿衣伫立在远处，像盛装的卫士守护着怀抱中的草原。枣扎也换上了美丽的裙子，村里的人们都感叹:"枣扎美得都快赶上天上的仙女了。"

有一天清晨,太阳刚刚升起,枣扎就赶着羊群出门了。萨拉腾妈妈目送她远去,轻轻叹口气:"这孩子也老大不小了,怎么就只知道放羊,不知道绣自己的嫁妆呢!"

枣扎这一天把羊群赶到了更远的山上,想让它们吃到离太阳更近的草,那里的草更加鲜美,羊儿吃了会长得更快。等到羊群开始安静地吃草,布尔就蜷起四蹄卧下来,让枣扎靠在自己身上睡一会儿。枣扎晒着暖暖的太阳,很快就睡着了。

枣扎做了一个梦,梦到自己变成了一条鱼,沿着远处的河水游啊游啊,游到了泰加林深处的那个湖。湖水真美啊,那种浓得化不开的绿色比贾娜尔妈妈的裙子还要美。湖边五颜六色的花比萨拉腾妈妈绣的花毡还要漂亮。枣扎开心地一次次跃出水面,却发现自己再也回不到地面上了,一想到再也不能回到自己的村庄,不能回到萨拉腾妈妈的身旁,枣扎急得满脸都是泪。

不知睡了多久,枣扎被布尔急切的叫声惊醒。乌云低低地垂在不远处的天空,布尔不安地用蹄子刨着地面。枣扎看着远处的天,一下子站起了身:"布尔,不好了,暴风雨就要来了,得赶紧把羊赶到避风的地方。"

枣扎看看四周,往山上走的方向有一个避风的山石,现在下山是来不及了,只能往那里跑了。枣扎骑上布尔,赶紧收拢羊群,往山上跑去。不一会儿,太阳就躲进了山坳,地面上开始飞沙走石,羊儿被吹得睁不开眼睛,吓得"咩咩"乱叫。枣扎不停地吆喝,不一会儿便喊哑了嗓子。羊群很快被风吹散,枣扎骑在布尔身上,也被风吹得看不到羊群。枣扎一边哭一边紧紧搂住布尔的脖子。布尔被风推搡着，一步步艰难地向前走。

天色越来越暗，风雨越来越大。枣扎单薄的衣裙已经湿透，刺骨的寒冷冻僵了她的双手，她几乎搂不住布尔的脖子了。布尔驮着她，一步步挪到了山石跟前。

山里的天气说变就变，但从没有像今天这样让人害怕。豆大的雨点敲打着木屋，狂风发出阵阵怒吼。木屋里的萨拉腾妈妈再也待不住了，她猜测她的心肝枣扎，她的小骆驼布尔一定是遭遇了暴风雨，他们一定迷了路，找不到回家的方向，她要去找他们，她要带他们回家。萨拉腾妈妈穿上厚厚的衣服，骑上马出发了。在她的身后传来村里小伙子们的喊声："萨拉腾妈妈，您回家吧，我们去找枣扎！"萨拉腾妈妈头也不回地走了。雨越下越大，雨点慢慢地变成了雪花，铺天盖地地砸下来，六月的阿勒泰变成了冰雪的世界。

枣扎的眼睛像是蒙上了雾，隔着鹅毛般的大雪，万物变得越来越朦胧。雪花砸在脸上，有些难以忍受的疼痛，而她的身体像一块大石头一样毫无知觉，已经冻得麻木了。布尔将身体贴近她，想用自己的体温温暖她。她艰难地伸出僵硬的胳膊，搂住布尔的脖子，感觉到了一点温暖。她哭着问布尔："那些羊到哪里去了？等雪停了，我们就去找羊吧。羊如果丢了，我哪里有脸去见乡亲们啊！呜……呜……"

布尔不会说话，只是将身体更紧地贴着她。

昏迷逐渐征服了枣扎，寒冷麻痹了她的大脑和身体。小村庄、萨拉腾妈妈、贾娜尔妈妈、古丽苏木妈妈……还有她们的木屋，一切的一切就要属于另一个世界了。

远处传来萨拉腾妈妈的呼唤:"枣扎,我的心肝,你在哪里啊……枣扎……"

枣扎已经发不出声音,一滴眼泪顺着腮边流下。布尔站起身,朝着萨拉腾妈妈的方向哀鸣。萨拉腾妈妈的身上落满了雪,像一个雪人一样慢慢地向他们移动。到了他们身旁,萨拉腾妈妈从马上下来,哭着抱住了枣扎。

枣扎醒来的时候已是第二天清晨,风停了,雪还在下。整个夜晚,萨拉腾妈妈都在用雪搓她的身体,布尔和马将她和萨拉腾妈妈紧紧围在中间,萨拉腾妈妈将带来的花毡盖在他们四个身上依偎在一起度过了一个晚上,花毡上压着的雪几乎把他们埋葬。

枣扎看着萨拉腾妈妈花白的头发,哭着抱住她:"妈妈呀,你是怎么找到我的?谁让你来找我的,你这么大年纪了,万一……"

萨拉腾妈妈搂住她,擦着她的眼泪:"村里人都出来找了,可我是你的妈妈,母女连心,只有我能找到你呀!"

"妈妈,我弄丢了村里的羊,我一定要去找到它们,没有了羊乡亲们可怎么活呀?"

萨拉腾妈妈叹口气,从马身上的褡裢里拿出馕和酸奶疙瘩,就着雪让枣扎吃下,然后又给布尔和马吃了些馕。萨拉腾妈妈骑上马,枣扎骑上布尔,他们在大雪中出发去找羊。

他们走啊走啊,走了大半天,终于在山坳里找到了挤在一起簌簌发抖的羊群。枣扎高兴地抱着一只只羊儿,亲了这个又亲那个,嘴里沾满了羊毛上的雪。萨拉腾妈妈看看天色,说:"孩子,我们得把羊赶到一个安全的地方,看样子这雪一时半会儿停不了。"

她们赶着羊,在暴风雪中一点一点移动,枣扎还很虚弱,裹着萨拉腾妈妈带来的羊皮袄还是冻得牙齿直打战。萨拉腾妈妈为了救女儿也是拼尽了全力,这会儿也又冷又累,眉毛和睫毛上都是冰霜。布尔也没有平时活蹦乱跳的样子,羊儿们又冷又怕,连"咩咩"声都没有了。整个世界都变得寂静,只有风雪在嘶吼。

天慢慢黑下来,他们来到了一块大的山石旁边,布尔和马累得喘着粗气。萨拉腾妈妈知道他们已经迷路了,再走下去只会耗费更多的体力,如果再不找到一个地方休息,他们都得累死。枣扎和萨拉腾妈妈把羊拢到一起,卸下马身上的褡裢。布尔和马又将她俩围在中间,他们又依偎在了一处。萨拉腾妈妈对枣扎说:"孩子,我们要不停地说话,不能睡去,睡着了可能就再也醒不来了。"

"妈妈,你一直住在这个村庄吗?"

"孩子,我们也是从很远的地方搬来的,那时候你的爷爷,你的爸爸都还在。我们游牧的人一生都在迁徙。"

"那为什么我从记事起就一直在这里,为什么我们从没有迁徙,从没有离开过这里?"

"牧人千百年来逐水草而居,你的爷爷和村里的很多人走过了千山万水走到了这里,看到这里水草丰美,就停了下来。阿尔泰山是一座金山,额尔齐斯河是一条银水,有了金山银水,我们就不想再迁徙了。我们学会了建造木屋,学会了在木屋里生儿育女,这里就是我们永远的家了。"

"妈妈,在泰加林深处是不是有一个湖?"

"是啊，那是喀纳斯湖，那是神的后花园。"

"妈妈，我好想去那里看看。"

"那里离我们很远，骑马要走很久很久。"

"也许将来我们会长出翅膀，一下子飞到那里吧。"

"我的孩子，有一天你一定会长出翅膀，去你想去的任何地方。"

"妈妈，雪停了，星星出来了，你看星星离我们多近呀！"

"孩子，我看到了，那么多星星，亮得像你的眼睛，多美呀！"

"妈妈，你老是说，我们在天上都有自己的星星，哪一颗才是我呢？"

"在妈妈眼里，你是夜空中最亮的星，你看哪一颗最亮，那就是你的星星。"

"那太好了！乡亲们找到最亮的那颗星星就可以找到我们了。等我回去，我要在村里安上好多这样的星星，夜里就再也不会那么黑了，我们也永远不会找不到家了。"

夜深了，满天的星光照亮了身边的冰雪世界。布尔的黑眼睛在雪的映衬下像璀璨的星光。它正一动不动地望着枣扎，眼里是无尽的担忧和眷恋。枣扎的身体已经麻木，只有布尔身上传来的些许温暖让她相信自己还活着。一颗流星划过夜空，一阵更深的彻骨的寒意忽然向她袭来，她不由得看向头发花白的萨拉腾妈妈。

"孩子，你爸爸来接我了，我看到他了，我就要走了。你要记住妈妈的话，不要闭着眼睛，要在夜空中找自己的星星，一定要坚持到乡亲们来接你。"

萨拉腾妈妈的声音越来越微弱，枣扎流着泪，想答应她，想告诉她自己一定会好好活着，却已经说不出话来。布尔更紧地贴着她的身体，却感觉到她的身体正在一点点冷去。

第二天清晨，找了一夜的乡亲们在那块山石旁边找到了他们。他们紧紧依偎在一起，再也没有分开。那些盖着花毡和褡裢挤在一起的羊虽然也冻得奄奄一息，但终究活了下来。

乡亲们在村庄的河边安葬了他们。为了纪念他们，他们的村庄从此就叫作"布尔津"，"布尔"是三岁的公驼，"津"是牧人。而那场六月里的暴风雪被称为"萨拉腾—枣扎"。

很多年过去了，喀纳斯湖以"亚洲唯一的瑞士风光"而闻名世界，来到喀纳斯湖的游客络绎不绝。人类用飞机代替了翅膀，用车轮代替了马匹，从布尔津到喀纳斯只需要几个小时。而在今天的布尔津，每当夜幕降临，一片灯火辉煌，一如当年夜幕下的星空。那些漂亮的尖顶的房子就像曾经的那些木屋一样。布尔津河水静静流淌，诉说着遥远的故事，夜空中最亮的星星神秘地眨着眼睛，指引着你走向这美丽的童话边城。

黑牛的春天

一

作为一头牛,我是不幸的。因为世界的主宰是人类,而不是我们——牛。作为一头母牛,我又是幸运的。因为比起那些帅气潇洒的公牛,我可以多活很多年,可以多看到几次四季的轮回,多享受几年阳光的普照,可以在我的有生之年,享受一个母牛所能享受到的爱情。不会像一些公牛一样早早地被剥夺欢爱的权利。毕竟,我可以为人类提供他们需要的乳汁,而且我可以每年为他们生下一头小牛,直到子孙满堂,才会迎来生命的结束。

那一年,春暖花开的时候,我离开母亲温暖的子宫,来到了人世。我的出生让母亲吃尽了苦头,因为我是后腿先出来,所以母亲经历了难产,几乎奄奄一息才生下了我。当我好奇地睁眼打量这个世界的时候,我看到的是我的漂亮的黑白花牛妈妈大汗淋漓地倒在一边抽搐。我颤声"哞哞"地叫着"妈妈",

但她似乎连舔我一下的劲儿都没有了。奶厂的兽医和技术员都在全力抢救我的妈妈。后来我才知道，我的妈妈是奶厂产奶量最高的牛，最高的日产量可以达到五十多公斤。值得庆幸的是，我的妈妈在经历了几个小时的抢救和精心护理之后，很快转危为安。这时，人们才想起来看看被顺手扔进新生牛舍，一直滴水未进的我。

看到我浑身乌黑，只有蹄子上有点白色，技术员摸着我的头长叹了一声。看到我不安的眼神，他拍拍我的头："你妈长本事了！敢自由恋爱！"这时，那个浓眉大眼的兽医跑来为我做了一些检查，之后让饲养员给我喂些奶。我一边迫不及待地喝奶，一边竖起耳朵听他们交谈。从他们的交谈中我得知这是一个国有的牛奶厂。浓眉大眼的兽医叫哈山，哈萨克族人。技术员叫陈庆，负责黑白花奶牛的配种繁育工作。为了保证奶牛的优生优育和产奶量，我的妈妈以及其他所有黑白花奶牛都是不能自由恋爱的。不知道在这样严格的管理下，我的妈妈是怎样和那个拉草料的黑公牛恋爱并生下我的。陈庆气呼呼地扬言明天就要给我的父亲做绝育手术。哈山笑着劝他："行了行了，黑公牛每天累死累活地拉草，你就行行好偶尔让它也谈个恋爱嘛。再说了，今年的发情期已经过了，晚点再做手术也行，省得影响它拉草料。"陈庆点点头，同意了哈山的建议。我松了一口气，放下了对尚未谋面的父亲的担忧。

我用感激的眼神盯着哈山看。他五十岁左右，个子不高，但很结实。看到我看他，他似乎看懂了我的眼神，安抚地拍了拍我的头，我的心中划过一股暖流。这是我来到人世的第一天。

二

因为我不是纯种的黑白花奶牛，所以我的待遇明显不如其他小牛。好在兽医的妻子，善良的哈丽玛大婶总是格外关照我。在她的关照下，我一天天地长大。我的去留成了让技术员陈庆头疼的问题。那个时候，改革的春风已经吹到了这个边陲小城，作为国有企业的奶厂也面临着改革。在这个节骨眼上，我这样一头非纯种的黑牛继续留在奶厂当然是不合适的，我一年得吃掉多少集体的饲料啊。但如果把我卖给个人，又有谁敢吃下第一只螃蟹，在家里饲养奶牛呢？

一天，兽医哈山正在给我们这些小牛注射疫苗，哈丽玛大婶风风火火地冲了进来，她劈头就问哈山："听说厂里这次要处理几头小牛给职工个人，是真的吗？"

"是真的。现在允许搞家庭养殖了，所以这次厂里把以前上交畜牧厅的小公牛都卖给职工个人。还有这头小母牛，因为不是纯种的黑白花牛，将来产奶量也不会高，所以也一起处理。"

哈丽玛大婶望着我，眼里充满了不舍。她犹豫了一下，对哈山说："要不我们也买两头小牛吧，把这头小母牛也买下来，养上几年等它产奶了，我们也可以卖牛奶贴补家用。家里就靠工资，几个儿子将来可都要娶媳妇呀。"

"不行！绝对不行！你忘了当年割资本主义尾巴，我父亲因为养了几只羊被批斗。你这是好了伤疤忘了疼！还要养牛，还要卖牛奶！我绝对不会同意的！"接下来不管哈丽玛大婶说什么，哈山就是一句话都不说。哈丽玛大婶只好气呼呼地离开了。

我望着哈丽玛大婶的背影，心中充满了悲伤。在这里的几个月，我从奶厂职工的交谈中得知，这个奶厂是畜牧厅下属的最大的奶厂，奶厂的首要任务是保证全市几个重点区的牛奶供应。所以出生的小牛如果是母牛，就会成为产奶的主力军；如果是公牛，除了个别身体素质好的留下来作为运输草料的后备军之外，其余全部交到畜牧厅，再由厅里分配到养殖场作为肉牛饲养，现在它们中的一部分要卖给个人了。我作为一头母牛，本该是奶厂的一等公民，吃着优质的饲料，享受着宽敞明亮的牛舍，一直到不能产奶的那一天才会被奶厂处理。现在，我却因为不是纯种的黑白花牛而不得不和那些小公牛一样被卖掉。想到这些，我悲伤得不能自已，甚至都无心吃下那些可口的饲料。

三

一个月后的一天，我和另一头健壮的小公牛被技术员从新生牛舍里牵出来，正式交到了哈丽玛大婶手上。我欣喜若狂，不知道哈丽玛大婶最后用什么办法说服了哈山，我从此就将成为哈山家的一分子。虽然我的父母留在了奶厂，但说句真话这种集体饲养让我几乎见不到自己的父母，所以离开奶厂我也并不留恋。我出生之后的几天要不是哈丽玛大婶偷偷把我放进我母亲所在的牛舍，让我和母亲见了面，喝了它的初乳，我还真没有机会享受什么天伦之乐呢。我感激地看着哈丽玛大婶，心中暗暗下定决心要报答她，要帮她实现她的愿望。

黑牛的春天

尽管对我的到来似乎并不是很乐意,哈山也还是尽心尽力地和哈丽玛大婶一起喂养我。为了不影响工作,他们比以往更加辛苦。好在奶厂的工作是根据牛的作息时间安排的,不是白天工作八小时。所以他们在喂完单位的牛、挤完单位的牛奶之后,再赶回来喂我和那个小公牛草和料,遇到产奶淡季我们甚至还有机会在户外的草丛中晒几小时太阳。我和小公牛一天天变得皮毛发亮,身体强壮。虽然我不是一头纯种的黑白花牛,但也很好地继承了母亲的基因。我的身高和体重并不比那头纯种的黑白花小公牛逊色,以至于哈山也喜形于色。他不止一次地跟哈丽玛大婶说,看现在的情形,我将来的产奶量未必会像当地的土牛那么少。而对这一切,我也充满了期待,作为一头母牛,产奶是我赖以生存的根本。何况如果不是哈山夫妇收养我,我说不定也会像其他小公牛那样被送到养殖场,一两年后就被杀了吃肉呢。据说,因为大多数人都持观望态度,不敢在家养牛,所以除了我们俩之外的所有小牛都被送去了养殖场。

转眼,我也成年了。在哈山的默许下,我和青梅竹马的小公牛恋爱,并很快怀孕,九个月后,我也终于做了母亲。我生小牛那天,哈山和哈丽玛大婶都很紧张,直到我的孩子平安降生。哈丽玛大婶高兴地说:"哎呀呀!生了个小母牛啊!"我悄悄松了一口气,轻轻地舔着我的小牛犊。比起我,她更加幸运,可以和自己的父母朝夕相处。善良的哈丽玛大婶把大部分初乳都给了我的小牛犊,只留下小部分蒸了奶豆腐,分发给邻居品尝。

我的奶出乎意料得多和好,虽然无法和我的母亲比产量,但我的奶也差不多是黑白花牛的平均产奶量,而且我的奶质像地产土牛的奶一样稠。那些卖牛奶的人家主动来家里收购牛奶。哈丽玛大婶高兴得合不拢嘴，对着哈山说："看吧看吧，你还不让我养牛！这一个月下来，比我俩工资还高呢！"哈山眉毛胡子里都藏着笑意，也不和哈丽玛大婶辩解。

那个姓孟的厂长也来参观我们的牛舍。说："你这牛棚太简陋了吧，你作为我们奶厂第一个搞家庭饲养的人，我们可是要把你树典型的，你应该把牛舍盖得大一些，再增加上几头牛。有啥困难跟厂里说，我们帮你解决。"哈山呵呵笑着不说话，哈丽玛大婶却表示愿意扩大养殖的规模。孟厂长背着手满意地走了。来看热闹的邻居围着哈丽玛大婶开始取经。

四

看到哈山靠着养殖开始致富，厂里的职工和家属们都动了心。这一年厂里处理老牛、病牛、小牛的时候，大家一抢而空。哈山又买了一头四岁的病牛。哈丽玛大婶忧心忡忡地问哈山："如果不是有病，厂里怎么舍得处理母牛。你有把握治好它吗？要是治死了我们损失的可是八百元呀！这钱可以买八头小牛的。"

哈山不以为然："不试怎么知道不行！你还光想赚钱不想承担风险呀！"

哈丽玛大婶也不甘示弱："你哪是要我赚钱！你就是想治好病牛来证明你是一个好兽医！牛要是厂里的，万一治死了你脸上没光。牛买回家了，治死了你就偷偷埋了，也不算是损害单位利益了。你以为我不知道你打的什么主意吗？！"

被戳中了心事的哈山气得摔了门扬长而去,一出门就碰到慌慌张张跑来的陈庆。陈庆开门见山:"哈山!你买那头病牛做什么?我看那牛得的搞不好是传染病,我建议厂里杀了埋掉的。你可别把哈丽玛大婶的宝贝黑牛害死了!"

哈山慢悠悠地开口:"这病不传染的。以前我们游牧的时候牛羊也得过这种病,定居以后这种病就再没出现过,这次又出现,我得好好研究研究。我给厂长保证我能治好的,但他不放心。我只好把牛买下来,治好了我得一头好牛,治死了,厂里也没损失。"陈庆叹口气说:"厂里送我去日本培训的时候,听日本专家说过的一种传染病和这头牛的症状特别像,我可是提醒过你了,你自己看着办吧。"哈山拍拍陈庆的肩:"谢谢你!我知道你是为了我好。可兽医也是医,救死扶伤是我的本分。"陈庆被哈山的话逗乐了:"去吧去吧,救死扶伤的时候别忘了喊上我搭把手啊!"

陈庆的话哈山还是上心的,病牛很快被哈山隔离了。我们所在的牛舍也日日消毒,哈丽玛大婶见哈山是铁了心要治好病牛,虽然嘴上并不服软,但也是一门心思照顾病牛。陈庆也每天往哈山家跑,拿着各种书籍和药品。哈山每天用热水泡上粗盐,给病牛刷嘴刷蹄子,疼得病牛哞哞大叫。

不到一个月,那头嘴角和四蹄溃烂的病牛奇迹般地康复了。又过了一个多月,陈庆和哈山给它做了全面体检之后,把它和我们一起放在牛舍饲养。累瘦了的哈丽玛大婶脸上终于有了笑容。哈山治好病牛的消息不胫而走,孟厂长也跑来看牛。看到撒欢儿吃草的牛,孟厂长忍不住捶了一下哈山:"哈山啊!看不出你不吭不哈的还有这本事，以前得这病的牛没有一头活下来的。你不但治好了牛，还给我们厂做了很多预防措施，你还真不简单呀!"

哈山笑着看陈庆："是陈庆和我一起想的办法，您可别说是我一个人的功劳。牛是公家的牛，我怕治死了才把它买下来的，现在治好了您把它领走，把我的八百元还给我就行。"

孟厂长哈哈大笑："哈山，组织上可是说话算话的。处理给你的牛绝没有收回的道理。现在政府鼓励一部分人先富起来，带动更多的人。我回去向上面请示，给你批点钱扩大你的家庭养殖，你可得好好干呀!"

孟厂长雷厉风行，不到两个星期，哈山的贷款就批下来了。哈山和哈丽玛大婶却犯了愁。大儿子和二儿子都在市上工作，不可能回来帮忙。哈山两口子在奶厂上班，离退休还有好几年。小儿子进奶厂工作也才两年，养上三五头牛还能兼顾，这要扩大养殖，哪里还有人手。何况随着哈山家一天天富起来，闲言碎语也多起来了。说他们一家三口人在奶厂工作，家里的事都忙不完，哪有精力给公家干活。

小儿子道来提沉不住气了，那天一回家就来到牛舍，找到正给牛舍消毒的哈山说："爸，您听到别人说的那些话了吗？我们一天到晚累死累活地给公家干活，干完回到家才顾上家里的活儿，别人还说这说那的。您就不想想办法吗？"

哈山皱了眉头："不做亏心事，不怕鬼敲门。理别人做什么!"

"爸，我有个想法和你们商量一下。"道来提顿了顿，像是下了决心，"我想打报告给厂里，听说现在可以办停薪留职。我停薪留职下来集中精力搞家庭养殖，等过几年你们退休了，我再回去上班。这样也响应了国家的政策，别人也没话说。"

哈山不以为然："你又是从哪里听来的小道消息，哪有这么好的事？不想上班了就停薪留职，想上班了再回去上班。公家是给你开的旅馆吗？想去就去，想走就走。我知道你上了个大专觉得在奶厂待得憋屈，就开始动这花花肠子。告诉你，你给我老老实实上班，我还没死，轮不到你做主！"

道来提气得小声嘟囔："老顽固！"

哈山拿起牛舍里的草叉，作势要打他。道来提落荒而逃，边跑边喊："我这是响应国家号召，你不答应也没用，我现在就去打报告……"

五

第二年春天，道来提的停薪留职手续办下来了。一同办了手续的还有他的中学同学卢华。孟厂长在厂里的大会上宣读了他们的协议，奶厂的职工又议论纷纷。奶厂的退休职工肯杰别克会后来到哈山家中，他劝哈山："哈山呀，我们哈萨克族历来都鄙视商人，你可不能纵容孩子呀，老祖宗是知道经商不是我们应该走的路呀！"

哈山本来就被大家的议论搅得心烦意乱，这时候更听不得这样的话："肯杰叔，我们哈萨克族人世世代代跟着牛羊屁股不断搬家，每年也就在夏牧场过一阵子舒坦日子。那时候我们在这里定居，成了奶厂的职工，您也说我们没听老祖宗的，日子会过不下去。可我们过得不差呀,您不是也拿了退休金舒舒服服养老呢嘛!您看看到现在还没有定居的那些牧民,您还觉得老祖宗啥时候说的都是对的吗?"

肯杰别克老人指着哈山"你……你……你"了半天,啥也说不出来。哈丽玛大婶一边倒茶一边打圆场:"肯杰叔是怕我们的孩子丢了铁饭碗,是劝咱们慎重呢。你说这些有的没的干啥呢!肯杰叔,您别跟他一般见识,来,喝碗奶茶消消气。"

肯杰别克老人接过茶,数落哈山:"还是哈丽玛明事理,哈山是赚了点钱就忘了本了,老人的话都当耳旁风。"看哈山瞪起眼睛,哈丽玛大婶赶忙接话:"您可别这样想,哈山并不同意道来提停薪留职。可孩子铁了心,劝也劝不住,何况孟厂长也觉得只要政策允许,年轻人应该勇敢地闯一闯。道来提好歹还在我们身边,人家卢华说是直接去了外地呢。"

肯杰别克老人摇头叹息:"这些年轻人,可真不让人省心呀!"哈山撇撇嘴,没再说什么。道来提踩在我的背上,从牛舍的窗户上偷听院子里凉棚下他们的谈话,时不时对我做个鬼脸。我抬头看他,他脸上挂满笑容。

道来提没让我失望,第二年秋天,他因为发展家庭养殖成绩突出,受到市里的表彰,戴着大红花到处推广经验。哈山家成了市上第一批"万元户"。奶厂的职工在电视上看到道来提神采飞扬的样子,便又接二连三地跑到哈山家串门。我在哈山为我们新建的运动场上看到哈山家来来往往的邻居,心里真是乐开了花。这一年,我又为哈丽玛大婶生了一头小母牛。虽然哈山家扩大家庭养殖规模后新添了很多荷斯坦奶牛,但作为哈山家的第一代牛，不管是哈山还是哈丽玛大婶，对我总是另眼相看。作为牛，我感到由衷的满足。

六

四十年过去了，哈山和哈丽玛大婶早已从奶厂退休，家庭养殖挣的钱让他们先后给三个儿子风风光光地办了婚礼。小儿子道来提停薪留职两年后辞了工作专心发展养殖业，和从外地挣了钱回来的卢华一起在郊外成立了养殖基地和畜产品加工企业，成了远近闻名的大企业家。哈山和哈丽玛大婶住不惯儿子买的别墅，回到老房子守着我和几头小牛过日子。作为一头牛，我也步入暮年，但不管别人怎么劝，哈山和哈丽玛大婶既舍不得把我卖了也舍不得把我宰了吃肉。通常遇到这样的情况，老牛主人不忍心宰杀便会将牛卖给别人，而到别人手里当然也逃不过被宰杀的命运，但至少不用自己去宰杀它，直面它的死亡。对于主人，这已是最好的结局了，然而哈山和哈丽玛并不愿意面对这样的结局。在他们日复一日抚着我的背脊的深情告白中，我深深地体会到我对他们的意义。我不仅是他们最亲密无间的一个生命，更是他们进入一个新时代的见证。于是，即便是作为一头老态龙钟的牛，我依然和哈山一家幸福地生活在一起。

又一个春天来到了，门前的沙枣树绽出新芽，哈山的孙女加娜尔和陈庆的女儿陈美来到哈山家中。加娜尔和陈美是同班同学，其他省区新疆高中班毕业后一起在大学学了旅游管理专业，毕业时两人都取得了公费留学的名额。但两人一心要回家乡发展旅游，把留学名额拱手送人，高高兴兴地回了家乡。哈山的大儿媳，加娜尔的妈妈还因为这件事跑来让公婆帮着劝劝孩子。哈丽玛大婶却劝自己的儿媳妇别拦着孩子，老两口还拿出自己的积蓄交到加娜尔手上，表示支持孙女回到家乡创业。因为这件事，大儿媳心里一直生老两口的气，觉得家里又不缺钱，干吗还让一个姑娘家抛头露面在外面打拼。

好在陈美和加娜尔也争气，又发动奶厂子女中没有就业的年轻人都加入她们的队伍中，还申请到了大学生创业贷款。她们在奶厂附近靠近山区的地方搞起了哈萨克民俗旅游，没几年就搞得有声有色。加娜尔和陈美过来是要接老人们过去参观呢。老两口本来答应去住几天好好看看，后来又改口说不去了。加娜尔看了一眼卧在门口晒太阳的我，知道他们是不放心我，于是笑着开口："爷爷，我们还请了陈美的爸爸，还有老黑牛。你们要不去，那我就派车接他们先走了。"哈丽玛大婶慈爱地摸着加娜尔的头："坏丫头！我们去就是了，别逗你爷爷发脾气。"

那天，天空格外地蓝，我总是忍不住抬头望天。那天也格外热闹，陈庆一家人和哈山的孩子们都来了。陈庆在院子里看到闭目养神的我，忍不住哈哈大笑："我说老伙计，从牛的年龄看，你已经是高寿了。现在看上去你比哈山还德高望重了，难怪你这么惬意呢！"我睁开眼，亲热地冲他"哞"了一声，几十年的岁月，退了休的陈庆也算是老人了，可还是改不了和哈山斗嘴的习惯。哈山忍不住白了他一眼，两人又你一言我一语地斗起嘴来。

那天，我跟着大家到处参观。手工刺绣一条街、美食一条街、歌舞大看台……这里真是应有尽有。看到这热闹的景象，哈丽玛大婶转过头意味深长地看了一眼大儿媳。大儿媳红了脸,揽过走在身边的女儿加娜尔,紧紧搂在怀里。

走到民俗一条街的时候,我看到一头漂亮的黑白花公牛。我知道它是我的后代。看到它帅气地站在游客旁边只管合影,我的眼眶湿润了。想起那些年,被送去屠宰场的我的那些孩子们,心里总会难过。现在好了,作为公牛被宰了吃肉也终于不再是它们唯一的归宿。

那个晚上,我睡得格外香甜。我甚至做了一个梦。在梦里,春风吹绿了田野,我和快乐的人们走在明媚的春光里……

岳公主传奇

一

我与岳普湖的缘分始于一块小小的驴奶皂。

那年亚博会的最后一天,在岳普湖县展位上我赶上了这个展位最后的十几块手工驴奶皂。之前听朋友说虽然没有太多的宣传,但这个展位的人最多,果然不是假话,等我赶到的时候,剩下的产品已经不多。我和展位负责销售的小姑娘讨价还价,她不断摇头,说老板刚走,这是他们的明码标价她不能擅自做主。我告诉她,只要打折,我把剩下的全部买走,她就可以提前下班了。她犹豫着拨通了老板的电话。

老板倒也爽快,问了一下剩了多少,便答应了我的要求。小姑娘比我还开心,说:"我们只有买三百块才有团购价,今天老板给您的是团购价。您运气真好!"我笑着感谢她,说:"那是你们老板体谅你,想让你早点收拾东西回家。我是沾了你的光呀!"小姑娘一边说着老板的好,一边手脚麻利地帮我包好了十几块驴奶皂。

这种驴奶皂是我用过的所有清洁用品中最好的,在这之前,我用的是国外进口的一款驴奶皂,因为比较小众,所以有时很难买到。我一直关注南疆的驴产业,也隐约听说喀什的岳普湖生产驴奶皂,这个驴奶皂有个好听的名字叫"岳公主",却没想到能在家门口买到。古罗马历史学家普卢塔克曾写道:"埃及艳后克里奥帕特拉(公元前69—前30年)令人难以抗拒的美貌和风情万种的仪态使凯撒大帝为之倾心。"据记载,克里奥帕特拉十分喜欢洗驴奶浴,这令她的皮肤细腻、柔嫩、光滑。这大约是最早将驴奶用于美容的记载吧。而在我国,唐代孙思邈在《千金食治》中,明代李时珍在《本草纲目》中,对驴奶的食疗和美容作用也有着详细的记载。千百年来,毛驴在南疆却只作为交通工具存在。在刘亮程先生的《驴车上的龟兹》一书中,南疆驴矮小的身形、吃苦耐劳的精神已深入我们的内心。对于驴奶的功效我们却所知甚少,更别说是驴奶皂了。直到闺蜜送我一块驴奶皂,用过之后方知驴奶皂的好。洗得干净不说,毫无紧绷感,而且最重要的是没有羊奶皂那种淡淡的奶腥味。

二

第一次踏上岳普湖的土地是在初夏的五月。虽然,对南疆的县城并不陌生,但岳普湖自然条件的恶劣还是出乎我的意料。生活在这里的人们却能说出她的千好万好。在干燥的风的吹拂下,我来到岳普湖的那家驴奶皂加工厂。对于这个远在南疆小县城的纯天然手工皂，驴奶成分高达百分之四十七，我一直心存好奇。毕竟在国际上，最好的驴奶皂的驴奶含量最高也不过是百分之二十七。

这个坐落于县城北面的驴奶皂加工厂是岳普湖县为了招商引资而修建的几个卫星工厂之一，也是强宇盛世商贸有限公司总部所在地。我在县里接待人员的带领下，走马观花地看过几个卫星工厂，所以进入这个外表和它们差不多的皂厂之后，我发出了一声还算克制的惊叹。从工厂的布局、功能区的布置，以及装修的细节，无不透出一种精致。和之前钢筋水泥、机器轰鸣的那些卫星工厂相比，这里真的宛如一个公主的宫殿，让人忽然有了一种约束。我不由得放慢了脚步，放低了声音，仿佛真的有一个公主正在休憩，而我绝不能惊扰了她的美梦。

产品陈列室的现代，员工工作区的典雅，皂师工作区的古朴，产品晾晒区的整洁，让我仿佛迷了路，仿佛在苍凉的岳普湖偶然闯进了一处人间仙境。美丽的员工阿依夏木介绍说，当时这个工厂的设计和装修整整用了半年时间，同时申请到卫星工厂的人最快的半个月就开了工。皂厂的设计和装修都是老板亲力亲为，和每个装修环节的工人一点点沟通才成为现在的样子。把设计费全部省下来用在了材料上，而这些材料也都是在外地一家一家比较，然后从外地运来。有些材料的运输费用都快赶上材料本身了。装修结束，老板瘦了，穿衣服都小了一个码，她以前买的那些没来得及穿的名牌衣服都送给我们员工穿了。她说着指了指给我们端来茶水的一个漂亮的姑娘，一身裁剪得体的中国风裙装衬托得她肤白如雪。我有些恍惚，仿佛自己是在北上广的一家大企业。

我拉回自己的思绪,忽然捕捉到一个重要的信息,我问阿依夏木:"你们老板是女的?"阿依夏木笑起来:"当然是女的呀。要不然厂里忙的时候,我和老板一天十几个小时都在一起,我老公能放心吗?!"

我环视四周,看着那些实木、砖瓦的元素,真的很难想象这样大气、古朴的设计出自一个没有学过设计的女子之手。我又看着那些随处可见的香水百合,那些低调而奢华的花瓶,那些看似不经意的细节,却也相信这一切的确应该出自一个女子之手。在阿依夏木接下来滔滔不绝的介绍中,我得知她的老板曾是一个经纪人,在北京的事业也做得风生水起,却忽然放下一切来到了这里。我对这个叫作南方的女子充满了好奇。是什么力量让这样一个女子放弃大城市已经有声有色的事业而来到这样一个边陲小县城又开始白手起家的历程呢?

这时,一个看起来三四岁的小男孩悄悄走进来,小声对阿依夏木说着什么,阿依夏木摸摸孩子的头,说:"就快回来了,阿帕在北京一直在给你找玩具,找到了就回来了。妈妈在工作,你快去外面玩。"

孩子乖巧地走出去,阿依夏木抱歉地对我微笑:"孩子幼儿园放假,只好待在这里。他爸爸在老板住的小区做保安,孩子在这儿一般就在院子里自己玩。"

我问:"你带着孩子上班,老板愿意吗?"

她眼睛里带着笑意:"我们老板人可好了,我三年前和她一起干的时候,我们还没有厂房,我就带着孩子和她一起在她家里包皂师做好的皂，孩子就是在她的眼皮底下长大的。我孩子的衣服、用具都是她给买的，她还带着孩子吃他从来没吃过的好吃的。以前我家是贫困户，就靠我老公一个人养家，我们从来不在外面吃饭。我们老板没少关照我们，我跟着她干，工资比我老公还高，所以我们现在早就脱贫了。我家儿子喜欢我们老板，叫她'阿帕'（妈妈），叫我'阿娜'（母亲），把她也当作自己的妈妈呢。刚才又跑来问阿帕怎么还不回来呢！"

阿依夏木讲得有些动情，而我的内心也有些震撼。这究竟是个怎样的女子，以他乡为故乡，与一个素昧平生的维吾尔族家庭处得胜过一家人。我向阿依夏木打听，怎么样才能见到他们老板。阿依夏木有些为难的样子："我们老板特别忙，而且她也不太喜欢记者采访她，我只能等她回来跟她说说看。"我再三向阿依夏木说明自己不是记者，我只是一个作家，只是想知道发生在这片土地上的故事。

阿依夏木似懂非懂地看着我，始终没有明白记者和作家的区别。我笑笑也不再解释。是啊，很多作家深入生活之后并没有能够提炼生活，做到让艺术来源于生活又高于生活，而成了一个真实生活的记录者，真的让自己成了一个"记者"。我又怎么能苛求阿依夏木明白他们两者之间的区别呢！

阿依夏木带着我转遍了皂厂的角角落落，最后进入的是晾晒区。这是工厂最重要的一个区域。温度、光线都要严格控制，"岳公主"要在这里静静地睡够四十五天，才能穿上她美丽的衣服，从这里走出岳普湖，走出新疆，走到每个向往她的人的身边。驴奶只有三个小时的保质期，所以驴奶皂的制作便是在三个小时里争分夺秒完成的。而作为纯天然的产品，如果没有这四十五天自然温度的晾晒，那么皂体会从内部发生变质，还会在运输过程中因为挤压而变形。据说，南方刚开始起步的时候就因为没有合适的晾晒条件而造成了巨大的损失，曾一度让她有了退却的念头。

　　进到这里，阿依夏木就不再说一句话。而我也在谜一样的静谧之中看到了"岳公主"袒露着美玉一样光洁的肌肤静静地熟睡在一层层整洁的架子上。那个我每天用来洗脸的看似普通的驴奶皂，在这里忽然变得如此圣洁而美丽。我静静地站在那里，心里百感交集，这个飘着淡淡奶香的"岳公主"，我想揭开你神秘的面纱，让世人去了解你，让世人知道在遥远的新疆，在那个叫岳普湖的地方有着怎样一个传奇。

三

　　岳普湖县的领导知道我想了解驴奶皂的故事，千方百计地联系了远在北京忙碌的南方，南方却婉拒了我的采访。想起她是做经纪人出身，如果需要宣传，她有着强大的资源，我心知肚明却还是觉得遗憾。我在心里暗下决心，一定要找机会见她，去了解她和"岳公主"的故事，并把这个故事告诉世人。

　　回到酒店，我便开始翻阅各种资料，想从侧面了解这个传奇。功夫不负有心人，终于看到一个"岳公主"选拔赛的报道。报道对大赛本身没有做过多的描述，但我依然从那些闪闪发光的明星阵容和图片中感受到作为曾经的经纪人的南方为这次大赛付出的心血。从时间上推算,我在北京机场偶遇帕尔哈提时应该便是他刚刚助力这次选拔赛之后飞往北京吧。我不追星,却对帕尔哈提有着一种独特的好感。也许是因为他的沉静,也许是因为他对音乐的热爱和追求,也许是因为他独特的嗓音。我在飞机上偷偷打量他,想悄悄拍一张他的侧影,却又觉得这是对他的不尊重,终究作罢。而他在我一再地注视下,终于不自在地扭过脸去。在浮躁的娱乐圈,还能害羞的人,内心该是多么纯净。而这样一个纯净的人,如果没有什么特别的理由,又怎么会千里迢迢来到岳普湖为一个名不见经传的品牌代言。如果不是感动于岳普湖的一切,又怎么会在选拔赛上说出:"我特别希望,如果可以的话,我特别希望明年在岳普湖搞一场演唱会。"

虽然我们强烈反对娱乐至上,但明星效应却不容忽视。试想,岳普湖有五万多头"疆岳驴",毛驴的数量和品相都堪称新疆之最,却仍然没有太多的人知道岳普湖,但如果帕尔哈提真的在岳普湖举办了这场演出,再配上恰到好处的宣传,岳普湖会不会因此而得到更多的关注呢?在这个谈娱色变的年代,我们是否考虑过怎样让明星效应更好地服务于这个时代呢?

回到这场选拔赛本身,对于"岳公主"而言,已不是一场娱乐大众的选秀活动,而是为了一个地方品牌能走出岳普湖、走出新疆、走向全国、走向国际的一个大胆的尝试。很庆幸岳普湖县有独到的眼光和远见,支持了这样的一次尝试。在图片中看到县长参与了颁奖活动,据说那天他还是从一个会议上风尘仆仆赶来,连衣服都没有来得及换就上台颁奖。那是岳普湖历史上第一个声光电的颁奖盛宴,请来了许多本土著名音乐人和国内著名歌手，阵容堪称强大。去过现场的人至今还津津乐道。也许，时间会冲淡一切回忆，但每一次尝试和努力都会成为时间长河里那块沉甸甸的石头，让每一份坚守都成为持久的回声响彻在历史的深谷。

那年获得冠军的最美"岳公主"代言人是年仅十岁的阿伊谢·艾麦尔，岳普湖千千万万个普普通通没有接受过任何专业训练的维吾尔族少女中的一个。见到她的时候，她正在让妈妈改一条裙子。那是一条漂亮的印度舞的演出服。

阿伊谢的妈妈听说我是专门来找她们了解阿伊谢夺冠的经历的，赶紧停下手中的活儿，给我端来茶水。阿伊谢的妈妈在阿伊谢成为"岳公主"代言人之后，为了让她有机会学习才艺，在县城开了一家裁缝店。靠在妈妈身边的阿伊谢皮肤有点黑，五官不是属于特别精致的，但是越看越耐看，很有自己的特点。我看着她有些出神，这样一个孩子，如果能好好培养，岳普湖也许可以走出一个明星。而一个普通的农家姑娘这样的成长经历又将激励更多的人为走出去的梦想拼搏。

阿伊谢的妈妈指着手里的裙子说："这是夺冠那天南方阿姨送给孩子的裙子。才过去一年就短了一截，这两天学校有演出，这裙子质量好，县城里也没卖这种裙子的，我想办法给她改改。现在我家阿伊谢是小明星了，县上有比赛和演出，学校都派她去。她以前特害羞，不敢在人前说话，现在多大的比赛她都敢去呢。上次他们北京来了造型师，她南方阿姨还接我家阿伊谢去认识了好多北京来的人，又在喀什转了好几天。回来后我们阿伊谢说她要好好学习，好好参加演出，以后要成为迪丽热巴那样的明星,把岳普湖的故事演成电影,让全世界的人都知道我们岳普湖,知道我们新疆呢!"

我停住手中的笔,笑着看阿伊谢。似乎是为了肯定妈妈的话,她点点头,眼中透露出一种神往。是啊,时代的发展为这个小小的县城提供了种种可能,也为一个农家姑娘的梦想注入了活力,也许真的有一天,这个小姑娘会成为时代的宠儿,在国际大舞台上闪闪发光,让更多的人了解新疆,了解中国。

四

"岳公主"的诞生并非偶然,岳普湖的"疆岳驴"驴奶为"岳公主"的诞生提供了丰富的驴奶资源。而"疆岳驴"的故事更是岳普湖人的一部奋斗史。翻开《岳普湖县志》才知道,岳普湖在1958年就先后八次从陕西引进六十五头优质关中种驴,以关中驴为父本、新疆驴为母本改良的后代驴,经过自然交配,按照选种、配种、接驹分等级等技术培育出了"疆岳驴"这一新品种。2000年岳普湖县"疆岳"牌毛驴被国家商标管理局注册命名。岳普湖的疆岳驴品系纯正、数量多,繁殖已成规模,2001年,岳普湖县又被农业部授予"中国毛驴之乡"的称号。到今天,岳普湖县养殖毛驴已经有了六十年的历史。曾经,高大的疆岳驴是重要的交通工具和耕地工具。随着时代的发展,电动车、三轮车和机械化的农具逐渐取代了驴的传统功能。勤劳的岳普湖人却并没有让疆岳驴因此退出历史舞台。这些年来,县里依托疆岳驴品种发展差异化养殖业,鼓励农民通过合作社的形式养驴，又从疆外招商引资，吸引企业入驻并研发了疆岳驴驴产业链系列产品。驴奶皂、驴皮、驴肉、驴奶粉的出现让驴的价值又重新被开发，驴产业成为岳普湖县精准扶贫的重头戏。

看到一些人靠着养驴摆脱了贫困，越来越多的人便开始效仿，渐渐地岳普湖几乎家家养毛驴，户户有驴奶。南方的皂厂据说与一百多个散户签订了长期收购驴奶的协议，不但让很多勤劳的农民彻底摆脱了贫困，也为县上的脱贫攻坚工作提供了不小的支持。我开始理解皂厂对于岳普湖的意义，也似乎明白岳普湖人对"岳公主"的依赖。

岳普湖在夕阳西下的时候最美，我沿着酒店门口的小路散步，远处的沙枣花正在盛开，微风送来阵阵花香，让我想起花香扑鼻的童年。听到毛驴的叫声，我信步走进一个院门大敞的农家，看到院子里拴着两头毛驴。这是我第一次近距离地看到疆岳驴，的确高大而帅气，想到它们为这块土地创造的价值的确不容小觑。难怪当地人亲切地称它们为毛驴中的"高富帅"。

疆岳驴虽然身形高大，但脾气却很温顺，看到我站在旁边久久地注视它们，那头母驴还亲切地冲我伸过头来。我笑着拍拍它的头，它便温顺地往后退了一步。公驴上前一步，亲昵地闻闻母驴的脖颈，看来是一对情侣。

我轻轻走出院落，走向远处的沙枣树林。花香越来越浓郁，香得让人乱了脚步。据说，皂厂的皂师正在尝试将沙枣花作为原料之一用于驴奶皂的新品研发上。想到那块美玉一样的"岳公主"如果再飘着沙枣花香，那该有多美。

晚霞铺满岳普湖的天空，我走在沙枣飘香的小路上，偶尔看到几头低头吃草的驴，傍晚的岳普湖，静默如谜。劳作一天的农人，坐在自家的门前享受傍晚的微风。我望向天际，明天的岳普湖又将是艳阳高照的日子。

五

对那个叫南方的女子始终好奇。是什么原因让一个生活在政治经济文化中心且有着还算不错的事业的女子，义无反顾地来到这个叫岳普湖的地方，执着地书写"岳公主"的传奇呢？

我找到她的微信，表达了一定要去岳普湖找她的愿望，她答应着，却也并不很热络的样子，她的微信朋友圈也始终对我关闭。我计划了几次要去找她，却终究未能成行。有一个周末，却意外地收到她的微信，说她来乌鲁木齐市办事，如果有空可以见一下。我感觉得到她的犹豫，便以最快的速度赶到了她住的酒店。

见到她的样子有些意外。她坐在一楼的茶座，素面朝天，穿着宽大的衣裙，和想象中的经纪人或者女企业家的形象相去甚远，朴素得就像邻家姐姐。我们相视而笑，仿佛相识已久。我们坐下来，点过茶点就聊开了。

想起她的低调和对采访的反感，我一边东拉西扯，一边考虑如何切入主题。她却拿出东北人的豪爽，说她是被我的诚意打动，才借着来乌鲁木齐市见见我，问我想要了解什么。我讲了我对她和"岳公主"的好奇。作为一个地方品牌，"岳公主"又将如何走出岳普湖，走出新疆，走向更广阔的天地。她莞尔一笑，讲起了她和"岳公主"的故事。

南方最初对于新疆的认识和大多数人是一样的，遥远、神秘。在占祖国国土六分之一的土地上生活着一群能歌善舞的人。也许因为是经纪人的缘故，南方更多地关注着舞台上的新疆。真正开始了解新疆，是从旗下的新疆艺人开始的。那个极具天赋的音乐人，因为独具特色的新疆气质受到了很大的关注，也因为不加雕琢的新疆性格经历了很多难以想象的困难。南方陪着他一路走来，从他身上感受到一种新疆人特有的个性——善良、勇敢、坚韧、乐观，即使是在娱乐圈那样的复杂环境中依然保持着一种难得的纯净。这片土地赋予人的精神气质让南方对新疆产生了浓厚的兴趣。借着组织旗下的艺人到新疆演出的机会，南方一次次来到新疆，乌鲁木齐、喀什、克拉玛依都有着她的足迹。她深深被这片土地震撼，也开始被这片土地上生活的人们深深打动。她的心里开始有了一种为这片土地做些什么的愿望。

旗下的艺人听说她的想法，便找来自己在县上工作的亲戚，给南方介绍近些年新疆的发展和变化，给南方介绍各种援疆项目的输入带给新疆的活力，讲新疆人的拼搏，新疆人的梦想。南方再一次被他们对这片土地的热爱打动。但是商机何在？在如此遥远又并不熟悉的土地上做成一件事又谈何容易。北京的事业能否兼顾？如果真的抛家别子来到这里，能否成就一番事业，不辜负这片土地上的人们的期待？南方陷入了深深的思索之中。

偶然的机会，南方用到了新疆的朋友送的一块驴奶皂，大为惊讶。虽然那块驴奶皂包装非常简陋，但洗过脸之后的滋润和舒适却是之前使用过的很多一线品牌都无法比拟的。南方在连续使用一周后，向朋友打听驴奶皂的出处。于是从朋友那里听到了被称为"中国毛驴之乡"的岳普湖。在南方的想象中，岳普湖应该是有一面湖水的美丽的县城，所以才会有那么好的驴奶皂。如果来到这里，远离大城市的喧嚣，经营一份小小的事业，和这里纯朴的人们一起安安静静生活，又何尝不可以呢？十几岁辞去稳定的工作，去北京拼搏二十余年，从一个年轻的北漂一族成为一个事业有成、生活稳定的北京人的南方，第一次产生了换种活法的念头。也许是旗下的新疆艺人还有通过他们认识的新疆朋友眼中的纯净以及他们对家乡的热爱、对外面世界的向往让南方的这一念头变得清晰起来。是啊，在这个古代丝绸之路上的多元文化荟萃的地方，充满了真诚和包容。如果做事业，这里有着丰富的资源。如果想远离喧嚣，这里有着苍凉和静美的生活。人到中年的南方，知道自己的念头并非来自一时的冲动。然而，做出一个决定并不容易，将这个决定变为现实更不容易。

当南方回到北京，把要去新疆发展新事业的想法和盘托出的时候遭到了家人的强烈反对。一直做生意的弟弟也对新疆的投资环境以及在新疆做轻奢品的现状做了深入的调研，提出了并不乐观的前景分析。南方权衡许久，决定先从代工的形式做起。2016年，南方千里迢迢来到岳普湖与当地的皂师签订了代工协议。没有想到仅在圈子里的艺人中驴奶皂就已经供不应求。南方对驴奶皂的品质和包装有了更高的要求。然而驴奶皂的晾晒需要四十五天的周期，对温度、湿度都有很高的要求，这是普通的作坊式的手工生产无法满足的。其间，因为晾晒得不充分也给南方带来了很大的损失，南方进入了进退两难的境地。

那时的岳普湖县为了吸引投资，就地解决就业，修建了一些卫星工厂，对其他省市的投资者提供三年免租等优惠政策。县上的领导听说了南方想为县上做点什么的打算，热情地向她发出了邀请。此时的南方，顾不上家人的反对，孤身一人踏上了西去的航班。说到这里，一直恬静克制的南方有些动情，她说："你真的不知道那种感觉，我的确没有雄心壮志，我真的只是感动于新疆人对自己家乡的热爱，震撼于当地人做生意的不易，惊讶于在看似贫瘠的土地上有着那么好的东西和资源。我如果不是对产品有足够的信心，我是真的不可能不顾一切来到这里的。"

2017年10月，南方幸运地拿到了位于岳普湖县城的卫星工厂。这时的南方已在岳普湖生活了几个月。虽然之前和皂师接触时她来过几次岳普湖，但真正生活在这里，心里的落差、生活上的不便利都让她难以适应。一个长期生活在北京的人，岳普湖的落后和自然条件的恶劣都远远超出了她的想象。一年长达三四个月的沙尘天气让时间变得格外漫长。以前面对的是光鲜亮丽的艺人，现在面对的却是漫天的风沙。多少个夜晚，她望着遥远的星辰思念着远在千里之外的家人和孩子。多少个清晨，她揉着因失眠而酸涩的眼睛扪心自问：这样的选择究竟是对还是错，自己究竟还有没有勇气一直坚守。

那是第一次在岳普湖过中秋节。哈尔滨的老字号月饼店的老板打来电话，问她今年是否还订那么多月饼。她一下子想起往年总是会订一批月饼送给亲人和朋友，然后在节日那天大家热热闹闹一起过节。那一刻她忽然格外地思念家人，思念曾经和她朝夕相处的艺人和同事。她告诉老板今年多订几十盒，寄到岳普湖。几天后的中秋节，月饼如约而至。南方将月饼送到附近的警务站和社区，他们的辛苦南方时时看在眼里，和他们一起过节让南方暂时放下了思念和伤感，在遥远的岳普湖找到了另一种亲情。说起这些，南方的眼里浮起隐约的泪光。这个时候，在我的眼里她不再是一个女强人，而只是一个柔软的充满烟火气息的小女人。

庆幸的是县里上上下下都很关注她的事业，让她一天天走过最初的艰辛岁月。第一次走进五百平方米的大厂房，欣喜之余更多的是有些不知所措。她站在空旷的厂房里，暗暗下定决心，不管外面的世界多么荒凉，她要给自己的产品修建一座宫殿，在这个美丽的宫殿里安放她的梦想。于是就有了之前阿依夏木告诉我的那次长达半年之久的装修，诞生了之前我去过的那个最具文化气息的皂厂。与其说那是一个工厂，倒不如说那是一个美丽的置梦空间。说起皂厂，说起她的梦想，南方不再像初见时那般矜持，就像一个幸福的母亲，滔滔不绝地讲起自己的孩子时一样。

讲起"岳公主"的命名，讲起品牌logo的设计，南方都亲自参与每个细节，从浩如烟海的名字和设计中选择并注入自己的理解，那份用心让我心生敬佩。讲起达瓦昆的公主湖带给她的命名的灵感，讲起自己的散文《因为一个梦，爱上一座城》，她又俨然是一个诗人。讲起她为"岳公主"专门邀请援疆总指挥张明平作词，请专业的团队谱曲，并请著名歌星演唱打造的《岳公主》，她的梦想又多了一层绮丽的色彩。她轻声哼唱其中的段落，快乐得像个孩子。

看到我眼中的赞许，她有些不好意思起来。轻声说："对不起啊,我在岳普湖每天忙着工作,有的时候十天半月说不了几句话,我都不知道自己是否还有倾诉的冲动和能力了。"我心里划过一丝心疼,一个曾经终日忙碌于各种舞台,与光鲜亮丽的艺人交流的女子,忽然抛下一切舞台的光影,来到这片苍凉的土地,默默咀嚼所有的寂寞,那该需要多么大的勇气。

她喝口水,沉默了片刻,恢复了她的干练。她和我说起品牌,她有着自己的构想和宣传推广的长远的计划。"岳公主"作为一个民族品牌,有她自己得天独厚的优势,也有着地缘上的弱势。所以将她打造成一个走出新疆,走向全国,甚至走向世界的民族品牌,让"岳公主"成为真正的传奇虽然长路漫漫,步履艰辛,但也并非没有可能。

说到每年5月10日被设立为"中国品牌日",她的言语间充满欣慰:"这是国家对品牌策略的重视,也意味着国家对产品品质的追求。所以,'岳公主'要成为传奇首先要做的是提高质量,接下来才是品牌的推广和销售。"她耐心地和我分享她的每一步计划、每一个设想,并不担心我将她的商业运作公之于众。她不信任宣传,不愿意接受采访,却愿意相信一个素昧平生的写作者。她的性格里有一种天然的心无城府的浪漫,也许这种精神气质与新疆大地的质朴宽广有着一种天然的契合,也便注定了她最终逐梦新疆。

说起她和当地人的故事,她满怀深情,仿佛她已在这里生活了半辈子。我问到她对员工甚至路人的帮助,她轻描淡写,只将悲悯深藏在内心。说到为岳普湖培养明星,她侃侃而谈,那是她的另一个梦想,而这个梦想依然和岳普湖的明天息息相关。说到家庭、说到孩子、说到爱人，她沉默片刻便能找出开解自己的理由，对他们的愧疚却藏在她的眉梢眼角。说到"岳公主"，她又恢复了她的自信从容，这时她又是那个为梦想而战的斗士。

　　夜色悄然而至，我知道晚上她还有一个重要的会面。我向她告别，她让我稍等一下，她要换好衣服和我同行，我重新坐下来，不一会儿她便下了楼，穿上高跟鞋，换了中式长裙的她高挑，美丽。岳普湖的风沙并没有在她脸上留下太多的痕迹。也许这是"岳公主"对她的馈赠，一个心中藏着美好，并为了一个美好的梦想千里迢迢来到这里的人，理应得到这样一份馈赠。

　　我们在城市的夜空下依依惜别，我望着她的背影陷入深思。我在心中默默祝福她，希望美丽的岳普湖能安放她的梦想，希望美好的新时代能够成全她的梦想。"岳公主"不是神话传说，她注定会成为一部传奇。而生活在这片土地上的人们，那些为了或大或小或远或近的梦想努力奔跑的人们又何尝不是一部部传奇呢？

君乘白马去

听到将军离去的消息的一刹那我并未落泪。将军一生洒脱，不喜悲悲切切、哭哭啼啼的。我站在正午的暖阳里，向着西天的方向道一声"珍重"。也许，那时候我心中并不相信他已离我而去。这一年，先后告别了几个生命中重要的人，我已经可以坦然面对人生的不断失去。唯有将军，是我要写下一些文字的，因为太多的话都还没有来得及说。

一

二十几年前，我还只是一个站在文学殿堂之外，满怀敬畏地踮着脚向殿堂内张望的女子。有一天，诗人沈苇邀请我参加一个晚宴，并告诉我周涛会来。那时候，周涛在我的心目中是神一样的存在，我激动得有些神情恍惚。

将军似乎刚从一个正式场合出来，穿着军装，英姿飒爽。我被安排坐在他的身旁，他的气场让我不敢看他。当介绍我是哈萨克族诗人时，他轻描淡写地看了我一眼，就忙着接受大家的赞美和膜拜了。我被深深地忽略，因为感到有些受伤，于是我无聊又有些赌气地开始大吃大喝。

除我之外的每个人都饱含深情地赞美他，而他也毫无选择地照单全收，甚至还热烈回应。我忽然对他有些失望，便轻轻叹了口气。也许是我的叹息让他想起了我，他忽然扭过头问我："你写诗吗？"

我还沉浸在对他的不满和失望中，随口说："不写。"

他又亲切地问我："写散文吗？"

我又没好气地说："不写。"

他也有些不快，又问我："那你写什么？"

我垮着脸，赌气说："啥都不写。"

他再没理我。

我也再没有和他说一句话。事实上，将军一直滔滔不绝，谁都没有插嘴的机会。我好不容易在他喝水的间隙，站起身，给大家敬了一杯茶，然后告辞。

我走在夜色里，沈苇大约察觉了我的不高兴，发来一个短信致歉，我也回复了短信，大意是：以后这种陪大人物吃饭的场合就别再叫我了。那时候的我又敏感又骄傲，浑身是刺。似乎之后的什么时候，沈苇也暗示过那是周涛，不是什么一般意义的大人物，我虽然没有说什么，但心里觉得周涛不再是神了，年少轻狂的我并不真正明白周涛之于新疆文学乃至中国文学的意义。

二

几年后，一个对将军崇拜至极的作家听说我和周涛将军有一面之缘就央求我引荐。那时的我已经出了两本书，觉得自己终于有资格以作家的身份去拜见他了，于是相约一起去拜访他。

那时他已退休，是自治区文联的名誉主席，于是我在单位的通讯录上找到他家电话，并打电话到他家，礼貌地表达了想去拜访他的愿望。他问我："你是谁？"

我柔声细语地做了自我介绍，他嘟囔着："阿依努尔，阿依努尔……"然后说："我又不认识你，你就别来了啊。"

我才尴尬地说出"好吧"，他就很快挂断了电话。我有些恼火，以为他想起了我当年对他的不恭，故意让我难堪，于是更坚定了要去见他的决心。

无巧不成书，第二天中午和时任新疆艺术杂志社社长的黄毅老师吃午饭时就听说他当天下午要去拜访周涛老师。我于是嚷嚷着要一同前往，黄老师欣然允诺带我同去。

于是，那天下午我得以在时隔多年后再次见到将军，并由此开始了与他延续至今的深厚情谊。也是在那一天，我知道了他并没有认出我，他在电话里拒绝我哪里是为了让我难堪，是我自己以小人之心度君子之腹罢了。从此，我才真正开始了解他，景仰他，并从此尊称他为"将军"。虽然，他每次都会不以为然地说："我是个没有打过仗的文职将军。"可在我眼里，他是横刀立马，指挥着万千汉字的顶天立地的英雄，是我心里永远的将军。

他的可亲可敬，他的才华横溢，他的耿直洒脱，他的有趣的灵魂，他的遗世而独立，都让我深深感叹和崇敬。而他对我的欣赏、宽容，甚至是一种娇纵，让我感觉他就是我在人世的一个亲人。这一刻，当我写下这些，我忍不住失声痛哭，依然不能接受他真的就这样离我而去了。

往事并不如烟，一件件一桩桩，都深藏心底。那些看似微不足道的小事织就的回忆，都弥足珍贵。我竟不知从何说起。

三

自从马文老师眼睛出了问题，将军就很少长时间外出了，即使外出吃饭，他也不会耽搁太久，虽然他俩在家总是互相嫌弃的样子，但我知道他们感情极好。马文老师一直像宠孩子一样宠着他，以至于他连燃气灶怎么用都不会。他后来耳朵不好，我去他家就常和马文老师聊天，他就很不高兴，问我："你是来看我还是来看马文？！你俩聊个没完没了，我啥都听不见！"

马文老师就将我们聊天的内容大声重复给他听，他一边骂骂咧咧，一边也加入我们的话题，有时也抱怨我，说话有气无力，不像个哈萨克族人。还不等我开口，马文老师就会代我反击，而我笑眯眯地看他俩像小孩子一样吵嘴，心里着实羡慕他们，他是她的眼睛，她又是他的耳朵。

逢年过节或者保姆休息的时候，我会像回娘家一样跑去将军家，有时是一个人，有时带着儿子。逢年过节还好，保姆不在的时候，他俩着实寂寞和不方便。记得第一次带儿子去他家，心里有些忐忑，总听说将军不喜欢小孩子，尤其是淘气的孩子。我家孩子虽不算淘气，但总是语出惊人，也不知道他的小脑瓜里想些啥，经常搞得我措手不及。

儿子那时也就五岁吧。那时的他是个军事迷，家里有各种各样的仿真枪和各种兵器知识的书。听说要去周涛将军家，他开始在他的"武器库"里精心挑选"枪支弹药"，大有要和"将军"一比高下的阵势。我劝说半天，并以大门口的哨兵会没收他的"枪支弹药"为由，让他放弃了"持枪"去将军家的打算，但他执意拿了一本《兵器知识》，我也只好随他。

看到大门口的哨兵严格履行程序后放行，儿子很兴奋。觉得将军家果然和一般人家不同。等进了家门，他更开心了，问候过将军和马老师就开始在家里走来走去地"视察"，然后大声对我说："这么大的房子，爷爷和奶奶两个人住太寂寞了，干脆我们搬过来一起住吧。"

将军和马老师哈哈大笑，我尴尬得不知说什么好，只好不停给儿子倒水喝。将军看我尴尬，便带着我儿子去看养在二楼的乌龟，儿子高兴地跟着将军上楼了。我坐下来和马文老师聊天，不时听到楼上将军爽朗的笑声。马文老师感叹："还没哪个小孩能让他这么开心！"

不一会儿，将军哈哈笑着和儿子下了楼，我放下心来，去厨房帮忙，等我回到客厅，看到儿子正拿着他的那本《兵器知识》考将军："爷爷，这是什么枪？它有啥特点？"

将军顾左右而言他，儿子步步紧逼："爷爷快说嘛，这是什么枪？"我赶紧上前，正要训斥儿子没规矩，将军呵呵笑着说：

"是不是要吃饭了？"儿子看我沉着脸，也乖巧地起身和将军走向餐厅。席间，他指着我儿子对我说："你儿子聪明，将来一定会有大出息！"我喜形于色，却也有些装腔作势地说些谦虚的话。他撇撇嘴，说我不像个游牧民族，尽说些没意思的话。我只好不再说话。

他又对着我儿子说："你妈当年敢在我的饭局上拂袖而去，你第一次上我家就敢考我，你和你妈一个样儿！"我儿子不明就里，脆生生地问他："啥叫拂袖而去？"他笑着把当年的故事又讲了一遍。那时，他早已记起了当年的事，在不同的场合说起这事，经常指着我给人介绍：她就是那个"拂袖而去"的丫头！我也从最初的局促不安到了现在的安之若素。将军懂我内心的骄傲，也愿意成全我的骄傲。

那天回家路上，儿子跟我说："妈妈，周涛爷爷连M16突击步枪都不认识，怎么会是将军呢？"我说："他是文职将军，他的武器是笔，不是刀枪。"儿子明显有些失望，我也明白自己无法跟五岁的儿子讲明白文职将军以及文字的力量这样的话题，只好跟他讲："周涛爷爷是最最了不起的人，你长大了就明白了。"

儿子上学后成绩一直很好，作文却一直是他的弱项。有一天他感叹道："周涛爷爷真的太了不起了！写作文居然能写到将军级别！"从那以后，再说到将军，小脸上就多了崇敬之情。我哑然失笑，不知道将军听到这样的赞美，究竟会高兴还是会恼火。

儿子考上高中后的一个周末主动要求去看将军，我欣然带他前往。

记得那天天气很好，远远看到我和儿子进了院子，将军就笑

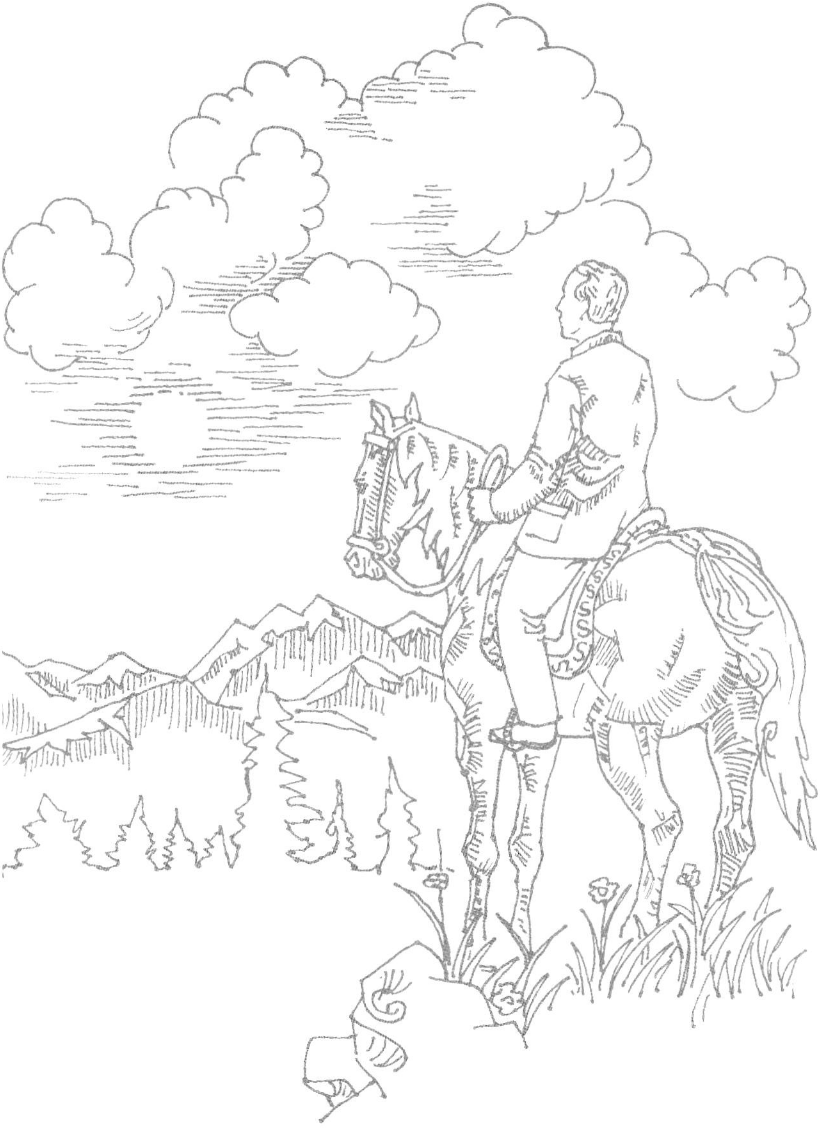

呵呵地迎了上来,一边感叹儿子的个子又见长了,一边对着马文老师嚷嚷:"这小子长得真快,都要超过我了。"

我笑着说:"哪有您高!"

他拉过我儿子,背对背站在一起,认真地说:"怎么不高,就是比我高了。"

马老师也附和:"叶阿乐才多大,还要长呢。"

听到儿子中考成绩,知道他考的是自己心仪的高中,学的还是德语,他俩开心不已,又轮番表扬他,儿子高兴得眉飞色舞,和他们聊得不亦乐乎。将军感慨:"当年你妈拂袖而去的时候还是个没成家的丫头,转眼儿子都这么大了!"

我的眼前浮现起他那时身着军装、英姿飒爽的样子,不知怎么,忽然鼻子一酸。

四

将军曾说文学是他的信仰,他一生都坚守着他的信仰。在摘得诗歌和散文的桂冠之后,古稀之年的他写出了他的第一部长篇小说。有一天,他忽然在微信里跟我说,想让我看看他的长篇小说,提提意见。我有些受宠若惊,于是花了两天时间,一口气读完了《西行记》(当时篇名是《混沌初开》),并认认真真地提了八条修改意见。我发微信表达了小说带给我的惊喜,同时也把我的修改意见给了将军,将军表示了感谢,也认可了我阅读的细腻和专业。我于是无比快乐地期待着这部作品的问世,书一出来他就送了我一本,我迫不及待地读了一遍,却发现我的意见他一条都没有采纳。

我恍然大悟，他发给我无非是需要我的肯定，毕竟那是他的第一部长篇小说，毕竟那是他在古稀之年还在寻求的一次改变和突破。我居然那样吝惜我的赞美之词，居然还给他提了八条修改意见！我为我的后知后觉追悔莫及，再见到他时，我忐忑地想表达一下自己的歉意，他拍拍我的肩膀，说一句"傻丫头！"便一笑置之了。

将军对我的写作却一直是鼓励并期待的，他常拿李娟激励我，说的最多的就是："你看看李娟……"我每次只好支支吾吾。他知道我在写作上的不自信，也总是用他的方式肯定我。一次，我写了一首诗，自己感觉比较满意，就用微信发给他，他表示非常喜欢，我想也许是为了鼓励我，也没太当回事。过了几天，他忽然发了几个微信聊天截图，我认真看了，才明白他把这首诗发给几个朋友看了，谎称是自己写的，得来了一片赞誉。他把那些赞美都发给我看，继而又说到这首诗的好。我知道他的用心，感谢的话却终究没有说出口，只是已经不再写诗的我从此又开始写诗。每一次写了自己满意的诗歌，就用微信发给他，然后像等待糖果的孩子一样等待着他的表扬。有的时候他也会提出一些不足，但更多的是肯定，于是，写作之于我也变得幸福且甜蜜了。

而对于阅读的交流，将军则给了我更多的信心，他时常感叹我阅读的多样、深入和细腻。说我一个哈萨克族人，能吟诗作赋，还能读《静静的顿河》，确实不一般。我何其有幸，能得到将军赞赏的人并不多，而我却得到过他那么多的赞美。

五

　　将军过世那天,我并没有哭。我流泪是在殡仪馆里听到将军的女儿毛毛的哽咽之后,是在看到将军的遗容之后。而在追思会上,大屏里滚动的陈志峰先生拍摄的将军的那些照片让我几乎泣不成声,那时候我才真正感受到他真的离我而去了。

　　将军一生喜欢马,将军在世时出的最后一本书是《白马夕阳》。将军每出一本书都会郑重地签名后送我一本,唯有这一本他没有送我,我便总是想象一幅画面——夕阳中骑着白马的背影。而在我泣不成声的那一刻,脑海中浮现的那个背影逐渐清晰……

　　离别终究来临。

　　君乘白马去,再无相见时。

哦，古丽

在去麦盖提之前，我度过了几个辗转反侧、难以入眠的夜晚。毕竟自从大学毕业我就再没有过过集体生活。虽然之前的几次结亲让我对南疆农村有了一些初步的认识，但真正走入亲戚家中与他们朝夕相处，和他们融为一体，我的内心真的是忐忑的。

伴随着麦盖提的第一场雪我们到达了恰木布鲁克村，住到了亲戚努热曼古丽的家中。就这样我认识了恰木布鲁克村的第一朵"花"——努热曼古丽（"古丽"在维吾尔语中意为"鲜花"）。这个生于1985年的姑娘，已经是三个孩子的母亲了，老大和老二是一对十二岁的双胞胎儿子，老三又是个儿子，不满三岁。像所有南疆的维吾尔族妇女一样，她的淳朴写在她的脸上。我们在村委会门口相视一笑，我忐忑的心就一下子落到了实处。

这是一个并不富裕却充满希望的家庭。男主人早出晚归地去打工，两个十二岁的孩子每天去学校读书，回家就安静地做作业、看电视、照顾小弟弟。我亲切地把他们称作"巴拉木"（我的孩子）。我呼唤他们的时候，他们害羞地应一声，然后该干什么干什么，乖巧得让人心疼。男主人和两个大点的孩子白天几乎不在家，我的大部分时间便和女主人努热曼古丽在一起。她话不多，总是腼腆地对我笑，好奇地看我洗漱、化妆，听我和自己的家人在电话里用哈萨克语聊天。她充满好奇，却从不询问。她的羞涩也让我变得含蓄起来，不忍打破她与世无争的平静。那么多天的朝夕相处中，她说的最多的几句话就是"让你们受冻了""让你们受累了""没有照顾好你们"。那不是客套，是一种发自内心的歉意，那种真诚和谦卑时常刺痛我柔软的内心。我问她对生活的感受，对明天的向往，她的眼神中闪过的知足、幸福、感恩比她的语言更为生动。她会用最简单的语言描述她的新房、她的羊，党和政府带给她的变化以及她的感激之情。在她的面前，我一天天失去了自己的优越感。和她相比，我拥有的何其多！可我，早已经习以为常。当我在城市，为遭遇的一次冷眼、一句冷语夜不能寐的时候，她在乡村已因为一天的辛劳酣然入梦；在她对那些有限的拥有感激不尽的时候，我却在为无限的需求心生烦恼；当我随手送给她一件没有摘去吊牌就已经被我淘汰的新衣的时候，她欣喜的眼神忽然让我不能直视。

　　历史以惊人的相似重现，想起书上看到过的知识青年上山下乡接受再教育，那个火热的年代里火热的青春。结亲的意义在这一刻变得丰富起来。我还没有来得及向我的亲戚宣讲政策，我的亲戚就以她生活的真实为我上了一堂课。让我看到自己"皮袍下藏着的那些小"，让我为自己那些不接地气的文字汗颜，也让我对这片曾经陌生的土地有了莫名的牵挂。

　　巴扎日那天，我们想给这个贫寒的家庭添置一些生活用品，于是提出让努热曼古丽和我们一起去巴扎购物。知道我们要给家里买东西，她小声但坚决地拒绝了，我们只好自己结伴去巴扎购物。巴扎里热闹非凡，应有尽有，到处是和亲戚们一起逛巴扎的同事。我们抓紧时间买了些我们认为家里最需要的日用品便匆匆赶回去。家里只有三个孩子，女主人努热曼古丽并不在家。我们和孩子们一起吃过巴扎上买来的烤包子，把买来的东西放在新房里，那些小炕桌、案板和锅碗瓢盆一起静静地待在那里，和我们一起焦急地等待着女主人惊喜的目光。

半个多小时后，随着电动车停车的声响，努热曼古丽匆匆跑进来，从紧紧抱在怀里的包裹里拿出烤肉、烤鱼、有些昂贵的麻糖、切糕……她只简单说一句："快趁热吃吧，我去烧点茶。"我们三个愣在原地，忘记了要给她展示的那些"惊喜"。在寒冷的冬天，为了让我们吃顿巴扎上的好吃的，她骑着电动车，买了那些好吃的，揣在贴着胸口的包裹里，风驰电掣地赶回来。她的头上冒着热气，眉毛上挂着白霜，就为了让我们热热地吃上她认为最珍贵的特色美食。我们准备的那些"惊喜"落寞地待在那里，在这样淳朴而深厚的情谊映照下显得有些单薄。

我紧随她走进厨房，看到她在孩子们热切的目光中将一小袋食物放在孩子们面前。孩子们迫不及待地打开，袋子里是几小串烤肉和一些便宜的爆米花糖。孩子们欣喜地吃着，用眼神传递着喜悦……

我再也忍不住我的泪水，扭头出了厨房，努热曼古丽不安地跟出来，看着我不知所措。我第一次感觉到语言的苍白和无力，千言万语不知从何说起。我拉着她的手，一遍遍地说："妹妹，你真好！你真美！"她小心地问我："你是不是想儿子了？"我默默点头,在这个理由的掩护下尽情释放了我的泪水。她默默地看着我哭,犹豫再三,和我商量:"要不下次把儿子也带来吧,只要你不嫌弃。"我默默点头,再不敢多说一句话,生怕刚刚忍住的眼泪再次滑落。

那一晚,我又一次辗转反侧。我的灵魂在曾经陌生的土地上被深深震撼,我的心在我一直抗拒的凉薄中逐渐苏醒,我的眼睛第一次隔着尘土看到了别样的风景。恰木布鲁克的夜晚如此寂静。没有车轮滚滚,没有城市的任何噪声,而我在这样的寂静中再一次失眠。我回顾我走过的路,见过的人。我一遍遍重温我人生中的友情、爱情和亲情。哦,古丽!你已经拿出了你的所有,虽然在物欲横流的世界,显得那么微不足道,但在麦盖提无垠的蓝天下,我已经看到了你捧出的真心。任何语言和文字在那一刻都显得多余,我们原本就是亲人,只是在过去的时光里彼此失散。哦,古丽,我的妹妹,希望你的未来像鲜花一样美丽。在未来的日子,希望我们的家永远欣欣向荣,希望我的亲人永远不会彼此失散!

谨以此文献给我远方的亲人。我们的故事才刚刚开始。

奔 赴

一

接到支教通知的那一天,母亲刚刚做完手术出院,儿子则准备进入重点中学的初一年级学习。我站在乌鲁木齐的街头,马路两旁萧瑟的树木用它们的语言告诉我:这个城市的秋天已经到来了。这个我曾无数次想逃离的城市,终于要在这个秋天不动声色地送我离开了。没有想象中的如释重负,也没有想象中的豪情满怀,有的只是对家人的愧疚和依依不舍。迁徙曾是牧人的日常,作为牧人的后代,即使常年过着舒适的城市生活,也并未让我失去血液里牧人的秉性,所以对于未知的生活可能存在的艰辛我并未感到惧怕,我在几天之内做好了最充分的准备,整装待发。而我能为家人做的只是备齐了父母的药品,为不会做饭的老公和儿子冷冻了一冰柜我亲手包的饺子和我所有能想到的半成品。虽然明知道这些储备也不可能支撑很久,他们终将学会之前他们并不急着学会的各项技能。离别是伤感的,我坚持不让年迈的父母和年幼的孩子送我到机场。登机的那一刻，悲伤化作一层雾，从眼底升起。我甩甩头，想把离愁别绪远远甩在身后，我情愿这是一场美好的奔赴。我在关机前，给孩子发了微信："亲爱的宝贝，今后很长一段时间我将缺席于你的生活，我将成为几十个孩子的妈妈。唯愿我不在的日子里，你能健康快乐地生活。"飞机飞在白莲花般的云朵之上。那些云朵那么近，那么白，仿佛伸出手去就能扯下一团，想起从童年时就钟爱的棉花糖，我的舌尖忽然感觉到一丝丝若有若无的甜。多日来的种种悲伤和哀愁，对未知的生活的一些不安忽然被一扫而空，我对着机窗外的阳光和云朵微笑，心中默念：麦盖提，我来了！

二

在县城的八天集中培训让我对自己即将要做的工作有了莫名的忐忑，知道了陪伴孩子们成长并不是想象中那般简单，支教工作也因此被赋予了太多的意义和责任，我还没有来得及从背井离乡的不适中挣脱出来，又添了生怕辜负各种期待的不安。所幸，单位为我们在县城提前准备了宿舍，有一方属于自己的温暖小窝，让我在陌生的地方也有了一些安全感，知道自己不是一个人，也知道这并非无根的漂泊。正式去幼儿园报到是在一个午后，阳光灿烂，炙热得如同夏天，这是麦盖提的九月，明亮如童话。我和同事走进校园，那天是个周末，没有孩子的幼儿园静谧如梦。墙上那些鲜艳的墙绘和院里的滑梯提醒我这是属于孩子们的世界，而我像一个陌生的闯入者，用我的高跟鞋敲打着地面，引来一道道探寻的目光。值班的老师和保育员们很快安置好了我们的行李。我们握手、寒暄，努力拉近彼此的距离。虽然，明知我们都是彼此的过客。幼儿园在阔什艾肯村，距离我们住的县城大约五公里。我和同事也曾尝试着走回宿舍，却因幼儿园门前那条尘土飞扬每每让我们灰头土脸的乡间土路而作罢。从县城到附近几个村子有两趟公交车，却因为很少可以直达或者因为出租车招手即停且收费低廉而鲜有人乘坐。出租车在县城每人两元，我们宿舍算是县郊，得三元，到村里一人得五元，一个人乘车去村里拉不拉还得看司机心情。每天要走过那段尘土飞扬的乡间道路，才能打到车。即便如此，我们依然觉得幸运。我们是可以打车上下班的人，不用像幼儿园很多同事那样骑电动车，夏天被暴晒，冬天被寒风暴吹。无论冬夏，早上九点出门，晚上九点到宿舍，我们倒也从没有迟到早退过。幼儿园也安排一间办公室给我们当宿舍，却因为有老鼠，也不敢住，情愿每天多花些时间在路上。我对老鼠有着谜一样的恐惧，为此，我挨过领导的白眼，受过孩子们的嘲笑。但怕终究还是怕，并没有因为树立了战胜一切的信念而有丝毫的改变。

三

尽管做过很多功课和心理建设，但第一天见到那么多孩子坐了满满一教室的时候，我还是有些惊讶和慌乱。班主任是个一笑就眉眼弯弯的甘肃胖姑娘，是这几年南疆四地州幼儿园为了解决师资短缺的问题在疆外招聘的幼儿教师。新疆吸引人才的优厚政策和外地就业的压力，让这些农村孩子义无反顾地离开了家乡，不远千里来到了新疆。我所在的幼儿园就有五个从甘肃招考过来的教师，虽然他们来了也不过几年，也正逐渐成为幼儿园师资队伍的骨干力量。想起自己二十几岁哪有这样离乡背井的勇气，总是忍不住心疼他们。我和孩子们一样叫她的小名"果果老师"，因为本科曾在甘肃读过书，心里便多了一份亲切。果果老师毕业于幼儿师范专业，无论专业还是才艺都适合幼儿教学。我第一天到教室没多久，她因为临时有事把六十多个孩子扔给我和保育老师去了教育局。我努力按照之前的准备上了一节课，孩子们坚持了半小时不到便暴露了各自的天性，我在各种吵闹声中勉强完成了一节课。课间操我带着孩子们去了操场，做完广播操，孩子们就彻底放飞了自我，我在操场上不知所措地看着他们四散乱跑，保育老师发出一声声高分贝的警告，他们才陆续跑回我的身边。那一天我所有的精力都用在了维持秩序上，午睡的时候，孩子们索性躺在床上开始聊天，有些孩子甚至爬到了别人的床上。看我哭丧着脸，保育老师热娜劝我去宿舍休息一下，她来负责孩子们的午睡。我向她道谢后离开，刚走出孩子们的寝室，身后便鸦雀无声。我哑然失笑，才深切体会到之前教育局的老师说的那句话：对孩子们要给好心，不给好脸。那天的结局是，以温柔端庄著称的我在成为支教老师的第一天就喊哑了嗓子。而在几年后的一次朋友聚会上，我的闺蜜忽然问："我发现你忽然不嗲了，啥时候开始的？"我尴尬地辩解："我啥时候嗲过！"一边在脑海里搜索。忽然，她们看着我，异口同声地说："是从支教之后吧。"我红了脸，不知道是为以前的嗲，还是为现在的不嗲。那些让我操碎了心、喊哑了嗓子的孩子们的面容却一下子浮上心头,便红了眼圈。

四

支教是我人生中不可多得更不可复制的一段经历。我并不知道很多年后孩子们还会不会记得我,也不敢夸口说我带给了孩子们多么大的变化。我只能说在那些时光,我陪伴孩子们一起成长,同时也完成了自己的成长。我每天教他们洗脸刷牙,笨拙地清洗和晾晒他们弄脏或者尿湿的衣裤,并在这一过程中学会耐心和不伤害他们的自尊。我教他们唐诗宋词,也在这一过程中再一次感受到中华传统文化的博大精深。我教他们表达爱,也从他们身上习得爱。永远记得他们会忽然搂着我,大声说:"老师,我爱你!"让我在刹那间被浓浓的幸福包围。都市生活会让人与人之间筑起无形的墙,会让人淡忘爱,而他们让我重新爱这个世界。总有人会问我,支教生活中让你记忆最深刻的事情是什么?我会张口结舌,因为那是四百八十六个日子的记忆,哪一件事都珍藏在心头,不知道该从何说起,不知道哪一件比哪一件记忆更为深刻。即使是今天坐在电脑前敲出这些字的时候,也依然不知道哪一件事可以称得上"最"。会有很多时候,常常只剩下我一个人面对六十二个孩子。师资力量不足和前些年南疆农村的生育高峰造就了幼儿园的大班额,"两教一保"实际上很难保证。那几年,因为没有专门的教辅人员加上一些临时任务,班里只剩一个老师是常有的事。那是刚到幼儿园支教后的第一次全县幼儿园的月度测试，我们班的孩子成绩几近倒数。我的心中充满深深的挫败感。于是，在那个一个人撑了一天的教学任务和班务的下午，孩子们乱糟糟的区域课上，两个孩子扭打在一起，我一边努力拉开他们，一边终于崩溃大哭。有那么一瞬间，孩子们忽然鸦雀无声，教室里只有我一个人不管不顾地号啕大哭。我的小班长谢依丹一边慌乱地给我拿纸，一边用眼睛瞪两个闯祸的孩子，嘴里说着："你看你们，让老师哭了！"孩子们围过来，不知所措地看着我。机灵鬼茹克亚已经飞跑着出教室找来了被临时派去值班的保育老师热娜。热娜的到来，让我又羞又急，哭得更厉害了。热娜什么都没有说，拉起我进了寝室，递给我一包纸巾，然后关上门回到了教室。我听到她给值班室打电话说阿依努尔老师不太舒服，她得在教室替我一会儿，央求其他人帮她值一会儿班。我有些自责，却没有勇气再回到教室，教室里出奇地安静，直到我恢复平静，再次回到教室，孩子们才试探着来拉我的手。从那以后，每次孩子们调皮，我一沉下脸，就会听到谢依丹的声音响起："你们这么不听话，还要让阿依努尔老师哭吗？！"

五

班上那个叫约麦尔的小男孩，我和果果老师都叫他"卡德尔"。"卡德尔"在维吾尔语里是"干部"的意思。他是班里年纪最小、个子也最矮的孩子，矮到我都疑心他报错了户口。但他却是班里最气宇轩昂、最聪明的孩子。他总是理所当然地占据班里最好的位置不动声色地打量老师和别的孩子。即使是偷偷地淘气，当我用警告的眼神望向他的时候，他也能沉着地和我对视，让我怀疑自己刚才是不是看走了眼。他腆着肚子，稳稳地迈着八字步走进教室的样子让我和果果老师忍俊不禁，果果老师会忍不住冲上前，抱住他，在他脸上狠狠亲一下。我上完了课也会随手把他抱起来，放在腿上当宝宝一样摇着。他在短暂的不好意思之后就会安之若素。他家里开店，经济条件很不错，所以他是班里最潮的孩子。一天，他戴了一个竖着两只熊耳朵的新帽子气宇轩昂地进了教室，引来大家的一片惊呼。他有些得意，但表情控制十分到位。果果老师逗他："卡德尔，今天戴了新帽子啊，这么可爱！能送给老师吗？"他大约也知道老师是在逗他，浅浅一笑，并不答话。

冬天，室内外温差大，为了避免感冒我们会要求孩子一进门就将外套和帽子放在寝室的柜子里，出门的时候再穿上。因为柜子有限，孩子们就先到先放，并不固定。因此，有时会穿错衣服，戴错帽子。我看到他叠好衣服，放在柜子里，帽子却夹在腋下，带了出来，悄悄放在自己的小凳子上，用身体挡住。我知道他是怕别的小朋友会把他的帽子戴走，就默许了他。他一整天都小心地守着他身后的秘密不被发现，甚至为此放弃了站起来回答问题争取贴小红花的机会。美术课的时候，我看到他捏橡皮泥捏得起劲儿，帽子掉在地上都浑然不觉。我悄悄捡起帽子，藏在我课间常坐的卡片区的柜子里，观察他的反应。他专心地捏了很久，直到完成他满意的作品，他高兴地举手，示意我看他的作品。我拿着他的作品，摸着他的头赞美他，并把他的作品拿起来让小朋友们看。他站起来接受大家的赞美，却并不像别的孩子那样得意忘形。我示意他坐下来，拿着他的作品放在美工区，一边偷偷打量他。他在坐下的瞬间忽然意识到自己的帽子不见了。他站起身迅速查看了他坐的小椅子的四周，却并没有向别的小朋友询问。他满脸焦急，又查看了一遍，有些绝望地瘫坐在小椅子上。他的脸有些苍白，我有些于心不忍，假装看别的小朋友的作品，以走进他的视线引起他的注意。他看到我，小声叫我："老师，我的帽子不见了。"我假装惊讶："你怎么知道？帽子不是都在寝室吗？"他小声嘟囔着："我一直放在我的凳子上的。"我过去拉起他的手："帽子是不可以放在教室里的，约麦尔那么乖，怎么会把帽子放在这儿呢？你一定记错了，要不我们还是去寝室里找找？"他摇摇头，勇敢承认："不，我今天把它放在这里了。"我惊讶于他的冷静和克制，即使那么难过，他也不说一定是别人拿走了。我搂住他："没事的，不会丢的，如果丢了，老师给你买新的。""不，妈妈会给我买的。"他的声音有些颤抖，把脸埋在了我的怀里。我以为他哭了，忽然手足无措起来，求救地望向果果老师，她冲我眨眼睛，表示爱莫能助。他忽然抬起头，小脸苍白，却并没有哭："老师，我头有点疼。"我问他："那我打电话叫妈妈来接你吗？"他点头。我又问他："妈妈会骂你吗？你的帽子丢了。"他点头："会的。"他终于绷不住，把脸埋在我怀里哭起来。果果老师悄悄从柜子里拿出帽子，给我戴在头上。我拍拍他的背，让他回到座位上。他抬头的瞬间，一下子看到我戴着他的帽子，他揉揉眼睛，难以置信地看着我，含着泪笑了。果果老师哈哈大笑，我却为自己的恶作剧深深自责。那几刻钟里，一个小孩子的心灵遭受了多大的折磨，我永远记得他因为失而复得的惊喜而含泪的笑容。

六

　　幼儿园所在的阔什艾肯村和恰木古鲁克村紧挨着，这两个村子都有我们文联的驻村工作队。恰木古鲁克村是大村，总领队在大村，总领着恰木古鲁克驻村工作队、阔什艾肯村驻村工作队以及分散在三个幼儿园的支教工作队的工作。这两个村子也是从2016年起"民族团结一家亲"结亲工作开始以来，我们常来结亲的村子，所以谈不上陌生。比起刚开始结亲的时候，村里的变化真的是日新月异。记得有一次结亲，结亲户家里冷得像冰窖，驻村工作队的同事来给我送热水袋。夜里没有灯，我站在村民家路口等候。因为没有路牌，没有标识物，也没有路灯，我只能告诉他我站在一个有两个大水泥墩的路口。同事一头雾水，不知道哪个路口会有两个水泥墩，手机定位也搜不到我站的位置，我站在寒风里，冻得瑟瑟发抖，心里想着："要是有路灯多好呀！"而下来支教的那些岁月，我们亲眼看到村里的街道上装了一排排太阳能节能路灯，灯箱上还写着古诗词。村里的每条路上也装上了醒目的标识。村委会门口还有了小规模的夜市，班上孩子的家长也有在夜市上卖小吃的，远远地看到就会招呼我。那氤氲的热气腾腾的人间烟火，总会让我莫名地欢喜。支教工作带给村里的变化也是最为直观的。记得2016年刚去村里结亲时，和乡亲们交流还是非常困难的。分组的时候，每个组至少得安排一名少数民族干部充当翻译，否则几乎无法与村里的乡亲交流。一次结亲归来，我的一个汉族同事感慨："腮帮子好酸啊！"我不解，问为什么。她说他们组没有翻译，她和亲戚只能相对无言，用微笑传达彼此的热情，一周下来腮帮子就好酸。当时南疆的国家通用语言水平的确不高。而现在，到了村里，随便走进一户人家，只要家里有个孩子，哪怕是幼儿园的孩子，就可以充当翻译。从这一点上来说，南疆的国家通用语言教育功不可没，这其中，支教工作的意义和作用不言而喻。记得一个夏夜，我去工作队办完事，听工作队同事说要去村里转转，就和他们一起出发了。那个夜晚，白天的暑热已经散去，我们一行人走过路灯照耀下的干净的街道，走过村里的文化广场，走过那些在户外健身器材上锻炼的村民，走过在自家院门口乘凉的老人。我们被一声声亲切的问候包围着，徜徉在夜色渐浓的村庄里。一个维吾尔族小男孩从身后赶过来，拿着一幅墨迹未干的书法作品对我们说："书记伯伯，书记伯伯，看看我写的大字。"总领队蹲下来，认真看了他的字，高兴地摸摸他的头，表扬了他："写得太好了！伯伯送你一支毛笔，明天送到你家去！"孩子道了谢，蹦蹦跳跳地走了。看到我疑惑的眼神，总领队说："这是工作队组织的书法班的孩子，家就住在我们刚走过的商店旁边。"一向严肃的总领队抑制不住内心的激动："看到了吗？村里的变化有多大，看看孩子们的变化又有多大。我们都是见证者！"那天我们都有些激动，撇开那些伟大的理想不谈，就为在村中的岁月里那些肉眼可见的变化，就为那些村民的笑脸，就为校园里传出的琅琅读书声。作为亲历者、见证者甚至是建设者，我们都感觉到一种前所未有的自豪和骄傲。

七

抛家别子来到异乡，对于我们每个人都不容易。麦盖提的水碱性大，掉头发和出现白发是每个来到这里的人都要经历的。对于我们这些爱美的女生是有些残酷，然而比这更难的是内分泌失调引起的各种尴尬的疾病。刚来的几个月，我们中有连着来了两个多月例假一天都不停的，也有闭经半年的。这些生理上的不适也还算是可以克服，对孩子的思念和对老人的担忧却让我备受煎熬。有一天刚结束下午的第一节课，儿子的老师打来电话，说儿子在学校晕倒，联系不上他的爸爸。我心急如焚，却也明白不可能第一时间到达现场，只好打电话找到我妹妹，让她赶去学校。那个下午我心神不宁，好容易坚持到放学。当我接到爱人电话，知道儿子没有大碍，才长长地松了一口气。那天，我去了叶尔羌河畔，站在河堤高处，看着家乡的方向，哭了很久。天色将晚，我离开河堤，还好打到一辆出租车。我看着车窗外飞驰而过的和家乡迥然不同的深秋的旷野，暗自垂泪。司机是个年轻帅气的维吾尔族小伙子，一路上他再没有拉别的乘客。路过一家烤包子店，他停下来，买了几个烤包子递给我说："吃吧，吃饱了嘛人就啥都不想了！"我不加掩饰地抽泣，默默接受了这来自陌生人的善意。一年后的一天，我从幼儿园放学，走上那条尘土飞扬的路。一辆出租车从马路对面掉头，停在了我的身边。我大喜过望，拉开车门将自己扔在后座上，累得几乎要躺倒。司机回过头笑道："是去民生花园吗？依科兰古西（泪包）！"我惊讶地看他，一边点头称是，一边在脑海里搜索。他又笑着问："现在还去河边哭吗？"我一下子想起一年前自己那副痛哭流涕的样子，不好意思起来。他看出我的尴尬，笑笑不再调侃，认真地问我那天遇到了什么事。我犹豫一下，还是将那天的事和盘托出。他叹口气说："歪江，乌鲁木齐远得很啊，你一个人到这儿来太厉害了！你嘛，不要老哭，我们这儿的人心都好得很。"我们聊了一路，我才得知，那天他开车路过叶尔羌河，远远看到我在哭，害怕我是个寻短见的姑娘。看我的样子，也不是本地人，想过去把我拉走，又害怕吓到我，就把车停在不远处，一直看着我，直到我过来拦车，他才放心。我的心里滚过一阵热流，却久久说不出一句话来。在这个陌生的地方，我不止一次遇到这样的温暖和善意，让我在多少艰难的日子里，能够坚持下来，并将我的真心交付于这片土地和这里的人们。我不敢说这是我的第二故乡，但我在离开之后，才知道这片土地已成为我内心深处最深的牵挂。

八

班里有个孩子，脸总是花着，手也脏得像挖过煤。每天我都要专门给他和一些孩子洗脸洗手，不厌其烦地给所有孩子们讲做个讲卫生的小朋友的重要性。这个孩子每天默默地等着我给他洗脸洗手，默默地听我叨叨，用力地点头，但第二天又花着脸脏着手来了。每次家长接孩子放学时，我都逐一叮嘱家长们要给孩子们洗脸洗手刷牙。害怕家长们听不明白,还要用维吾尔语耐心地叮嘱一遍。据说一个好的习惯养成的周期至少是二十一天,我因此坚持了二十一天,又巩固了七天,大部分的孩子做到了,但仍有十几个孩子依然如故。我从那些接他们的家长身上看出孩子的卫生习惯其实和家长息息相关。我用周末的时间进行家访,期待我的到访能激起家长们打扫庭院待客的热情。有些家庭给了我惊喜,有些家庭也让我叹息。对于一些习惯的养成,在阔什艾肯村的日子里,我不知道自己坚持了多少个二十一天。但我知道,那些习惯的养成会让他们受益终身。在少数民族家庭里,家里的炕上铺上精美的地毯和绣花的褥子,放上绣花的靠枕,本来是一种极有特色的民风民俗。但在干旱少雨、风沙遍野、臭虫跳蚤肆虐的地方,炕和地毯成了传播病菌、饲养虫蚤的温床。这也是一段时间以来,南疆农村推广现代生活方式,鼓励使用沙发、床等现代化家具的初衷。我来到南疆农村,看到孩子们身上一个个臭虫叮咬的包,孩子们头发上跳跃的虱子,我沉默了。我尽我所能买来药,涂在他们的小胳膊小腿上,买来洗剂送给家长,让他们定时给孩子洗头。我离开麦盖提的时候,除了极个别的孩子,我班上的孩子都是干干净净的。而我在村里的每一天都会穿上漂亮的衣服,洒上最好的香水,保持一个现代女性应有的样子。我喜欢孩子们每天拥抱我,对我说:"老师,你好香!""老师,你好漂亮!"我回应他们的拥抱,心里总想着,多年以后他们长大成人,会不会依稀记得曾有一个老师留给他们那些美好的一切。

那个时候,南疆正在进行"厕所革命",驻村工作队也在为村里的人畜分离,推进现代生活方式而做出最大的努力。令我欣慰的是，2021年，当我回到阔别一年的村庄，回到我所在的幼儿园时，幼儿园的孩子们干干净净、齐齐整整地坐在宽敞明亮的教室里，"锄禾日当午，汗滴禾下土。谁知盘中餐，粒粒皆辛苦"优美的诗词在孩子们脆甜的声音中分外动听。那时，阳光普照，万物静默，唯有孩子们的读书声传出很远很远。

另一只耳朵

冗长的晚宴结束后,我走出房门,去寻找属于我的夜晚。有人热情地招呼我在院里灯下散步,我婉言谢绝,信步走出院子,轻轻带上门,将各色的人声关在院内。

一

村里的夜晚,主角似乎是狗。先是一只狗,大声对着村庄的夜大吼一声:"在吗?"听声音是一只正当盛年的公狗,孔武有力。大约是凭着气味也没找到自己的另一半,耐心用尽的样子。

没有狗回应他,它又喊了两声,一声比一声愤怒。远处传来一声鸟叫,像是吹了声轻佻的口哨。狗被不知名的鸟嘲讽了,愈加愤怒,仰头对着树梢大喊:"叫什么叫?"

鸟不言语,狗愈发愤怒,发出一连串的狂叫,开始骂街。终于,它惹恼了村里所有的狗,高高低低的狗吠响彻村庄。有指责公狗的,也有漫骂那只不知躲在何处的矫情的母狗的。看样子,那只母狗想必是离开了村庄。而它一定是通过了一条河,因为只有水可以阻断狗对气味的判断。

　　片刻的寂静之后,有狗应战了。几声发自喉间的低沉的吼叫之后,我就听到了狗扭打撕咬在一起的声音,我有些担心。凭声音判断,我知道它们离我也并不近。夜太黑了,我也不敢去拉架。我站在树下心急如焚,不知道那些激烈的撕咬会产生怎样的伤亡。

　　花花草草和虫儿们也都醒着,发出看客们惯有的喧哗。蟋蟀的叫声最响,有着呐喊助威的意味,却遭到一只德高望重的爬虫的呵斥,于是虫鸣变成了窃窃私语。

　　我闭上眼睛,在树下默默地听。在我很小的时候,我家祖上的那位萨满曾带着我攀上南山的高处,让我和她一起听万物的声音,听风的耳语。她曾说过:人有人言,兽有兽语,连风都有自己的语言,只是需要我们用心去听。那时候我还太小,并不知道这些话意味着什么,但是我也努力学着她的样子,站在迎风处,把头伸到风里,竖起耳朵倾听它们的私语。在老萨满的引导下,我仿佛真的听懂了它们在说什么,随着时间的流逝,我渐渐具有了这样的能力。老萨满为我的天赋异禀而喜出望外,感觉到她的事业似乎后继有人了。那个时候的我是快乐的,老萨满也是快乐的。人们都忙于生计,没有人需要我们这样无用的老人和孩子,而我们也并不需要他们。

　　很多年后,我回忆起这一切的时候,才知道那是我人生中离大自然最近的时候,也是我为数不多的在大自然的怀抱中撒野的时候。也是在很多年后,我才渐渐明白,人最幸福和快乐的时候,是你拥有你想拥有的一切而不自知的时候,等你知道你拥有什么时就已经开始害怕失去，那些快乐和幸福就打了折扣，或者说在这一天天的害怕失去中逐渐改变了最初的模样。

那个时候我太小，永远梳理不清楚哈萨克族家庭里那些错综复杂的亲戚关系，所以一直不知道老萨满到底是我的什么亲人，我只知道她对我的钟爱，我只知道她带给我的那些简单而纯粹的快乐。那时候是真的快乐呀，连天空都是那种醉人的快乐蓝。我们每天清晨出发，沿途采集树上的露水，作为我们清晨的饮料，并顺便撸下一串又一串的野果。好的季节，我们甚至还能得到甘甜的野草莓。老萨满真老啊，她的脸上满是皱纹，我甚至都看不出她曾经的容颜，只有那双蔚蓝色的眼睛，直到如今还深深地在我的心底，那双眼睛如婴孩般纯净。老萨满离开人世很久之后，我听到那首歌：我相信婴儿的眼睛，我不信说谎的心。眼前浮现的是那双蓝色的纯净如婴孩般的眼睛。

在我幼年的时候，我就是一个与众不同的孩子，而和老萨满在一起，我更成了人们眼中的异类。祖母怕我中了邪，用尽了各种手段逼我离老萨满远一些，但是生活那么艰辛，她哪有那么多精力和时间去管理两个闲人呢？我跟着老萨满听风听雨，听万物的呢喃，我因此知道了很多不为人知的秘密。

在这个天山脚下的村庄，我仿佛回到了那种纯真的时光，那个珍藏在灵魂深处的耳朵，被轻轻地打开了。

二

从花草虫鸟的交谈里，我听到的这个村庄，远比人们告诉我的丰富得多。

　　这个位于天山脚下的村子，有着山村气候和植被，却又离市区不远，所以一直是乌鲁木齐和周边市民周末小憩的好去处。后来很多村民征了地分了钱，命运就此发生了变化。有的人因为一夜暴富，不知如何去消受这突如其来的财富，过上了纸醉金迷的生活。有的人受不了亲戚朋友借钱的压力，人间蒸发，不知道去了何处。有的人买车买房，远走他乡。也有一些人，短暂的纸醉金迷之后，一贫如洗地回归了村庄。当然也有清醒的人，拿着钱做了投资，过上了理想的生活。也有人选择留下来，经营民宿或者做餐饮。

　　村里动物们的命运也发生了改变。马牛羊们随着主人的离去被变卖，无主的狗越来越多。那个惊醒了夜晚的狗叫虎赛，原来是村东头赵尔萨家的狗。赵家用征购的钱在海南买了房，大部分时间在海南，只有夏天回村里小住。这虎赛大部分时间就得靠村里人家给口吃的过活。这几个月赵尔萨一家回来了，虎赛才吃得皮毛发亮，还和那只叫黑妞的狗谈起了恋爱。黑妞是村里院子最大的李二宝家的狗，他家的院子卖了大价钱，一直谋划着要在城里买房。这段时间他们一家忽然没了动静，每天和虎赛形影不离的黑妞也踪影全无，虎赛已经找了它很久，虎赛绝望的吠叫让村庄的夜晚格外不平静。

　　我站在树下很久，花鸟虫草都开始注意我了。

　　"这个人从哪来的？"

　　"城里来的。开民宿的小马家的客人。"

　　"小马能干啊，来了三十多个客人呢。"

"小马的媳妇更能干,三十多个人的饭都一个人做呢。我今天飞到厨房窗户那儿看到厨房里准备了三桌人的菜。"

"小马好福气啊!"

"小马人也好啊,走路都怕踩着蚂蚁。这村里饿肚子的狗走到他家门口,他啥时候不给点吃的呢?"

"村里人都说小马是'可可托海的牧羊人'呢!"

"为啥?就因为他媳妇是伊犁人?他可比那可可托海的牧羊人幸福啊。"

"那不是也追了好几年才追上,从米东到伊犁跑了多少趟呢!"

"他媳妇多好呀,被小马感动的,二话没说就嫁到离父母这么远的地方,跟着他一起赚钱养家。人家一个大专生在家上得厅堂下得厨房。小马开民宿,她当厨娘,一句怨言没有。还生了俩娃儿,大的都四年级了,学习好得不得了!"

苹果树叶沙沙响:"我就是她嫁过来那年小马给她栽的。小马说,伊犁人喜欢苹果,小马给他媳妇栽了一院子的苹果树,连这条马路上都栽了。说她要是想家了,就吃伊犁的苹果。"

"小马和他媳妇都是'90后'啊!好多'90后'还在啃老呢,小马和他媳妇都挣下了这么大片家业了。能吃苦啊!"

我轻声感叹,望向树上的鸟儿。鸟儿尖叫一声:"哎呀,我的妈呀!她好像能听懂我们说话唉!"

万物忽然寂静无声,那鸟儿也拍拍翅膀飞走了。我蹑手蹑脚,轻轻回到民宿,悄悄进入自己的房间。厨房里还在亮着灯,小马在洗堆积如山的碗碟,他媳妇在准备第二天的菜谱。

小马叹息："你跟着我受苦了！"

他媳妇笑着："又来了！又来了！我高兴，我愿意啊！"

"今年趁着天气暖和，再挣点钱，冬天带你去旅游啊。"

"别了，把钱存起来，明年把后院再好好整整，建个采摘园也能多招点客人来。"

"现在我们'天山文雅民宿'在网上也有点名气了，村支书说让我俩利用年轻人的网络优势，好好把民宿的网站做起来呢。"

"那真好！那就赶紧加油吧，再不说啥受苦的话了。"

"你赶紧睡去吧，碗我洗完了，菜我来收拾。"

"不用不用，马上就好了。你吃点东西，歇会儿。"

"我媳妇就是对我好啊……"

"嘘！这次来的客人都是作家，睡得晚，让别人听到把人羞死了……"

夜深了，窗外的明月如钩，慵懒地挂在深蓝色的夜空。远处的河兀自流淌，向村庄敞开心扉。在河流的呢喃中，这天山脚下的村庄，静静地进入夏日的梦境。

三

小马家屋后有一条狗，被绳子拴着，每天一有人靠近，就发出虚张声势的怒吼声。小马家还有几只鸡，也许是小马对自家养的鸡下不了手，所以它们幸福地活着。每天它们都聚在院子里，传递着各种信息。我每天坐在秋千架上，听它们各种唠叨，想起这些年身边那些"鸡婆"，便忍不住发笑。有一只爱思考的母鸡，每次都用若有所思的眼神望着我，似乎它已经怀疑我在听它们的是非了，所以我要假装若无其事。

村里的水管坏了，修了几天没修好，民宿里一直停水，笔会的主办方急得上火。小马每天也焦头烂额。正当盛夏，不能梳洗，我们也焦虑，但这是意外，不能怪别人，只好忍着。有的人已经开始朝小马发脾气，小马每天各种协调，去别处找水拿桶给我们提到房间。好在村里早晚凉爽，每天也有各种活动，大家也就渐渐平静下来。我每天晚上坐在屋后的秋千架上，听鸡狗和虫儿们聊天，虎赛和黑姐的故事一直没有下文，这让我心神不宁。

在小马家的院子，生物链的顶端感觉是鸡，它们吃花籽，叨菜，吃蚂蚱和一些软体虫类，有一次因为"一语不合"，它们还集体围攻了那只狗。因为被铁链牵着，狗无处可逃，一边虚张声势地叫喊，一边用爪子护头，幸亏小马及时赶到，说了句："看你们再闹腾，今天就吃大盘鸡！"不然我都担心那只狗的眼睛会被叨瞎。贵为王者的老虎还有被狼群吃掉的呢，何况一只被拴住的狗呢。人间也一样，"鸡婆"们也总有办法欺负有着老虎一样秉性的人。

我不喜欢那些"鸡婆"，"鸡婆"们也不喜欢我，所以它们倒是非的时候总是避开我。有时候它们聊得开心的，肥美的蚂蚱路过它们的聚会它们都忘了吃。可每次看到我坐在秋千架上，它们就垮着脸，尽说些我不爱听的。我寻思那只爱思考的"鸡婆"把它的怀疑告诉了它们，它们会不会已经知道我还有另一只耳朵？于是我坐在秋千架上假寐，假装听不见它们在说什么，时间长了，它们也不管我在不在了，毕竟秋千架旁边就是菜园、花田和肥美的虫子。

那天黄昏，火红的晚霞装点了村庄的天空，远处的博格达峰在天空下如海市蜃楼般缥缈。我坐在秋千上，陶醉地眯起了眼睛。

"她可真能睡啊！""鸡婆甲"开了口。我知道她是小马家日产一蛋的功臣。

"可不是嘛！爱睡咋不回去睡呢！屋里又不是没床！"这是"鸡婆乙"，小马家女儿的宠物，上次就是在它的煽风点火下，一群鸡围攻了小马家的狗。

这会儿它又开始挑衅："唉！我说阿黄，听说黑妞不见了。"

阿黄抬起眼睛看它一眼，瓮声瓮气地说："和我有啥关系？"

"咋没关系呢！黑妞不是万人迷，你们不是都爱它吗？"

阿黄似乎被戳到了痛处，跳起来狂叫："关你什么事！啊？你这个鸡婆！小心明天客人要吃大盘鸡。"

"鸡婆乙"对着大公鸡哭起来："老公，你管不管啊？阿黄又骂我呢！"

大公鸡涨红了脸，跳起来去啄阿黄。又是一阵鸡飞狗跳，小马闻声而来，满院子追起了大公鸡。连日来的疲惫和停水的意外让这个瘦小但坚韧的汉子也焦躁不安。前一天晚上，我深夜醒来，听到他在厨房训斥儿子："你咋就这么不懂事，这几天我和你妈一天就睡几个小时，你还玩得不睡觉！"

"我要陪我妈呢，她不睡我也不睡。"儿子倔强地哭着，小马气得吼一声，又怕吵醒我们赶紧忍住。我想起城里那些九〇后孩子的生活，对小马又多了些敬佩。

今天小马终于爆发了,那天晚上我们吃了大盘鸡。

第二天,我悲哀地发现,挑起事端的"鸡婆乙"活着,大公鸡却被我们吃了。

四

水管终于修好,村庄宛如人间天堂。只是每晚总能听到虎赛的呜咽,这让我坐卧不安。

离开前的那个清晨,我走出民宿,走了很远。民宿坡下是铁厂沟河。河水并不湍急,但河上那座桥告诉我,这条河不算是一条小河了。一辆辆工程车开过这座桥,走向远处的山林。我走过桥到了对岸,走了一段很长的路,在绿荫环绕的河边忽然出现一个雕花的铁门,隐约听到几声狗叫。我加快步伐,走近铁门。铁门上了锁,我抓住门上的栏杆向里望去。里面是一条长长的路,却因为绕了个弯儿,看不清里面是什么,但路边是茂密的植被和不知名的树,郁郁葱葱,一种曲径通幽的感觉。我伸长脖子努力向里望去,似乎别有洞天。

两只狗叫嚣着冲过来,我稍稍远离铁门,打量着来狗。居然是一只金毛和一只二哈。金毛卖力地喊着:"站住,干吗的?"尾巴却摇得欢实。

二哈一边朝我喊叫,一边抽空呵斥金毛:"把尾巴竖起来!大声吼!你这个没出息的。"

我被它们逗乐了,干脆摸摸锁子,看能不能打开。

"你找谁?"

是个男人的声音,我吓得一哆嗦,回过头来,看到一个脸色阴郁的中年男子。

我慌了神:"我……我就那个……那个,随便看看。"

看我红了脸,男子脸色稍微缓和:"里面有狗,没事就别乱跑了。"

"哦,好呢,我这就走。"

我走了两步,有些不甘心,扭转身又到了铁门前,中年人已经进了铁门,正亲热地摸着金毛和二哈的头。我偷偷打量他,觉得这样的人应该不是坏人,于是鼓足勇气,拉开铁门:"大哥,我能进去参观一下吗?"

他犹豫了一下,又看了我一眼。我身着长裙,满身文艺气息,是人畜无害的样子。他点点头,说:"你随便看,但如果狗追你,你不要跑。自己小心点,别让狗咬了。"

我再三道了谢,就顺着那条弯弯曲曲的路走进去。二哈快步跟着我,时不时发出警告的低吼,我心里害怕,脚下却佯装镇定。一走过那条长长的路,我就被眼前的景象惊呆了。

扑面而来的是一幅油画般的色彩,那独属于这个季节的浓烈。院子里亭台楼阁,小桥流水。玫瑰是这个季节的主角,引来蜜蜂和蝴蝶飞舞。一汪碧水被卵石铺就的小径环绕出旖旎的弧度,指引我走向院子深处。

五

二哈一直跟着我,走走停停。金毛也从后面赶过来,跟在我身后。金毛有意无意地蹭我的腿,我蹲下来和它平视。它试探着把爪子搭在我胳膊上,我轻轻摸摸它的头。

二哈恨铁不成钢地朝它吼叫:"你这个没出息的!咋一点都不长心眼,你咋就知道她不是坏人!"

金毛小声嘟囔:"我看着她不像坏人嘛。"

二哈冲它嚷嚷:"那你跟好她,别让她去黑妞那儿。"二哈掉头离开了。

听到黑妞的名字,我的心狂跳起来。

小径深处是一个五层的小楼,楼体是通体的白色,哥特式的尖顶和红色的窗格,有一种童话里城堡的感觉。但从窗户的多少来看,这里应该是各自独立的房间。我一边猜测楼里住着什么人,一边向远处的亭子走去。

我在亭子里坐了一会儿,金毛卧在我的脚边。我轻轻摸它的头,又给它挠痒痒,它舒服得闭上了眼睛。我和它说话,它显然听不懂,但当我问:"黑妞在哪儿呢?"它睁开了眼睛,下意识地朝院子东北角看了看,又闭上了眼睛。

我坐不住了,站起身朝院子东北角走去。金毛也迅速起身,跟紧了我。我几乎是小跑着冲向院子东北角,金毛一边跑一边埋怨:"好好的,咋就开始跑了!看二哈不来咬你!"

我们的动静果然惊动了二哈,它从院子的另一头飞奔而来,后面跟着那个中年男人,嘴里喊着:"站住,别跑!"

我已经远远地看到了那个立在树下的大铁笼和大铁笼里的狗,我放慢脚步,在离笼子几步远的地方站定。笼子里是一只通体黑色的大狗,这使它的眼睛显得格外分明。看到我们走近,它在笼子里跳起,用身体狠狠地撞击笼子,张着嘴怒吼,却发不出一点声音。我转过头看着中年男子走近,掩饰不住眼中的愤怒。

中年男子没好气地看了我一眼:"这是我朋友的狗,是因为不能拴链子,没办法才养在笼子里。以它的个头,如果放开,都能跳墙跑掉呢。"

我有些尴尬,扭头又看黑狗,问他:"这狗叫啥名字?"

"黑妞。"

我知道他没撒谎。又问他:"那你朋友是在城里买了房,就不要他的狗了吗?"

他惊讶地看我:"你认识二宝?"

我摇头:"我是听说村里好多人在城里买了房,狗就不要了。"

他叹口气:"我们去那边聊吧,黑妞看到人就会撞笼子,会弄伤自己的。"

我跟着他离开,黑妞呼呼喘着粗气,狠狠地撞着笼子,我心里一阵阵地疼,快步离开。

在靠近大门的地方有一排平房,门前搭着葡萄架,中年男子指指葡萄架下的桌椅,示意我坐下。他自己蹲在一旁修起了一个黑乎乎的机器,有一搭没一搭地和我说着话。交谈中,我知道了他的名字叫刘兵,是这个村里的村民,在外面做过几年生意。

"黑妞为什么叫不出声?"

"声带被切除了。声带上长了瘤子。"

"那你的朋友就不要黑妞了吗?"

"二宝搬城里就是想着城里医疗条件好,二宝父亲瘫在床上好几年了，最近他妈又脑出血。他媳妇的父母也长期住院，儿子在外地上学。父母都管不过来，哪能顾得上狗呢，放我这儿托我照顾。可黑妞心心念念就要跑，它才动过手术，不能拴着，只能关笼子里。但这黑妞性子太烈，我也不知道拿它咋办好。"

"你朋友是独生子啊。"

"和独生子差不多，他哥李大宝小时候就掉河里没了。"

我叹口气，说："我只有一个儿子，将来我老了，他该多辛苦呀。"

他也叹口气："我也只有一个孩子，在国外读书成了家，也不回来了。"他环顾四周："我花了七年时间，和朋友一起拿出自己的所有积蓄和家产修了这个养老院，想着将来能和自己的亲戚朋友都住在这里，一起养老。结果发现养老产业靠个人的力量很难做起来，现在我们都没钱了，只能把它卖了。"

他的语气伤感又落寞，我不知道怎么安慰他。想起这几年两家老人频繁住院，我和爱人焦头烂额，想起有一天自己也将老去，想起独生子们赡养老人的困境，忽然悲从中来。我看着远处的"城堡"，不知道有一天，我是不是也将属于那样的一扇窗户。

二哈忽然跑来，跟金毛说："黑妞好像要死了。"

金毛跳起来，扯着刘兵的裤腿。

他跺脚，想甩开它，二哈也来扯他的另一条裤腿。

我看着他："是不是它们看到啥了？跟它们走吧。"

我们跟着二哈和金毛，很快到了笼子跟前。黑妞躺在笼子里，口吐白沫，眼神绝望。

刘兵拿起电话，我猜是打给李二宝的，听到"宠物医院"几个字,我松了一口气。

刘兵打开笼子,抱出了黑妞,走出院门,走近车旁。

远处又传来虎赛的呜咽。黑妞忽然从刘兵怀里挣脱,挣扎着跑起来。刘兵愣了片刻,就要追上去,我拉住他:"放它走吧,它也有自己的亲人。"

刘兵叹口气,站住脚,我站在他身边,一起目送黑妞摇摇晃晃地跑远。

春风十里

"我今年都五十二岁了。"阿佳尔这样说的时候,我的眼前浮现的是她小时候圆嘟嘟的脸,鼓鼓的额头,时常因为被人捉弄而狠狠瞪人的眼神,以及她没心没肺的笑容。

我记事的时候她已经快要小学毕业,却终日与我一般大小的孩子厮混在一起,尤其是体弱多病的我。她生性善良,也许我的娇弱激发了她更多的保护欲。时常可以看到游戏时她拦在我身前,对着欺负我的孩子吐出最恶毒的咒骂。对于那些成人都难以启齿的字眼,她轻松驾驭。我又羞又急,时常红着脸飞奔着离开。她便追到家中向我祖母叙述事情经过,却总是因为逻辑混乱、词不达意而被我祖母数落。她委屈地含泪离开。过不了一会儿,她的母亲会气势汹汹地来找我祖母算账。于是,大人间的陈芝麻烂谷子的事又被拿出来轮番说起。而此时的我和阿佳尔已亲密无间地坐在一起聆听她们吵架时传递出的趣闻轶事了。

结局通常是我祖母大获全胜,阿佳尔的母亲留下老死不相往来的豪言壮语拽着阿佳尔骂着离开。过不了几天,我和阿佳尔会试探着短暂地在对方家中出现,受不受欢迎通常也要看大人的心情。但真的是过不了几天，两家大人依然有说有笑，就像什么事都没有发生过。这是乌鲁木齐南郊的红柳泉人家相处的日常。

我家是乌鲁木齐历史上最早实现定居的哈萨克族人之一。早到我还没有出生，早到乌鲁木齐还被叫作迪化。对于我出生前就已搬离的老宅子我几乎没有记忆，有的只是我很小的时候祖母偶尔带我去打扫的空旷的老房子，以及碰上雨天离开时悠长的烂泥路。还有回到红柳泉温暖家中时坐在炉火边烘烤泥迹斑驳的裤子的那段记忆。老房子于我只是我作为老乌鲁木齐人的一个标识，而作为这种标识的老房子在多年以后也被夷为平地。我却并没有感到悲伤，在我记忆里我的家是在红柳泉，那个乌鲁木齐最南端的地方，那个多民族聚居在一起的畜牧厅下属的牛奶厂。作为二十世纪七十年代出生的人，我是为数不多喝着泉水长大的乌鲁木齐人。

红柳泉的水真清啊，清得可以看见泉眼里的碎石和细沙；红柳泉的水真凉啊，凉到我忘了乌鲁木齐还有炎热的夏季；红柳泉的水真甜啊，甜到让我一辈子魂牵梦绕。我记事之后认识的第一株绿植是长在红柳泉边的薄荷，而薄荷的种种功效早已被祖母开发到了极致，成为我家包治百病的神药。多年以后，当我在南疆支教时，用薄荷为孩子们退烧，用薄荷为孩子们治疗积食，用薄荷为孩子们解暑，用薄荷给孩子们洗头……让家长们惊叹不已的是来自乌鲁木齐的我，让这世代被南疆维吾尔族家庭种在院子里的植物变得如此实用。

在我们红柳泉没有人种薄荷，但我们有泉水，泉眼边就是郁郁葱葱的薄荷。红柳泉没有红柳，只有水草和大片的薄荷。于是泉水边形成了一块天然的湿地和沼泽，离泉水不远住的是小美家。小美的父亲是回族，母亲是汉族，小美长得很漂亮。我们是在上小学的时候才发现了她的美，而在那之前，我们只记得她家的油香比我们哈萨克族人家的馕好吃，而她却执着于用她家的油香换我家的馕吃。我们自然对这种交换心满意足，甚至有一些占了便宜的窃喜。

小的时候，胖胖的阿佳尔带着弱不禁风的我到处转悠，那种太过鲜明的对比总让祖母内心失衡。她像喂养她高产的奶牛一样精心喂养我，但我一直瘦得不盈一握，让我长胖是她的执念，也是红柳泉人的执念。我会被邻居们投喂，连汉族邻居也会送来他们觉得可以让我长胖的各种吃食，而祖母也欣然接受。

每年春天其实是最难熬的季节，我却因为他们的情义而分外热爱红柳泉的春天。春风吹拂的时候，我会因为过敏整日病恹恹地躺在家中。阿佳尔来看我的时候会无端被祖母责骂，哭着离开。我会支撑起病体，埋怨祖母气走了我的朋友，有时候甚至会因为生祖母的气而病得更重。祖父会劝解祖母，祖母边流泪边说："我就不知道人家孩子的胃是咋长的，吃石头能拉沙子。胖得让我嫉妒！为什么我家这可怜的丫头瘦得和猫一样呢。"我在病榻上默默垂泪，为自己不能长得像阿佳尔那样健硕而愧疚。那个时候，胖就是健康的标志，和现在略有不同。而我在祖母的有生之年，终究没能让她看到胖胖的我。在她离去的头几年中，我甚至用暴饮暴食来填补失去她之后内心巨大的虚空，可我依然没有成为一个胖子。在我步入中年，为了减肥而奔波的时候，想起当年祖母的执念，忽然悲从中来。那时候，祖母离开我已经整整三十年。

三十年间，红柳泉发生了翻天覆地的变化。三十年间，我们也一个个离开了红柳泉。被我们称为朱木匠的是红柳泉唯一的木匠，他的爱人王姨原来是一个上海知青。那些年王姨作为知青，按政策可以携眷回到上海。因为朱木匠是大孝子，跟随他来了新疆的老母亲执意要叶落归根，于是他们举家迁回上海。而生在新疆长在新疆的朱木匠的两个女儿丽丽和香香据说因为不习惯上海又回到了新疆。最后一次见到丽丽是在乌鲁木齐的街上。说到红柳泉，她的眼睛溢满泪水。说回到上海的好婆在生命最后的日子里还是坚持自己去弄堂里的公厕倒马桶。说还总是惦记丢在新疆的那个旧马桶和种在院里的一株海棠树，还有红柳泉春天里没完没了的风。丽丽在好婆去世后回到新疆，她在一个春天回到红柳泉，将好婆在这里用了好多年的木制马桶埋在了院子里，请人推平了老屋，种了一院子好婆喜欢的海棠。

每到春天，我回到红柳泉，看到丽丽家那片盛开的海棠花就会想起被我们叫作好婆的老人，说着我们听不懂的上海话，在红柳泉不同于江南的四季里蹒跚着去倒马桶的身影。虽然红柳泉的各族邻居对在家用马桶上厕所难以理解，但每次见到老人，还是会帮她提提马桶，即使回到家中会用流水一遍遍清洗双手，下次见到依然会伸出双手接过马桶。那种和谐包容的相处，真挚朴素的情义始终留在了我们的心底，在岁月的流逝中熠熠生辉。

每年我都会回几趟红柳泉，泉水汩汩流淌，不为人间的悲喜所动。我送走了一个个老人，也送走了一些年轻的生命。当改革的春风吹遍神州的时候，祖母家的邻居芦叔家的两个儿子承包了当时的奶厂，一跃成为乌鲁木齐最大的牛奶供应企业。而之前奶厂的职工也变成了这家企业的员工。芦家并没有因为成了大家的老板而有丝毫的改变。芦家二儿子建军还是会跑到祖母家要奶茶喝，小叔喝了酒依然会去芦家小睡。建军哥有时还会坐在两家之间的矮墙上弹着吉他唱歌，因为哈萨克族人比较忌讳骑在矮墙上，每次祖母都会大声呵斥他，根本不在乎自己一家人还在芦家的企业领着工资。而建军哥也在祖母的呵斥下吐着舌头，灰溜溜地跳下矮墙跑开。

芦家大儿子建华在奶厂经营得如火如荼的时候因心脏病去世，祖母陪着他母亲唐英阿姨泪眼婆娑。十几年后，四十出头的建军哥也因为胰腺癌英年早逝。红柳泉的乡亲们都去殡仪馆送了他最后一程，虽然奶厂早已不在，他家的境况也因为他这场病的持久治疗走向了衰败。那天，他静静地躺在花丛中，我久久地凝视他英俊的脸庞，总以为他还会坏笑着醒来，偷偷塞给我一块五仁月饼。

很多年后，芦叔也过世了，耄耋之年的唐英阿姨依旧住在红柳泉，由邻居们轮流照料。

最后一次回到红柳泉是因为小叔过世。葬礼之后我们来到墓地。我的祖父母、两个叔叔，还有二叔早夭的女儿，还有红柳泉的父老乡亲都安眠在这块土地上。过不了多久，这里将建起一座现代化的物流园，不远处的工地已经开工。醒着的人和睡去的人都在看着这个日新月异的城市。

"那是我家唐努尔的坟。"阿佳尔指着一处墓碑，眼里有隐约的泪光。没有想过失独这样的厄运会降临在这个善良的女人身上，而她已然走过了那段暗无天日的时光。那时候我在外地，没有去探望她。几次拿起电话，却终究没有打，语言的苍白和无力让我失去了问候的勇气，陪伴她的还是红柳泉善良的乡亲。

那个午后，告别了沉睡的人们，我拉着阿佳尔的手，就像儿时她牵着我那样，走向那条长长的路。春天的风抚过我们的面颊，一如童年时一样温柔。这条笔直开阔的路带着我们走向春天的深处。

在阳光灿烂的日子里

再回到麦盖提已是两年后的秋天。我不想俗气地表白说这是我的第二故乡，我只能说，麦盖提的太阳是我见到的最灿烂的太阳，它的干燥，它的缤纷，它的温暖，足以让我铭记终生，而阳光下的这片土地，生活在这片土地上的人们，也成了我永远的牵挂。

也是这样一个秋天的午后，我轻轻推开阔什艾肯村第八幼儿园的大门，怀着不安和忐忑，推开心中隐秘的渴望，推开一段崭新的岁月。那个时候，我并不知道，我会得到那么多，远比我想象的付出多得多的拥有。那个时候，我也并不知道，我会拥有那么多的爱，一跃成为一个如此富有的人。那个时候，麦盖提的太阳正暖暖地照耀着我，而那个彩色的两层小教学楼美得像一个童话。

一

我清楚地记得和孩子们的第一次见面。我看着一教室大大小小的孩子，孩子们也看着我。曾在舞台上面对几千观众吟诵作品都没有一丝紧张的我，面对这一双双明亮的眼睛的时候，忽然就紧张了。我稍稍镇定了一下，走到孩子们的正前方，对着孩子们甜甜一笑："亲爱的小朋友们，大家下午好！我是新来的老师，我的名字叫阿依努尔。大家知道阿依努尔是什么意思吗？那我就来告诉大家。我国古代有一位大诗人叫李白，他写了一首著名的古诗叫《静夜思》，诗里写道：'床前明月光，疑是地上霜。举头望明月，低头思故乡。'阿依努尔就是月光的意思，以后你们可以叫我'月光老师'，你们说好不好？"

孩子们齐声高喊："月光老师好！"坐在前排的几个孩子走上前抱住我的腿，一个小女孩抬起脸看我："月光老师，你真香啊！"我蹲下来捧起她的脸："你叫什么名字？"

"我叫谢依丹·买买提。"小姑娘响亮地回答。

其他孩子看到我蹲下来，也都跑上来要抱我。果果老师只好大声阻止孩子们："小朋友们，快回到座位上去，小手背背后，小眼睛看老师。"

我牵着身旁的几个孩子送回座位，然后说："小朋友们，老师特别想快快认识大家，你们能不能一个个介绍一下自己。告诉老师你们的名字，告诉老师你多大了，可以吗？好了，我们现在从第一排开始……"

夕阳西下，孩子们离校后的校园寂静无声。我坐在空荡荡的宿舍里，对着面前的教案发呆。虽然下午没有上课，但和孩子们相互熟悉的过程几乎持续了一个下午。在和果果老师的交流中我才知道这些孩子在几年前还在各自的家中玩耍，是驻村工作队和村干部一家一家做动员才把他们集中到这里开始正常的学前教育。乡下的孩子被放养惯了，不喜欢被束缚，家长们也不觉得将孩子送幼儿园有什么必要，所以孩子们动不动就不来了。来了的孩子也因为听不懂国家通用语言，就哭闹着要回家。幼儿园刚成立的几年，不管是教育教学还是家校联系的工作，都是相当艰难的。所幸，上下一心的努力并没有白费，这才几年的时间，孩子们的变化多大呀。如今，我看到他们干干净净、齐齐整整地坐在宽敞明亮的教室里，用清脆的声音背诵着古诗。

二

刚到麦盖提的时候，总是盼着周末，因为星期天可以去逛巴扎。麦盖提的巴扎是我见过的最热闹的巴扎。秋天的麦盖提气温依然很高，阳光炙热地照耀着大地。巴扎天我总是一大早起床，穿上自己最漂亮的衣服，像赶赴盛宴一样地赶赴麦盖提的巴扎。

麦盖提的巴扎位于恰木古鲁克村，是一个方圆上万平方米的大巴扎，巴扎上有卖牛羊的，卖衣服的，卖家具的……应有尽有。可以从一大早逛到中午，然后走到卖美食的那些摊位，坐下来歇个脚，吃一份当地的美食，喝上一杯鲜榨的石榴汁或者农民自制的叫作"萨朗道克"的酸奶刨冰，简直是一种赛过活神仙的感受。置身于这个人来人往、充满烟火气的巴扎，会淡忘离家千里的感伤，感觉自己真的融入了这片热气腾腾的土地。

我在卖家居用品的摊位前，货比三家，买下了一块桌布，我在麦盖提的小窝需要这样一块富有当地特色的桌布，那是我在这里的家。

我又走向卖百货的摊位，为孩子们买上一些花花绿绿的发夹和他们喜欢的一些小东西，这是下周给孩子们的小奖励。想起他们看到这些小东西时惊喜的眼神，我不禁莞尔。有什么比孩子惊喜的眼神更美的呢？

时间已是中午，我手中的袋子越来越多，而巴扎才逛了不到四分之一，我决定歇歇脚，便走向卖美食的那些摊位。我被一声"来吃烤肉啊吃烤肉，没结婚的羊娃子肉……"的呼唤吸引，果断走到烤肉摊前。

这是个黑脸的汉子，操着一口不太标准的普通话大声叫卖，在一片维吾尔语的叫卖声中显得很特别。我看到他的摊位前人特别多，便也走了过去。他手脚麻利地将我要的烤肉烤在烤肉槽上，一边将旁边的一张桌子指给我。他的妻子拿一块干净的抹布将那个客人刚离开的桌子擦拭出来并为我倒了一碗丁香茶。

当我对着滋滋冒油的"羊娃子肉"大快朵颐的时候，忽然被一双小胳膊抱住了腰，紧接着一声清脆的"月光老师好！"让摊位上的一双双眼睛齐刷刷地望向我。我尴尬地扔下手中的烤肉签，扭头寻找那个清脆的童音。

那是我班上最机灵的孩子苏麦耶，我一把将她抱起，放在我旁边的凳子上，将一串烤肉塞到她的手上，才想起她身边应该是有大人的。我环顾四周，却并没有看到，我的脑海中马上浮现出丢失孩子的母亲焦急的身影。我又一次环顾四周，却看到摊主和他的妻子双双站到我的面前，对我一边行礼一边说着："老师好！"苏麦耶也不说话，只管看着我笑。我赶紧还礼，迅速在脑海里搜索来接孩子们的家长，确定之前我从来没见过摊主夫妇。

黑脸的汉子自我介绍："我是苏麦耶的爸爸，这是她妈妈。"他停一下又说："谢谢您对我家苏麦耶那么好，我们才从外地回来，也没好好照顾她。"

他的普通话虽然不很标准，但很流利，我忽然想起果果老师说过，苏麦耶的父母在外地工厂打工，攒了些钱，最近回来搞家庭养殖，忙得团团转，苏麦耶大部分时间是住在奶奶家。

"苏麦耶又乖又聪明，是老师的小帮手呢。"我停一下还是忍不住说，"孩子还是和父母住在一起好……"

她妈妈赶忙点头："老师，您放心，我们的新房子已经收拾好了，苏麦耶也已经搬回家住了，下周开始我就自己接送她，我们就可以天天见面了。"

我和苏麦耶妈妈寒暄的工夫，她爸爸又端来一盘烤鸡翅，边放在我面前边说："苏麦耶说阿依努尔老师爱吃烤鸡翅呢，快尝尝我烤的鸡翅。"

我推让着，心里的感动却一下子席卷了我。那是一个中午，我带了几块烤鸡翅当午餐，等孩子们睡着了，我刚拿出来鸡翅准备要吃，没想到被起来上卫生间的苏麦耶看到，记得当时她问我："老师，您爱吃烤鸡翅吗？"

我将手指竖在嘴边:"嘘!老师最爱吃烤鸡翅了,但是我们应该多吃蔬菜,对吗?"

她也压低声音,因为分享了老师的秘密而有些激动:"对,老师,但是烤鸡翅真的很好吃呀。我爸爸烤的鸡翅最好吃了,以后我要带爸爸烤的鸡翅给您吃。"

我笑着谢谢她,让她赶紧去睡觉。

我们再也没有提过鸡翅的事情,没有想到,这个小人儿却一直记得。我因为被她和她的家人如此珍视而感动得泪眼婆娑,那是一种什么样的喜悦啊,就像在正午的暖阳里,和自己的亲人不期而遇。

然而,巴扎却不能常去了,我总是被家长们认出来,然后总要在我手上塞上他们正在卖的东西,有时是一块花头巾,有时是一个热气腾腾的大麻花,甚至有一次我还被迫接受了一把绿油油的大葱。而每一次,我都得扔下钱落荒而逃,跑得慢一步,钱就会被塞回到我的口袋里。不能常去巴扎是一种遗憾,然而却是一种幸福的遗憾。

三

那是一个夏天的午后,孩子们刚刚午睡起来,有半小时的看动画片的时间。我像平时一样,叫过一个个睡醒后披头散发的小女孩,为她们梳头,那是一天中最美好的时刻。我细心地为她们编出好看的四股辫,为她们扎上星期天我从巴扎上买的花花绿绿的头绳,别上可爱的发夹。为了补偿那些头发短,没法编辫子的男生和女生，我还会给他们洗洗小脸和小手，我的口袋里永远装满各色糖果和零食，没轮上的小朋友因失望而撅着的嘴会出其不意地被塞进去一块糖果。

我坐在靠窗的椅子上，在阳光下静静地给那个叫热娜古丽的小姑娘梳头。她的父母都是勤奋的农民，除了种自己家的地，也帮别人打打零工，所以有时候忙得很晚才来接她。小家伙的性格内向，也有些不自信，我常用对她的偏爱来让她建立一些自信。一学期下来，总算有一点效果，她至少可以主动举手回答问题了。

她的头发又细又软，我一边给她梳头一边享受阳光的爱抚，想起自己儿子那头细软的头发，忽然沉浸在一种暖暖的伤感里，教室里什么时候多了几个人都没有发现。直到别好最后一个发夹，才在一声"阿依努尔老师好！"的问候中蓦然惊醒。我从座位上站起，慌乱地将手伸向来人，这是新疆音乐家协会组织的来基层采风的音乐家们，那天他们一直耐心地等我结束一天的课程之后和我促膝谈心。几天后，我便收到了许会锋老师写的歌词。

不久，这首由许会锋老师作词、陈子文老师作曲并演唱的，写给支教老师们的歌曲《阿依努尔》传遍了大江南北，入选了中国音乐家协会"中国当代歌曲创作精品工程'听见中国听见你'2020年度优秀歌曲"，并于2021年先后两次被邀请参加中国文联、中国音乐家协会主办的"庆祝中国共产党成立100周年晚会"展演活动。而那时，我已经回到千里之外的乌鲁木齐的家。

我在一则采访中看到词作家许会锋说:"我还记得初见阿依努尔的那一幕,在一间不大的教室里,她正歪着头给孩子们梳头发,阳光洒在她的身上,她脸上的笑容很美。与其说她是一名老师,不如说她更像一个妈妈。当地有很多孩子的父母在外打工,老师们就成了孩子们的情感安抚者。"

我想起那个夏日的午后,想起我的孩子们,想起那天的阳光,顿时泪流满面。

四

这个秋天的午后,我站在麦盖提第五小学的门前。我的孩子们已从幼儿园毕业,到周边的小学就读了。我打听到五小有我的一部分孩子,就在放学的时候等在校门口。

列队走出校园的孩子中不知谁喊了一声:"阿依努尔老师回来了!"孩子们呼啦啦一下子全围了上来,忽然,那个曾经调皮捣蛋的艾克拜尔用"啪啪,啪啪啪"的击掌声让大家有了片刻的安静,他慢慢带头朗诵:"床前明月光……"

孩子们纷纷附和着吟诵:"床前明月光,疑是地上霜。举头望明月,低头思故乡。月光老师,我们好想你!"

我再也忍不住自己的泪水,谢依丹拿出小手帕递给我:"老师,你怎么哭了?"

我蹲下身,不好意思地将脸埋在谢依丹的怀里。孩子们喊起来:"阿依努尔老师哭了,快唱首歌给她听!"

在麦盖提无垠的蓝天下,孩子们放声歌唱,那些认识不认识我的孩子们也加入了合唱,清脆的歌声传出很远很远。

远处,叶尔羌河静静流淌。田野里,劳作的人们欢声笑语。在麦盖提灿烂的阳光下,那些破土而生的种子,正散发出奇异的光芒。

后　记

我的童年是在那个叫红柳泉的地方度过的。红柳泉没有红柳，只有一眼泉水和一些迎风摇曳的薄荷。那是个多民族聚居的温馨的小村庄。虽然那里是畜牧厅下属的牛奶厂，行政区划上属于城市，但依山傍水的红柳泉我宁肯把她当作一个小村庄。那是一个团结友爱、充满温情的村庄。在那里，我度过了一生中最美好的时光。

生活在红柳泉的哈萨克族人应该是新疆最早实现定居的牧民的后代吧。因为在我记事的时候，那里就有高大的黑白花牛、宽敞的牛舍和牛奶加工厂。作为哈萨克族人，那时的我根本不知道什么是逐水草而居的生活。时隔很多年，在我攻读硕士学位去牧区调研的时候，还有很多哈萨克族人过着逐水草而居的生活，而红柳泉的哈萨克族人却早已适应了现代的生产和生活方式。我的父母就是从那里走出来的第一批哈萨克族知识分子。

这本散文集里有我的父老乡亲，也有我人生中遇到的形形色色的人和事。作为一个写作者，一路走来，总

后　记

是无法静下来好好审视自己的写作。这么多年了，走走停停，却始终无法面对内心深处的自己，无法确定与文学这一份道不清说不明的缘分。也许是我游牧的血脉里流淌的些许灵感吧，让我在四季轮回中感受到世间许多不为人知的秘密。春日里，在第一缕阳光的照射下，我能感受到一颗春芽破土而出的力量；暴风雨将至时，我可以感知到一朵花的无奈和哭泣；在婴儿的第一声啼哭里，我听到生的宣言；第一次面对生命的逝去，我感知到肉体最后的挣扎和灵魂的低语……这一切对于匆匆而过的岁月也许毫无意义，而我却在这样的每个瞬间感受到生活赋予我们的酸甜苦辣，感受着宏大的时代叙事中每一个个体的命运。

小的时候，我常常坐在祖母家后院的秋千架上，将秋千荡到高得不能再高的高度，幻想着秋千能将我送上蓝天，就此在蓝天翱翔。然而时光流逝，日渐沉重的肉身逐渐让我放弃了很多不切实际的幻想。我是极度缺乏安全感的人，也许只有贴近大地，贴近大地上温暖的生活才能让我觉得踏实和安详。希望自己永远做一个温暖的人，写有温度的文字。

每一次回望都心存感激。感谢我的父母将我带到这个世界；感谢祖父母给了我幸福的童年；感谢我的语文老师黎长清，呵护了我内心对文学的最初的情感；感谢我的好友赵小英、杨智，人生的所有酸甜苦辣你们都陪我一起走过；感谢我的爱人、感谢我的孩子，是你们让我成为我想成为的那个人；感谢我的文学前辈，感谢所有帮助过我的人。春天属于这个时代里每一个心怀大爱和悲悯的人。

这不是我的第一本书，也不会是我的最后一本书，这只是我的一段人生小结。

此刻，我在这个离海最远的城市仰望天空，阳光多么灿烂！我想打开我的翅膀，在故乡的低空飞过，一次又一次贴近热气腾腾的生活。

阿依努尔·毛吾力提
2024年秋